SUSAN MALLERY
Aquel verano

Editado por Harlequin Ibérica.
Una división de HarperCollins Ibérica, S.A.
Núñez de Balboa, 56
28001 Madrid

© 2012 Susan Macias Redmond. Todos los derechos reservados.
AQUEL VERANO, Nº 45 - 1.11.13
Título original: All Summer Long
Publicada originalmente por HQN™ Books

Todos los derechos están reservados incluidos los de reproducción, total o parcial. Esta edición ha sido publicada con permiso de Harlequin Enterprises II BV.
Todos los personajes de este libro son ficticios. Cualquier parecido con alguna persona, viva o muerta, es pura coincidencia.
® Harlequin y logotipo Harlequin son marcas registradas por Harlequin Books S.A.
® y ™ son marcas registradas por Harlequin Enterprises Limited y sus filiales, utilizadas con licencia. Las marcas que lleven ® están registradas en la Oficina Española de Patentes y Marcas y en otros países.

I.S.B.N.: 978-84-687-3557-3
Depósito legal: M-19650-2013

Para el único ser que convierte en maravilloso cada día que dedico a la escritura. Tú me haces compañía y me dices lo brillante que es cada página que escribo. Y me recuerdas que siempre es una buena idea detenerse de cuando en cuando y dormir una bien merecida siesta. A mi princesita particular. Mi dulce Nikki.

Y, también, un agradecimiento especial a Bill Buchanan por toda la ayuda técnica facilitada sobre los bomberos voluntarios. Fue fantástico conmigo, y cualquier error de esta historia es responsabilidad mía (sí, Bill, realmente vas a tener que compartir esta página de dedicatoria con mi caniche).

Capítulo 1

—No te lo tomes a mal, pero ahora, en serio, un gato de tu tamaño necesita tener las cuatro patas bien plantadas en el suelo.

Charlie Dixon continuaba subiendo por la escalera, consciente de que Daytona la estaba observando con una auténtica expresión de desdén en sus enormes ojos verdes. De color blanco y negro, andaría por los doce kilos de gato altivo e insoportable. Sus habilidades para la escalada de árboles podían ser buenas, pero a la hora de bajar la cosa cambiaba. Al menos una vez al mes plantaba sus grandes y peludas posaderas en la copa del sicomoro de la señora Coverson y después se ponía a maullar a la espera de que lo rescataran. Cerca de una hora después, la anciana señora entraba en pánico y llamaba a los bomberos. Daytona bufaba y amenazaba pero, al final, siempre terminaba resignándose a que lo bajaran sano y salvo al suelo.

—Vamos —dijo Charlie, subiendo los dos últimos peldaños de la escalera—. Sabes que te está entrando hambre y yo soy tu billete de vuelta a la merienda de esta tarde.

Como si la hubiera entendido, el gato bajó las orejas y soltó un impresionante gruñido.

—Estaba hablando por hablar, grandullón. No te enfades —repuso Charlie, y fue a agarrarlo. Daytona le lanzó un zarpazo, pero sin demasiado convencimiento. En realidad ya se estaba inclinando hacia ella, y terminó por dejarse coger.

—Tranquila —le dijo alguien desde la acera—. Yo te sujeto la escalera.

Charlie soltó un profundo suspiro.

—Civiles —masculló—. ¿Cómo es que siempre terminan localizándome?

Daytona no le proporcionó respuesta alguna. Charlie miró hacia abajo y vio a un tipo agarrando la escalera.

—Estoy bien, gracias —gritó—. Apártese.

—Alguien tiene que sujetarle la escalera —insistió el hombre de pelo oscuro.

—No hace falta.

Charlie sostuvo firmemente a Daytona bajo un brazo y empezó a bajar. Lo hizo rápidamente, consciente de que el periodo de concentración de Daytona solía ser más corto que el tiempo que empleaban en el descenso. Cuando el animal empezó a agitarse, ambos corrieron peligro de caerse, así que lo agarró con fuerza.

Daytona la empujó entonces con las cuatro patas y se retorció en un intento por bajar el resto de los peldaños él solo. Charlie no lo soltó. No solo no quería caerse ella misma, sino que estaba empeñada en entregar a la anciana señora Coverson su felino en perfectas condiciones.

—¡Quieto! —le dijo al gato.

—¿Necesita que suba? —se ofreció el hombre.

Charlie se planteó por un instante qué problema podría tener si pateaba al desconocido con sus botas de puntera de metal, y si valdría la pena. Algunos de sus mejores amigos eran civiles, pero, sinceramente: había gente que carecía por completo de sentido común.

—Apártese —gritó—. Aléjese de la escalera y no interfiera.

—No estoy interfiriendo. Estoy ayudando.

Antes de que Charlie pudiera responder, varias cosas sucedieron a la vez. Daytona dio un empujón final en su esfuerzo por liberarse. Charlie se inclinó para sujetar bien al gato, que no dejaba de retorcerse. La escalera basculó, el imbécil de abajo empezó a subir y todo el mundo tuvo ocasión de redescubrir la fuerza de la gravedad.

Daytona fue el que se llevó la mejor parte. Hundió sus garras en la corteza del árbol y se escabulló tronco abajo. La siguiente fue Charlie. Estaría a unos dos metros del suelo. Saltó de la escalera, pero en lugar de caer en la acera o incluso en la hierba que crecía al pie del árbol, lo hizo justamente encima del tipo que había estado intentando «ayudar».

Mientras yacía encima del imbécil y recuperaba el resuello, Charlie vio cómo Daytona se paseaba soltando un último bufido de disgusto. El gato se alejó, bien alta la cola. Charlie rodó a un lado para apartarse del tipo, consciente de que, con su uno ochenta de estatura y puro músculo, pesaba bastante más de lo que dictaban los cánones de la moda. No dudaba de que debía haberle dejado sin respiración. Con un poco de suerte, solamente su orgullo habría resultado herido y ella podría así sermonearlo por su estupidez. En el peor de los casos, tendría que llamar a una ambulancia.

–¿Está bien? –le preguntó, arrodillándose en el suelo y mirando al hombre por primera vez–. ¿Se ha golpeado en la cabeza...?

Maldijo para sus adentros. Aquel no era un estúpido cualquiera, pensó mientras contemplaba la bien perfilada mandíbula, la boca de labios firmes y llenos y, cuando alzó lentamente los párpados, los ojos oscuros bordeados de largas pestañas. Aquel era posiblemente el hombre más guapo que había sobre la tierra.

Clay Stryker, modelo y «doble de trasero» de famosos actores de cine. Su trasero había aparecido fotografiado en múltiples anuncios de revistas, calendarios y también en la gran pantalla. Tenía un cuerpo que mataba y su rostro era todavía mejor. La clase de hombre por el cual, por la promesa de una sonrisa suya, la Tierra habría podido bascular fuera de su eje.

Lo había visto un par de veces. En la reciente boda de su amiga Heidi con el hermano de Clay, para empezar. Además, Clay vivía en el rancho donde ella guardaba su caballo. Se habían saludado con la cabeza entre boxes y balas de heno. Pero nunca antes lo había visto tan de cerca. No en carne y hueso, al menos. Nunca había estado tan cerca de un hombre tan perfecto.

Todo lo cual le ponía algo nerviosa, según tuvo que admitir, reacia.

Vio que aquella perfecta boca esbozaba una media sonrisa.

–Hey –le dijo–. Te he salvado.

–Ni de broma –resopló Charlie–. ¿Te has golpeado en la cabeza? Porque si es así, espero que eso te haya hecho entrar en razón.

La media sonrisa se transformó en sonrisa entera.

–De nada – se sentó en el suelo.

Pero Charlie le puso una mano en el hombro.

–Quédate ahí, amigo. ¿Estás herido? Asegúrate antes de que no te has roto ningún hueso.

–Mi ego está un poco lastimado. No me has agradecido lo que acabo de hacer por ti.

–Me tiraste de la escalera y casi nos matas a los dos. No, no te voy a dar ningún premio –se incorporó, y le tendió luego la mano para ayudarlo a levantarse–. ¿Puedes tenerte en pie?

Su sonrisa se amplió todavía más. «Maldición, el tipo es guapísimo», pensó Charlie, distraída. A pesar del hecho de que había transcurrido literalmente una década desde la última vez que había encontrado atractivo a un hombre, había algo magnético en aquella perfección cuasidivina.

Él ignoró su mano y se levantó con agilidad.

–Estoy perfectamente.

–Charlie, ¿te encuentras bien?

–Sí, señora Coverson –respondió, intentando no apretar los dientes. Su dentista la había advertido de que debía dejar de triturar su quijada cada vez que estaba disgustada o irritada. Aquella era una buena oportunidad.

La señora Coverson esperaba en el porche trasero, con Daytona en sus brazos. Detrás de ella podía ver a Michelle Banfield, que trabajaba con Charlie, con un *brownie* a medio comer en la mano y una expresión culpable en los ojos.

–Iba a salir a ayudarte –murmuró Michelle–. Er... pero estaban estos *brownies* y...

–No pasa nada –dijo Clay–. Ya estaba yo aquí.

A punto estuvo Charlie de soltarle un bofetón.

–Que es justo el lugar donde no debías estar. Es ilegal interferir en el trabajo de un bombero. Vuelve a hacerlo y haré que te detengan.

En lugar de mostrarse convenientemente intimidado, Clay volvió a sonreír.

–Eres dura.

–No tienes ni idea.

Le tendió la mano.

–Me alegro de haber podido ayudarte.

–No lo has hecho... –sacudió la cabeza–. Está bien. Es igual. Gracias. Y ahora vete.

Le estrechó la mano, consciente de que la de él se tragó la suya. Y era más alto que ella: le sacaba por lo menos diez centímetros. Un par de datos interesantes, pero absolutamente inútiles.

Primero que nada todavía tenía que superar su fobia a los hombres. Y si alguna vez decidía hacerlo, no sería con alguien como él. Buscaría algo seguro. Un hombre bueno, normal. En segundo lugar, incluso aunque fuera lo suficientemente estúpida como para sentirse atraída por él, que no era el caso, no habría manera, ni en un billón de años, de que un tipo así pudiera sentirse interesado por una mujer como ella. Los hombres como él se interesaban por las supermodelos y... y... por las mujeres como su madre. Bueno, como su madre en sus años jóvenes.

Charlie era consciente de lo que era. Alguien fuerte y

capaz. Podía cargar los veintidós kilos que pesaba su equipo sin romper a sudar. Podía subir una manguera por diez pisos de escaleras, sin problemas. Era autosuficiente. Sabía cambiar una rueda de coche y arreglar un grifo que perdía agua. No necesitaba a un hombre. Excepto por una razón minúscula, diminuta.

–Eh... ¿Charlie?

–¿Qué? –le espetó.

Clay bajó la mirada a sus manos.

–¿Te importaría soltarme la mano? Necesito que me la devuelvas.

Ella maldijo para sus adentros. Se la soltó al instante.

–Perdona.

–No pasa nada –le lanzó una sonrisa que habría puesto de rodillas a una mujer menos templada que ella–. Te veré en el rancho.

«El rancho», pensó distraída. «Ah, ya». Él vivía allí. Y ella guardaba allí su caballo. Era seguro que volverían a verse.

–Claro.

Clay se despidió de las dos mujeres del porche.

–Pasen ustedes un buen día, señoras.

Ambas asintieron en silencio. Mientras se alejaba, Charlie vio que tanto Michelle como la señora Coverson bajaban la mirada hasta su trasero. También ella se permitió echar un rápido vistazo antes de dirigirse hacia la casa en busca de un *brownie* recién horneado.

El azúcar estaba bien. Al delicioso sabor seguía una inyección de glucosa en la sangre. Pero los hombres... no tanto. Y Clay era peor que la mayoría. Porque por un fugaz segundo, cuando él le lanzó aquella sonrisa suya, habría jurado que sintió algo en la boca del estómago.

No era atracción. Esa era una palabra muy fuerte. Pero sí que era como un destello. Un levísimo susurro. La buena noticia era que parte de ella no estaba tan muerta como había imaginado. La mala era que había descubierto ese hecho en presencia de un modelo de trasero con la cara de un ángel. Un hombre que podría tener a la mujer que quisiera simplemente con pedírselo. O quizá insinuándoselo sin más.

Aquel hombre pertenecía al mundo de los perfectos. Y ella tenía un defecto. Un defecto que tal vez no vieran los demás, dada su capacidad para disimularlo. Pero ella conocía la verdad.

Aun así, había avanzado algo. Un destello hoy, un cosquilleo mañana. Si seguía así, dentro de un milenio o dos podría encontrar la manera de ser simplemente como las demás mujeres.

Clay terminó de montar la gran pantalla que constituiría el punto focal de su presentación. Había trabajado horas en sintetizar la información en unos pocos cuadros y gráficos fáciles de comprender. Tenía toneladas de documentación respaldando cada dato.

En ese momento, en el salón de la antigua granja donde había pasado los primeros años de su vida, estaba a punto de presentar su propuesta a su madre y a sus dos hermanos.

De haber podido elegir, habría preferido enfrentarse a un millar de inquietos accionistas. Sí, se suponía que su familia debería apoyarlo, pero tanto Rafe como Shane eran empresarios de éxito: no se dejarían influir por sentimiento fraternal alguno. Si acaso, Rafe sería todavía más duro con él.

Clay apenas tenía recuerdos de su padre. El hombre había fallecido cuando él todavía no había cumplido los cinco años. Pero Rafe, el hermano mayor, había intentado rellenar el vacío que había dejado su progenitor. Se había sentido responsable de la familia y lo había sacrificado todo por ellos. Había querido que él siguiera el camino tradicional: la universidad y luego un trabajo estable, seguro. Que su hermanito pequeño se hubiera convertido en modelo masculino le había fastidiado mucho, aparte de convencerlo de que estaba desperdiciando su vida.

En ese momento, cerca de una década después, Clay estaba dispuesto a seguir el consejo de su hermano mayor y sentar la cabeza. Con la diferencia de que quería fundar su propio negocio, lo cual implicaba a toda su familia.

Clay no había tomado aquella decisión a la ligera. Había pasado cerca de un año analizando diferentes ideas de negocio antes de quedarse con la que tenía mayor sentido para él. Sabía lo que quería: estar cerca de sus seres queridos, trabajar con sus manos e implicarse en la comunidad. Aquel proyecto suyo significaba una oportunidad para los tres hermanos, a la vez que proporcionaría un jugoso margen de beneficios. Todavía no le había encontrado el lado malo. Por supuesto, si tenía alguno, Rafe estaría encantado de señalárselo.

Rafe, Shane y su madre, May, entraron en el salón. Clay se había sentado en el sofá, frente a la pantalla. Pulsó un par de teclas en su portátil para cargar la presentación.

–Sentaos –los invitó, señalando el sofá. Procuró combatir los nervios recordándose que se había documentado bien y que su idea era magnífica. Si sus hermanos no eran lo suficientemente listos como para darse cuenta, se buscaría otros socios.

Pulsó una tecla y la primera imagen apareció en la pantalla: la de una familia disfrutando de un picnic.

–En un mundo en el que la tecnología ocupa cada vez más espacio en nuestras vidas, es mucha la gente que busca recuperar los placeres más sencillos. A lo largo de los últimos años, ha habido una tendencia creciente hacia un nuevo modelo de ocio vacacional. El agroturismo ofrece a las familias una manera de pasar tiempo juntos en un ambiente cómodo mientras redescubren cómo era la vida de antaño. Trabajan en una granja, conectan con la naturaleza y se relajan.

Presentó la siguiente imagen, en la que aparecía un matrimonio conduciendo un tractor.

—La familia media espera tres cosas: aprovechar su dinero, cómodas instalaciones y un ambiente que padres e hijos puedan explorar sin tener que preocuparse de plazos, compromisos, delincuencia o el último desastre aparecido en las noticias.

Fue pasando varios gráficos con las cifras que solía gastar una familia media cada año, hasta que llegó a la parte central de su presentación. Proponía comprar ochenta hectáreas de terreno al otro lado de Castle Ranch. Allí cultivaría heno y alfalfa para los caballos y otros animales del rancho familiar y de Shane. Produciría también frutas y verdura ecológica. La operación sería supervisada por un director, teniendo en cuenta que buena parte del trabajo lo realizarían los agroturistas.

Rafe ya había empezado a construir residencias de verano, donde los agroturistas podrían alojarse. El pueblo, a su vez, ofrecía la posibilidad de muchas actividades, cuando los visitantes echaran de menos un poco de vida moderna. Fool's Gold, con su piscina comunitaria, sus rutas a caballo y sus espléndidos veranos, podría convertirse en un gran destino turístico.

—Las economías locales presentan muchas ventajas —continuó—. Además, he hablado con los profesores de ciencias del instituto. A todos les encantaría contar con pequeños huertos para sus alumnos. Eso les daría oportunidad de impartir clases prácticas que estuvieran relacionadas con la agricultura.

Terminó la serie de proyecciones con los gráficos de costes y beneficios. Calculaba que amortizarían gastos al segundo año y empezarían a ganar al tercero.

Cuando hubo terminado, apagó el ordenador y se volvió para mirar a su familia. May se levantó de un salto y lo abrazó.

—¡Es maravilloso! —le dijo—. Estoy tan orgullosa... Has trabajado tanto... Lo haremos realidad —se volvió hacia sus otros hijos—. ¿No estáis de acuerdo, chicos?

Shane y Rafe cruzaron una mirada que Clay no supo cómo interpretar.

–Gracias por tu apoyo –besó a su madre en la mejilla.

May suspiró.

–Sí, ya lo sé. Soy tu madre y te apoyo en todo lo que haces. Está bien. Vuestro turno, chicos –se volvió de nuevo hacia los otros dos–. Pero nada de peleas.

–¿Nosotros? –exclamó Shane–. Nosotros no nos peleamos nunca, mamá.

–¡Ja!

May abandonó el salón. Clay se instaló en la silla junto a la pantalla y esperó a que sus hermanos hablaran primero.

Rafe asintió lentamente con la cabeza.

–Impresionante. ¿Quién te ayudó a preparar la presentación?

–Lo hice yo solo.

Rafe enarcó las cejas. Clay se recostó en su silla, sabiendo que iba a disfrutar de aquello.

–Tengo una licenciatura en Empresariales, con especialidad en estudios de mercado. De la Universidad de Nueva York. También hice un curso de aprendizaje de director de granjas en Vermont, hará un par de años –se encogió de hombros–. El trabajo de modelo deja mucho tiempo libre. Yo procuré no perder el mío.

Diane, su difunta esposa, lo había animado a sacarse la licenciatura. La idea del curso vino después, tras su fallecimiento. Había sentido la necesidad de escapar, y el duro trabajo físico que conllevó el aprendizaje le había ayudado a superar el duelo.

Rafe parpadeó sorprendido.

–¿De veras? –se volvió hacia Shane–. ¿Tú sabías esto?

–Claro.

Rafe volvió a concentrar su atención en Clay.

–¿Por qué no me lo dijiste?

–Lo intenté un par de veces.

–Déjame adivinar... –dijo Rafe, sacudiendo la cabeza–. No te escuché.

Clay se encogió de hombros.

–Triunfar con una empresa como la tuya ocupa mucho tiempo.

Pudo haber añadido algo más, pero Rafe había cambiado mucho durante los últimos meses. El antaño ejecutivo brusco y metomentodo se había convertido en una persona. Y todo gracias a su nueva esposa, Heidi. El amor sabía cambiar las prioridades de un hombre. Clay había aprendido esa lección mucho tiempo atrás, y de la mejor manera posible.

Con Rafe, Shane y su madre perfectamente instalados en Fool's Gold, Clay había querido reunirse con ellos. Era la localización perfecta para su negocio de agroturismo. El fuerte espíritu comunitario de la población constituía una ventaja añadida. Y, aunque su negocio era un objetivo muy importante, esperaba que no consumiera todo su tiempo. Le proporcionaría, de hecho, la posibilidad de vincularse con el pueblo. Tenía algunas ideas al respecto... y una de ellas pensaba comentarla con cierta bombera la próxima vez que coincidieran.

Rafe hojeó la copia en papel de la presentación que Clay les había repartido.

–Tienes un montón de información aquí.

–Me he documentado mucho.

Shane miró la lista de cosechas.

–Me gusta la idea de intervenir en lo que se cultiva.

Shane criaba y entrenaba caballos de carreras. Después de pasar años cruzando y preparando purasangres para otros, recientemente había invertido en su primer semental árabe.

–Estando de vacaciones, ¿crees que querrá trabajar la gente? –le preguntó Rafe.

–¿Quién no querría conducir un tractor? –sonrió Clay–. Si no alcanzan a cumplir con todas las tareas, siempre podemos contratar a jóvenes del pueblo o alumnos del instituto. Contamos también con una comunidad de agricultores en la zona. Trataré con ellos la posibilidad de contratar a alguno, en caso necesario.

–Mamá te vendrá con una lista de todo lo que quiere –le advirtió Shane.

May había acogido encantada la idea de convertirse en copropietaria del rancho, e inmediatamente se había dedicado a recoger viejos y extraños animales que nadie más había querido. Tenía unas cuantas ovejas viejas, unas pocas llamas... y Priscilla, una anciana elefanta india.

–Ya me he documentado bien sobre lo que podría gustarle a Priscilla –dijo Clay.

Estuvieron haciendo cálculos durante un rato más, con Rafe profundizando en detalles sobre el alquiler de los bungalows y los gastos extraordinarios como la piscina. Discutieron sobre si proporcionar o no las comidas del mediodía como parte del paquete: hamburguesas de barbacoa, perritos calientes o bocadillos. Finalmente, Rafe se levantó.

–Te felicito, muchacho –le dijo a Clay–. Creo que deberíamos meternos de cabeza.

Clay también se levantó. La satisfacción y la victoria se habían hecho esperar. Tenía un duro trabajo por delante, pero estaba dispuesto a sudar la camiseta.

–Contad conmigo –dijo Shane, reuniéndose con ellos.

Los tres hermanos se dieron la mano.

–¿Todo el mundo está de acuerdo con que Dante se encargue del papeleo? –quiso saber Rafe. Dante era su socio en la empresa, abogado de profesión.

Clay palmeó el hombro de su hermano mayor.

–No hay problema. Siempre y cuando no te importe que mi abogado revise cada palabra.

–¿No te fías de mí? –le preguntó Rafe, sonriente.

–Claro que sí. Confiado sí soy, pero no tonto.

Capítulo 2

Charlie revisó la silla de montar por última vez y palmeó la grupa de Mason.

—¿Listo? —preguntó al caballo.

El animal resopló, algo que ella interpretó como un «sí», y lo guio fuera del establo. Iba a disfrutar de un paseo bajo aquel cielo tan azul. El día se prometía magnífico, uno más de su magnífica nueva vida. Tenía un trabajo que le gustaba, amigas en las que podía confiar y un lugar propio en el mundo.

Por el rabillo del ojo, detectó un movimiento y se volvió. Clay Stryker se dirigía hacia ella.

—¿Vas a salir? —le preguntó él, sonriente—. ¿Quieres compañía?

La primera palabra que le vino a la cabeza fue «no». No quería compañía. Quería montar sola porque lo prefería así. Pero él era nuevo en el pueblo y uno de sus hermanos acababa de casarse con una amiga suya. Para no hablar de que su otra gran amiga estaba asimismo comprometida con el tercer hermano Stryker, con lo que era seguro que tendría que verlo bastante. Así era como funcionaban las cosas en Fool's Gold.

Miró sus ajustados vaqueros y pensó, distraída, que debían de haberle costado más o menos lo que pagaba ella por el alquiler de su casa.

—¿Sabes montar?

Su sonrisa se amplió. Antes de que llegara a hablar, el brillo de diversión que asomó a sus ojos le proporcionó la respuesta.

—Creo que podré arreglármelas para no caerme de la silla. Dame cinco minutos.

Se volvió hacia el establo. Charlie se descubrió a sí misma contemplando su trasero, que era tan espectacular como la última vez que lo había visto. Ser tan físicamente perfecto debía de resultar interesante, reflexionó mientras se apoyaba en Mason y le rascaba detrás de las orejas. Clay siempre se las arreglaba para llamar su atención, lo cual parecía casi una especie de truco. Quizá si pasaba la tarde con él, volvería a sentir aquel destello. Dado que su objetivo era «resolver» su problema con los hombres, tener una fuente de destellos y quizá incluso cosquilleos era una cosa positiva. Y si podía llegar a excitarse alguna vez con tipos normales, mejor que mejor. Así se curaría y sería capaz de mirar hacia delante.

Clay volvió a los cinco minutos, llevando de la brida un caballo ensillado. Reparó en sus largas piernas y en su rostro perfecto. Seguía teniendo un brillo divertido en los ojos.

—Reconozco la especulación en esa mirada —le dijo él mientras se acercaba—. ¿Debería preocuparme?

—Por mí no.

Charlie apoyó un pie en el estribo y montó ágilmente. Clay se puso sus gafas de sol y montó también. La destreza de sus movimientos indicaba que aquel no era su primer paseo a caballo.

—Bonito día —comentó mientras sus monturas avanzaban la una al lado de la otra, al paso.

Charlie se caló firmemente el sombrero.

—No pensarás hablar durante todo el camino, ¿verdad?

—¿Sería eso un problema?

—Sí.

—¿Siempre dices lo que piensas?

—No tan a menudo como debería. Como el otro día. No me ayudaste en nada.
—Frené tu caída.
Charlie puso los ojos en blanco.
—No me habría caído si tú no te hubieras puesto en medio.
—De nada.
Charlie reprimió un gruñido. No habían transcurrido ni tres minutos y aquel hombre la estaba ya desquiciando. Se ordenó ignorarlo para concentrarse en la belleza que la rodeaba. Castle Ranch se alzaba al oeste del pueblo y al sur del nuevo hotel con casino que todavía se hallaba en obras. Unas cuatrocientas hectáreas con una buena cantidad de árboles y vegetación. Años atrás, el viejo Castle había tenido vacas, pero, a su muerte, el lugar había quedado abandonado.

Mason y ella tenían una ruta particular que siempre seguían. Bordeaba la valla y pasaba por delante de la propiedad que Shane, el hermano de Clay, había adquirido para sus caballos de carreras. Luego recorría la parte trasera del rancho para bajar hasta la carretera principal.

Tan pronto como abandonaron los corrales, Mason aceleró el ritmo. Charlie lo tocó ligeramente con los talones y el cabello se puso a trotar. Acto seguido apresuró el trote y galopó unos trescientos metros.

Charlie dejó la iniciativa al caballo, esperando a que volviera a ponerse al paso. Clay la había seguido durante todo el camino y en ese momento se colocó a su lado.

—Se nota que vosotros dos ya lleváis haciendo esto durante un tiempo.

—Nos entendemos bien —reparó en la facilidad con que montaba y en la manera que tenía de empuñar las riendas—. Obviamente, tú también has practicado bastante. Lleva cuidado. Shane te pondrá un día a ejercitar sus caballos.

—Hay peores formas de pasar un día —Clay concentró su atención en el horizonte—. Yo crecí aquí. Nos marchamos cuando yo todavía era pequeño, pero recuerdo que me gustaba todo de este lugar.

Charlie conocía la historia de la familia Stryker. May, la madre de Clay, había trabajado como ama de llaves del viejo Castle. El muy canalla no le había pagado prácticamente nada, limitándose a prometerle que le dejaría el rancho cuando muriera. May había descubierto entonces que el rancho lo habían heredado unos parientes del Este, y al final había tenido que marcharse con sus hijos.

Unos pocos meses atrás, una serie de circunstancias excepcionales habían llevado a May y a su hijo mayor, Rafe, de vuelta al rancho.

—¿Son esos recuerdos el motivo por el que ahora estás aquí? —le preguntó ella.

—En parte. Quería estar cerca de la familia —la miró—. Quiero montar un negocio. Agroturismo.

Charlie había oído el nombre.

—Familias pasando sus vacaciones trabajando en una granja. Y viviendo como se vivía en 1899 —dijo.

Clay sonrió.

—Pero pienso ofrecer agua corriente y acceso a internet.

—Conseguirás que te adoren sus hijos —pensó en las residencias veraniegas que Rafe estaba construyendo y en los caballos de picadero que Shane acababa de comprar—. Fool's Gold ya es un destino turístico. Esto puede atraer todavía más visitantes. Te convertirás en un tipo popular para el consejo municipal.

—Eso espero. Me reúno con ellos el viernes.

—Un negocio de agroturismo no es una evolución muy lógica para un modelo profesional.

—Tenía que hacer algo con mi vida —se encogió de hombros—. Tengo treinta años. Doblar traseros de actores es trabajo para jóvenes.

Charlie se lo quedó mirando con la boca abierta.

—Pongo a Dios por testigo que no sé qué responder a eso.

Clay se rio por lo bajo.

—Créeme. Nadie quiere ver en ropa interior a un tipo entrado en años.

Charlie estaba segura de que eso era cierto, pero también lo era que Clay estaba a años luz de lo que podría considerarse un tipo «entrado en años».

—¿Te marchas antes de que puedan echarte? —le preguntó.

—Algo así —señaló el arroyo que atravesaba la punta norte de la propiedad—. ¿Quieres que nos sentemos un rato?

—Gracias —Charlie frenó a Mason y desmontó.

Dejaron los caballos a la sombra y caminaron hasta la orilla del río. Charlie era muy consciente de la presencia de Clay a su lado. Era más alto que ella, lo cual estaba bien. Y mucho más ancho de hombros. Se sentaron en la hierba, cerca el uno del otro, pero no demasiado. Vio que sacaba un paquete de chicles de un bolsillo y le ofrecía uno.

Lo tomó y fue desenvolviéndolo lentamente.

—¿Vivías antes en Nueva York?

—Ajá.

—Te costará adaptarte a un lugar como Fool's Gold.

—Me apetece un cambio.

Charli miró su perfil. Se parecía mucho a sus hermanos, pero con un toque añadido de perfección. No sabía prácticamente nada de su vida, pero habría apostado cualquier cosa a que atención femenina no le faltaba. «Demasiado guapo para mi gusto», pensó distraída, masticando el chicle. Un hombre tan perfecto le daría auténtico miedo.

Para ser sincera, cualquier hombre era capaz de darle miedo si pensaba que estaba interesado en el sexo, pero eso era algo que no tenía por qué saber nadie. Aun así, estaba decidida a superar aquella debilidad suya. Tan pronto como encontrara al tipo adecuado.

—¿Cuánto tiempo llevas trabajando de bombera? —le preguntó él.

–Casi nueve años.
–¿Todos aquí?
–No. Empecé en Pórtland –sonrió–. Oregón, no Maine. Estuve allí unos tres años. Descubrí Fool's Gold durante unas vacaciones. Me acerqué al cuartel de bomberos y me presenté. A los tres días me hicieron una oferta.
–Este pueblo parece tener mayor cantidad de bomberas que la mayoría de los lugares.
–Este pueblo tiene mayor cantidad de mujeres desempeñando trabajos tradicionalmente masculinos que la mayoría de los lugares –precisó ella–. Hasta hace poco, andaba corto de varones.
Vio que Clay volvía a esbozar su lenta y sensual sonrisa.
–No lo había oído.
–Sí, lo habías oído y dudo que eso te importe.
–¿Estás dando por supuesto que no tengo problemas para ligar? –se recostó, apoyándose sobre los codos.
–No te molestes en convencerme de lo contrario.
–No intentaría convencerte de nada.
–¿Cómo es que te convertiste en modelo?
Se subió las gafas de sol, sujetándoselas en lo alto de la cabeza. Desvió la mirada de Charlie para clavarla en el horizonte.
–Me descubrieron en un desfile de moda –la miró–. Te lo juro.
–Yo pensaba que eso solo ocurría en las películas.
–Yo también. Había un espectáculo de moda en un centro comercial. Entré porque... bueno, desfilaban chicas bonitas con lo que esperaba fueran vestidos muy cortos. Uno de los modelos masculinos no había aparecido. Estaban como locos. Yo tenía su misma estatura. Me pusieron su ropa y me mandaron caminar. Lo hice. Después del espectáculo, un agente se me acercó y me convenció para que me convirtiera en modelo. Una semana después me trasladé a Nueva York.

–Un buen golpe de suerte.
–Eso fue lo que pensé yo. Acababa de graduarme en el instituto y no tenía la menor idea de lo que quería ser o hacer. Empecé a trabajar en seguida. En unos pocos meses ya había hecho un par de campañas.

«Ah, un hombre con una vida interesante», pensó Charlie. Suponía que no debería sentirse sorprendida.

–¿Conseguiste pues fama y fortuna?
–De lo de la fama no estoy muy seguro, pero sí, se me dio bien. Durante una sesión de ropa interior, te cambias un montón de veces. Nadie se molesta en correr una cortina. Alguien me vio el trasero. Pocos días después llamaron a mi agente para preguntarme si querría hacer de doble del trasero de un actor en una película. En aquel momento me pareció un poco embarazoso, pero pagaban bien, así que acepté.

–¿Es cierto que tienes el trasero asegurado?

Clay se echó a reír.

–Ya no, pero sí, tuve que asegurar varias partes de mi cuerpo. Aparte de las restricciones que me imponían. Nada de deportes que pudieran desfigurármelo. Tuve que mantenerme en un cierto peso y forma física, sin marcas de bronceado. Ni tatuajes.

Un estilo de vida, reflexionó Charlie, que ella ni siquiera alcanzaba a imaginarse.

–¿Y qué piensas hacer ahora? ¿Engordar veinte kilos y hacerte tatuar la palabra «mamá» en el trasero?

–Dudo que haga cualquiera de esas dos cosas. Tengo ganas de establecerme. Sentar la cabeza.

–¿No echarás de menos a las *groupies*, o como quiera que se llamen?

–No. Dejé ese rollo hace años.

–¿Después de las primeras doscientas, empezó a aburrirte?

–Algo así.

«Sexo sin compromiso», pensó Charlie. Había oído hablar de ello, por supuesto. No lo entendía, lo cual constituía parte del problema.

—No sé si te sentirás del todo cómodo aquí —le dijo—. Somos muy tradicionales. Familiares. Hay muchos festivales.

—Me gustan los festivales. Además, ya he visto bastante mundo. Esto es lo que quiero.

La miró mientras hablaba. Había una extraña intensidad en su voz y en su mirada. Por un instante, Charlie volvió a sentir aquel cosquilleo. Una conciencia especial de aquellas largas piernas, de los músculos de su pecho y de sus brazos.

Se recordó que verse atraída hacia Clay no haría que se sintiera en absoluto especial. Sería una más entre un millón. Y además tendría que guardar cola.

—Buena suerte entonces con tus planes —le dijo mientras se levantaba—. Tengo que volver —fue en busca de Mason.

—¿Charlie?

Se volvió para mirarlo y esperó.

—Quería hablar contigo de los bomberos voluntarios. He oído que pronto empezará un curso.

Estaba allí de pie, bañado por la luz del sol. Parecía un modelo en plena sesión de fotos. Probablemente no le costaba nada: le saldría solo. Se había pasado la última década haciéndolo. Lo más duro que debía de haber hecho en un día sería broncearse y cortarse el pelo. «Bello pero inútil», pensó.

—No creo que sea una buena idea —le dijo—. Es un proceso muy riguroso de selección.

Vio que enarcaba una ceja.

—¿Me estás diciendo que no podré soportarlo?

—Te estoy diciendo que no.

El brillo de humor desapareció de los ojos de Clay y su expresión se tornó inescrutable.

—¿No quieres tener a gente como yo? ¿Es eso?

—Algo así.

No quería ser grosera con el cuñado de su mejor amiga, pero aquello era diferente. Absolutamente diferente. Charlie se tomaba su profesión con mucha seriedad; sobre todo porque, de no hacerlo, alguien podría resultar muerto. Si Clay no se tomaba bien una negativa... bueno, ese no era su problema.

Montó en su caballo y se alejó.

Los bomberos de Fool's Gold trabajaban por periodos de nueve días seguidos y turnos enteros de veinticuatro horas. Charlie hacía sus ejercicios aeróbicos en la sala de ejercicios del cuartel, pero prefería el gimnasio para entrenar. Prácticamente todos los días que tenía libres los empezaba con una sesión agotadora.

Hacia las ocho, hacía ya rato que los ejecutivos se habían marchado y no habían llegado aún las amas de casa. Todo estaba en silencio. Disfrutaba con aquella tranquilidad. Dejaba las máquinas a los demás: ella prefería usar las pesas manuales. Su objetivo era siempre superarse a sí misma, mantenerse fuerte. No solo por su trabajo, sino por ella. Mantenerse fuerte significaba ser autosuficiente. La dependencia de los demás era una debilidad, se recordó mientras se secaba el sudor del rostro con una toalla.

Pero ese día no parecía capaz de concentrarse en sí misma, como tenía por costumbre. Sus movimientos eran distraídos, le fallaba la concentración. Y sabía cuál era la causa. Clay.

Había sido muy brusca con él, al rechazarlo como lo había hecho. Ella no solía ser así y no pudo evitar preguntarse si su reacción habría tenido algo que ver con la atracción que sentía hacia él. Sentirse atraída hacia un hombre la asustaba, y cuando se asustaba, se ponía a la defensiva. Quizá no fuera esa su mejor cualidad, pero no podía evitarlo.

Lo irónico de todo aquello era que sabía que tenía que

enfrentarse al problema para poder superarlo, de manera que sentir algo parecido a la atracción sexual debería ser una cosa positiva. Pero su intelecto parecía incapaz de convencer a su estómago de que no pasaba nada, de que todo estaba bien.

Una cosa era ser consciente de que tenía que encontrar una manera de practicar sexo con un hombre, y otra muy distinta hacerlo. Apretar los dientes y pensar en cualquier otra cosa había sido su plan original. Pero a juzgar por la manera en que había reaccionado ante Clay, iba a tener que replantearse su estrategia.

Desvió la mirada al saco de boxeo que colgaba en una esquina, preguntándose si no debería desahogar su incertidumbre sobre algo menos humano. Antes de que pudiera decidirse, el hombre en cuestión entró en el gimnasio y amenazó con estropearle el día entero.

Sintió la sutil onda sísmica que recorrió el edificio antes de mirar a Clay. Un grupo de mujeres que abandonaban la sala de aerobic se detuvieron a la vez y se volvieron para contemplarlo. Pasó por delante de la zona de pesas hacia la sala de ejercicios aeróbicos y todo el mundo en el gimnasio se dedicó a contemplarlo. Charlie se descubrió a sí misma igual de hipnotizada por aquellas largas y musculosas piernas, por aquellos poderosos brazos.

Llevaba exactamente lo que cualquier otro tipo: pantalón corto y una camiseta vieja. Y sin embargo destacaba. Quizá fuera la manera que tenía de caminar o la potencia que sugerían aquellos hombros. Quizá fuera aquel «algo» indefinible que le hacía tan especial. Fuera lo que fuese, estaba segura de que a medio kilómetro de allí habría podido oír los suspiros emitidos por cada mujer presente en la sala.

Clay se acercó a una de las cintas de correr. Se puso los auriculares y conectó su iPod antes de activar la máquina. En menos de un minuto ya estaba trotando. A los cinco, corría ya a un ritmo que habría rivalizado con el de Charlie en uno de sus mejores días.

Charlie retomó su entrenamiento. Cuando terminó su trabajo de tríceps, se dio cuenta de que lo había perdido de vista. La atronadora música del gimnasio le había impedido oír el retumbar de sus pasos en la cinta.

Volvió a dejar las pesas en su sitio y se enfrentó a la verdad. Por lo que se refería a Clay, había hecho suposiciones evidentemente falsas. Lo mismo que había hecho la gente con ella durante toda su vida. Solo necesitaban echar un vistazo a su estatura, a sus pies demasiado grandes y a su corpulencia para sacar conclusiones sobre su persona. Especialmente después de la violación.

Siempre se había enorgullecido de no cometer ese mismo error, de procurar conocer a una persona antes de juzgarla, pero, de alguna forma, con Clay se había olvidado de hacerlo. O quizá se había dejado deslumbrar por su aspecto. El caso era que había dado por supuesto que no podría resistir el duro entrenamiento que se necesitaba para convertirse en bombero no por ser *quien* era, sino por *lo que* había sido. Dos conceptos que, en su experiencia, no podían ser más distintos.

Consciente de que solamente quedaba una solución, se volvió a enjugar el rostro y caminó hacia las cintas. Se dirigió directamente a Clay, mirándolo durante todo el tiempo.

Clay no desvió la mirada. Tampoco sonrió. Continuó corriendo, con sus largas piernas moviéndose con consumada facilidad, devorando los kilómetros. Cuando ella se detuvo frente a la máquina, él pulsó el botón de frenado y se sentó a horcajadas sobre la cinta. Luego se quitó los auriculares y esperó.

Charlie se aclaró la garganta.

—Yo, er... estuve pensando... en lo que dijiste antes.

Sus ojos oscuros eran como los de su hermano, pero sin el brillo de calidez que solía encontrar en los de Rafe o Shane. Se removió, culpable.

—Está bien —rezongó—. Estaba equivocada. ¿Es eso lo

que quieres oír? Te juzgué de manera injusta. Por lo general no lo hago, pero tú no eres como el resto de la gente.

–¿Es esa tu idea de una disculpa?

–Sí. Y deberías aceptarla porque es algo que no suelo hacer a menudo.

–Ya lo veo. ¿Sabes? Creo que deberías practicar un poco.

–Que te den –gruñó, y a continuación esbozó una mueca al darse cuenta de que podía tomárselo mal–. Vamos a empezar un curso para voluntarios –se apresuró a añadir, antes de que él pudiera decir algo–. Incluirá preparación para la CPAT. Ah, CPAT significa...

–Prueba de Competencia de Capacidad Física. Ya me he documentado.

–Bien. Entonces sabrás que necesitarás pasarla antes de empezar a entrenar. Yo dirijo las clases.

–Qué suerte la mía.

No sabía si estaba siendo sarcástico o no, pero decidió no preguntar.

–Si estás interesado en presentarte a la prueba, deberías hacer el curso. Te adelanto que los bomberos voluntarios están bien preparados y que nuestros estándares son altos. Si estás dispuesto a hacer el trabajo y a dedicarle tiempo, entonces no debería haber ningún problema.

–¿Me estás dando una oportunidad porque sientes que me lo debes?

–No. No te debo nada y nadie está recibiendo una oportunidad.

Clay esbozó una media sonrisa.

–Solo lo preguntaba por probar.

–No soy fácil de comprar.

–Yo tampoco.

Charlie soltó un suspiro.

–Las solicitudes son *on line*. Las clases comienzan la semana que viene.

–¿Crees que disfrutarás pateándome el trasero?

–Oh, sí –sonrió–. Mis clases son muy duras. Pero cerca de

un noventa por ciento de los candidatos que yo entreno pasan la prueba –de repente dejó de sonreír–. La gente probablemente presupondrá un montón de cosas sobre ti, ¿verdad?
–Todo el tiempo.
–Haré todo lo posible para que no vuelva a suceder.
–¿Piensas tener algún miramiento especial conmigo?
–Ni hablar –sabía que no necesitaría ayuda alguna por su parte–. Creo en ser justa. Además, a mí tampoco me agrada que me juzgue la gente. Como te dije, eres bienvenido a presentar tu solicitud.
–Gracias –repuso, y sonrió.
Aquel fogonazo de mil vatios le provocó un inequívoco nudo en el estómago. Farfulló algo que esperaba que sonara a un «adiós» y se apresuró a escapar.
Una vez a salvo en el vestuario de mujeres, se dejó caer en un banco y apoyó la cabeza entre las manos. Incluso ella sabía que un nudo en el estómago era ya mucho, bastante peor que un destello o un cosquilleo. Solo esperaba que Clay fuera un tipo ocupado y se olvidara completamente de presentar la solicitud. De lo contrario, iba a tener que verlo dos veces por semana durante los dos próximos meses.
Y no solo a la manera de un «hola, ¿qué tal?». Pasarían un buena cantidad de tiempo juntos, entrenando. Hasta podrían tocarse.
Consciente de que en cualquier momento alguien podía entrar en el vestuario, se abstuvo de golpearse la cabeza contra la pared, pese a que de momento le parecía el mejor plan. ¿Sentirse atraída por Clay? Ese sí que era un movimiento estúpido.
Se irguió y cuadró los hombros. No: sentirse atraída por Clay no era en realidad un problema. El nudo en el estómago era la señal de que debía empezar a buscar al hombre que la ayudara a volver a ser normal. O al menos seminormal. Tomaría un amante, tendría sexo y lo superaría. Era fácil.

Decidió que, en cuanto llegara a casa, elaboraría una lista de potenciales compañeros de cama que pudieran instruirla, y pensaría luego sobre cómo decirle a alguien que le estaría enormemente agradecida si se dignara enseñarle los secretos de una relación sexual con todo detalle. Ah, y de camino a su casa, probablemente debería hacer una parada en la tienda de licores... dado que para tener aquella conversación iba a necesitar estar algo más que un poco bebida.

Clay había preparado su presentación para el consejo municipal. Nunca se había relacionado antes con un Ayuntamiento, pero su proyecto de agroturismo iba a cambiar eso. Quería que el negocio fuera bien recibido por la comunidad. Usaría el tiempo de que dispondría para demostrar que los nuevos turistas podían dejarse sus buenos dólares en el pueblo. A cambio de ello, esperaba conseguir algunos cambios menores en la reglamentación urbanística y menos dificultades con los permisos.

Rafe le había dicho que la alcaldesa Marsha Tilson se tomaba un interés personal por todo lo que sucedía en el pueblo y que la recepción de las autoridades sería buena. Aun así, Clay quería estar preparado. Él era el nuevo, el recién llegado, y estaba dispuesto a trabajar más duro que los empresarios ya instalados. Merecería la pena. Al año siguiente, por aquellas mismas fechas, su empresa sería un negocio boyante.

Después de encender su portátil, probó la presentación en la gran pantalla de la sala de plenos. Y esperó a que comenzara la reunión.

Para las once menos cinco, todos los asientos en torno a la larga mesa estaban ya ocupados. Charlie le había mencionado que las mujeres desempeñaban la mayor parte de los trabajos reservados a los hombres, y Clay podía ver que eso era cierto también para el gobierno municipal: ni un varón había entre sus miembros. Las mujeres que habían ocupado la sala iban desde los treinta y pocos años hasta aquellas otras de «una cierta edad». La alcaldesa rondaría los setenta.

Clay se sentó al fondo de la sala. La ayudante de la alcaldesa le había dicho que dado que él sería la estrella de la mañana, el consejo necesitaría tratar antes algunos puntos. En una población tan dinámica como Fool's Gold, siempre había algún proyecto en marcha.

Mientras miraba a su alrededor, se descubrió pensando que le habría gustado que Charlie estuviera allí. Se había llevado una gran sorpresa con ella, cuando le confesó que se había equivocado y le pidió disculpas. Sonrió al recordar su expresión mientras pronunciaba las palabras, como si hubiera estado masticando cristales. Era una mujer dura, tanto física como mentalmente. Y justa. Cualidades todas ellas que admiraba. Y se sorprendió a sí mismo pensando que seguramente le habría gustado también a Diana, lo cual era ciertamente asombroso. En el plano físico, no se parecían en nada. Y sin embargo por dentro, que era lo realmente importante, tenían la misma fuerza de carácter.

La alcaldesa Marsha dio comienzo al pleno.

—Aunque estamos aquí todas para escuchar la presentación de Clay Stryker, primero tenemos que resolver el asunto del aparcamiento detrás de la biblioteca —sacó una hoja y se caló sus gafas de lectura. Llevaba el cabello blanco recogido en un moño y vestía un traje formal—. Como muchas de vosotras sabéis, contamos con un aparcamiento que usamos cuando hay exceso de coches y hace de transición con la zona de almacenes. Hace unos años aprobamos plantar árboles para trazar una separación visual con los terrenos más industriales —se interrumpió.

—Las buenas acciones nunca salen gratis —anunció una de las damas de mayor edad—. Tú deberías saberlo, Marsha. Plantamos los árboles para que quedara bonito y ahora se vuelven contra nosotras.

La alcaldesa suspiró.

–Aunque no estoy de acuerdo con tu teoría de las buenas acciones, Gladys, parece que de manera inadvertida hemos provocado un problema. Gracias a los árboles, el aparcamiento ha adquirido un aspecto resguardado, aislado. Y los adolescentes han decidido utilizarlo como lugar de... –volvió a interrumpirse, tosiendo con delicadeza– ligoteo.

Una dama mayor ataviada con un chándal amarillo se inclinó hacia Gladys.

–Hey, ¿crees que tendríamos suerte si fuéramos tú y yo?

La alcaldesa miró a una y a otra.

–Eddie, si vuelves a interrumpir, no volverás a sentarte al lado de Gladys. No quiero tener que separaros, pero si tengo que hacerlo lo haré.

Eddie se irguió y masculló algo que Clay no alcanzó a oír.

–He hablado con la jefa de policía Barns –prosiguió la alcaldesa Marsha–. Se asegurará de que las patrullas nocturnas bajen allí más regularmente. Eso ayudará en algo.

–Los jóvenes tendrán que desmelenarse en algún sitio –dijo Gladys–. Démosles un respiro.

Clay procuró reprimir una sonrisa. Siempre había pensado que asistir a un pleno municipal sería un aburrimiento, pero estaba en un error. Aquello era muy divertido.

–Llámame antigua –le dijo Marsha–, pero yo prefiero ponerles las cosas algo más difíciles.

–El invierno ayudará –apuntó otro miembro del consejo–. Tan pronto como enfríe el tiempo, no podrán quedarse demasiado tiempo dentro de sus coches.

–Qué suerte la nuestra –murmuró la alcaldesa.

–Pongamos música –sugirió Eddie–. He leído en internet que los adolescentes huyen cuando escuchan ciertos tipos de música. La biblioteca tiene un equipo de música exterior. Podemos instalar altavoces en la parte trasera del edificio y usarlos para poner música que los chicos no puedan soportar.

—¿Música disco, quizás? —inquirió la alcaldesa Marsha con una leve sonrisa.

Siguieron más discusiones sobre la clase de música que ahuyentaría a los adolescentes. Eddie se ofreció a localizar el artículo en la red y enviárselo directamente a la alcaldesa.

La alcaldesa Marsha retomó el orden del día.

—Tenemos también pendiente el asunto de Ford Hendrix —miró a sus compañeras por encima de sus gafas—. No tengo que recordaros lo delicado del tema y la necesidad de que esto no salga de estas cuatro paredes.

Gladys blandió un dedo hacia Clay:

—Toma nota.

—A la orden.

El nombre le resultaba familiar. Recordaba a varios hermanos Hendrix de cuando estuvo viviendo allí, de niño. Y hermanas también, aunque a los cinco o seis años que había tenido en aquel entonces, las niñas le habían interesado mucho menos.

—Ford lleva fuera cerca de una década —continuó la alcaldesa—. Por lo que sé, su último servicio finaliza el año que viene. Ya es hora de que regrese a casa.

—No estoy muy segura de que debamos implicarnos en esto —dijo una de las miembros más jóvenes del pleno—. ¿Acaso no es decisión de Ford volver a alistarse? Suya o de su familia, en todo caso.

Eddie resopló indignada.

—Los jóvenes pasáis demasiado tiempo en Babia, si queréis saber mi opinión.

La expresión de la alcaldesa Marsha se tornó pesarosa.

—No creo que te la haya pedido nadie —replicó, y se volvió hacia la mujer joven—. Charity, tienes razón. No tenemos por costumbre meternos en lo que no nos importa. Normalmente yo no me metería, pero Ford necesita volver con gente que le quiera. Trabajar en las fuerzas especiales deja una gran factura. Necesita curarse. Y Fool's Gold es el lugar mejor para ello.

Hubo una breve discusión sobre cómo conseguir que el misterioso Ford volviera al redil, por así decirlo. Cuando por fin terminó, la alcaldesa invitó a Clay a iniciar su presentación.

–Buenos días –dijo mientras caminaba hacia la cabecera de la sala–. Gracias por invitarme a hablar.

–Disfrutamos admirando a los hombres atractivos –repuso Eddie–. Es nuestro punto débil.

La alcaldesa suspiró, pero Gladys chocó los cinco con su amiga. Clay pensó que aquellas dos debían de haber sido un par de buenas piezas de jóvenes. Repartió la versión impresa del proyecto y conectó su portátil a la pantalla.

Puso la primera imagen y empezó a hablar de su negocio. Mostró fotografías de la tierra que había comprado, un diagrama de lo que pensaba levantar en ella y unas cuantas instantáneas de gentes conduciendo tractores y haciendo tareas agrícolas. Hizo un cálculo aproximado de las familias que esperaba reunir y del aporte económico que resultaría para la economía local. Tenía también una idea aproximada del estilo de publicidad que pensaba encargar, así como de la cantidad de gente del pueblo que podría contratar.

Veinte minutos después, terminó con las peticiones concretas de los correspondientes permisos de edificación.

–Impresionante –comentó la alcaldesa Marsha, sonriendo–. Todas te estamos muy agradecidas por haber tomado en cuenta las necesidades de la población en la redacción de tu proyecto. Estoy segura de que a varias de nuestras empresas locales les encantará conocerlo. Puede que te aporten algunas ideas útiles.

–Eso sería estupendo.

–¿Piensas establecerte aquí de manera permanente? –le preguntó, mirándolo fijamente con sus ojos azules.

–Ese es el plan.

–Esto no es precisamente Nueva York.

Clay recordó que lo mismo le había dicho Charlie.

—Me apetece un cambio.

—¿Sabes? –le dijo Gladys con una expresión maliciosa en su rostro arrugado–. Si realmente quieres ayudar a este pueblo, yo conozco una manera.

—No –la interrumpió la alcaldesa Marsha, con un tono de advertencia.

Pero Gladys la ignoró.

—Podrías prestarnos tu trasero para una campaña publicitaria que estamos preparando.

—No sigas por ahí –le prohibió la alcaldesa con tono firme–. No estamos aquí para hablar de eso.

—Bueno, él tiene un trasero famoso... Yo lo he visto en las películas. Lo hemos visto todas. Cada uno tiene que trabajar con lo mejor que tiene, ¿no?

Clay estaba acostumbrado a poner buena cara con sus clientes. Era por eso por lo que había tenido tanto éxito. En ese momento procuró parecer más divertido que furioso o incómodo.

Gladys arrojó una revista sobre la mesa. El titular de portada resultaba claramente visible: *Famoso modelo asegura su trasero en cinco millones de dólares.*

—¿Para qué gastar dinero en un negocio de agroturismo cuando solo tienes que enseñar *la cosa* para forrarte? –le preguntó.

La alcaldesa esbozó una mueca de desagrado.

—Clay, de verdad que lo lamento. Er... estuvimos tratando el tema de incluirte en nuestra campaña –fulminó a Gladys con la mirada–. Pero pensábamos usar tu cara.

—Un desperdicio de recursos, si queréis saber mi opinión –rezongó Gladys–. Todo el mundo preferiría ver su trasero.

Capítulo 3

Clay dejó el portátil en el asiento del pasajero de su camioneta y encendió el motor. Pero en lugar de salir disparado, agarró con fuerza el volante mientras procuraba decirse que no debía tomarse aquello tan mal. Eran muchos los años que había pasado trabajando como modelo. Entendía que hablaran de él como si fuera un objeto y no una persona. Habían diseccionado su aspecto por lo menos un millar de veces antes. Le habían dicho que era demasiado alto, demasiado bajo, demasiado grande, demasiado pequeño, demasiado joven, demasiado viejo, demasiado guapo, o no lo suficientemente guapo... Cuando un cliente buscaba un «aspecto» determinado, o lo tenía o no lo tenía.

Había ganado mucho dinero, había invertido en educación, en cualificarse. Había empleado bien su dinero y había salido adelante. Ahora quería pasar a la fase segunda. El problema estribaba en escapar de lo que había sido la fase primera. No había esperado verse acosado por un puñado de viejas damas.

–Diablos –masculló entre dientes, sin saber muy bien cómo ventilar la frustración que hervía en su interior. No quería volver al rancho. Atravesar una pared de un puñetazo solo serviría para crear más problemas. Finalmente puso en marcha la camioneta y abandonó el aparcamiento.

Cinco minutos después entraba en el cuartel número uno de la brigada de bomberos de Fool's Gold. Contempló el garaje de vehículos. El camión autobomba no estaba, al contrario que lo que llamaban el quíntuple: un vehículo multiusos dotado de bomba de agua, cisterna y varias escaleras, que arrancó justo cuando lo estaba observando. Segundos después salía del aparcamiento haciendo sonar las sirenas.

Clay lo siguió, guardando la distancia suficiente para no entorpecer su trabajo. Se detuvo ante un semáforo y vio que el quíntuple entraba en una de las que recordaba eran las zonas residenciales del pueblo más antiguas. Cuando el disco se puso verde, siguió hacia el norte y luego al este. Dos manzanas después alcanzó a distinguir una columna de humo. Cuando se aproximaba a la escena, aminoró la velocidad y aparcó.

Una multitud se había reunido en el lugar. Clay se sumó a ellos, viendo que varios bomberos estaban terminando de apagar lo que parecía un garaje en llamas. Fue capaz de reconocer en seguida a Charlie. Era uno de los bomberos más altos, pero también la reconoció por su paso firme y su actitud de mando.

Al otro lado de la acera, una madre con dos niños contemplaba la escena, toda angustiada; Clay se figuró que era la dueña de la casa. Quizá uno de los niños había sido responsable del incendio. Si ese era el caso, alguien iba a tener un buen problema.

Charlie y la capitana se aproximaron a la familia. La mujer las escuchó atentamente; de repente pareció relajarse y sonrió, asintiendo. «Buenas noticias», pensó Clay. Un coche aparcó junto a la cera y bajó un hombre. Echó a correr hacia la mujer y los niños y los abrazó.

Los trabajos de recogida fueron más rápidos de lo que había esperado. Las mangueras fueron enrolladas y cargadas, el equipo vuelto a guardar. Charlie continuaba hablando con la familia. Finalmente estrechó las manos de todo el mundo, tuvo unas palabras con uno de los niños y se volvió hacia el camión autobomba.

Clay permaneció entre la multitud, que se dispersaba por momentos, mientras reflexionaba sobre lo que acababa de ver. Le atraía la idea de hacer aquello: ayudar cuando realmente era necesaria su ayuda. Intervenir, ayudar y luego desaparecer. Dejar que la gente a la que había ayudado siguiera adelante con su vida y se olvidara incluso de que había estado allí. No estaba interesado en ser un héroe, sino en realizar una tarea útil.

Charlie y la capitana se dirigían hacia el vehículo. La capitana lo vio, le dijo algo a Charlie y se acercó a él.

–Tú debes de ser Clay Stryker –le dijo, tendiéndole la mano derecha. Portaba su casco rojo en la izquierda–. Yo soy Olivia Fargo. Encantada de conocerte.

–Lo mismo digo.

Olivia probablemente habría pasado de los cuarenta, pelo corto y rojo y ojos azules. Era alta, casi tanto como Charlie, y tenía un aire pragmático, expeditivo.

–He oído que estás pensando en hacerte bombero voluntario.

–Hoy mismo pensaba presentar la solicitud.

–Pronto empezará un curso.

–Sí, ya lo sé.

Lo miró de arriba abajo.

–Es mucho trabajo. Puede que el entrenamiento te quite mucho tiempo.

–Estoy dispuesto a emplear todo el que sea necesario.

–¿Realmente quieres ayudar? –le preguntó ella.

Clay tuvo la sensación de que no iba a gustarle el rumbo de la conversación, pero asintió de todas formas.

–Siempre andamos algo cortos de dinero –le dijo–. Estamos recogiendo fondos para adquirir nuevos equipamientos. Los gastos extra que el Ayuntamiento no puede permitirse cubrir –sonrió Olivia–. Estábamos pensando en sacar un calendario para este año. Tú podrías participar en él. Eso nos sería de gran ayuda. Mucha gente podría animarse a colaborar. No son muchos los que poseen tus... –se interrumpió–, atributos.

Charlie permanecía junto al camión autobomba, esperando a Olivia. Podía oír todo lo que se estaba diciendo. La expresión de Clay no cambió en ningún momento, pero habría jurado que no estaba nada contento. Ni por los comentarios de Olivia ni por la petición de participar en el calendario. A partir de su conversación del otro día, sabía que tenía ganas de dejar atrás su vida anterior. Pero había un largo trecho entre trabajar de modelo y poner su trasero perfecto en peligro combatiendo incendios. ¿Por qué un hombre como él habría de asumir un riesgo semejante?

Se recordó que solo había una manera de averiguarlo: preguntárselo directamente.

Se acercó a ellos. Olivia la miró.

–Le estaba contando a Clay lo del calendario. Me parece que no está muy convencido.

Los oscuros ojos de Clay no decían nada, pero ella podía sentir la tensión de su cuerpo. Olivia señaló el quíntuple.

–Hemos dejado abierta una boca de manguera –dijo de pronto, volviéndose hacia Charlie–. ¿Me das cinco minutos?

–Claro –Charlie esperó a que su capitana no pudiera ya oírlos–. Me parece a mí que lo del calendario no es el trabajo de tus sueños.

–No precisamente.

–Estoy cubriendo el turno de una amiga hasta mediodía –miró su reloj. Eran las doce y media–. Cuando volvamos al cuartel, me daré una ducha rápida. Te veré en el Fox and Hound dentro de una hora. Así podrás hablarme de ello.

Charlie prefería siempre comer en el bar de Jo. Hacían

las hamburguesas justo de la manera que le gustaban a ella y el lugar era frecuentado por mujeres sin que fuera demasiado ñoño o cursi. Pero sabía que presentarse allí con Clay suscitaría más preguntas de las que querría responder. Lo cual hacia del Fox and Hound un terreno más neutral y, por tanto, más seguro para ella.

Llegó justo a tiempo y entró en el fresco interior. Ya era algo tarde y solo había una persona guardando turno.

Clay se levantó nada más verla. Llevaba un pantalón gris y una camisa blanca. «El dios del sexo en plena faena», pensó, consciente de que, después de la ducha, su única concesión a su aspecto había sido asegurarse de que su camiseta estaba limpia. Al menos llevaba vaqueros en lugar de sus anchos pantalones llenos de bolsillos. En honor de la reciente boda de Heidi, se había hecho la pedicura. No recordaba haberse pintado nunca las uñas de los pies, pero no le desagradaba el color rosa brillante que le había quedado. El día anterior había pedido prestadas unas sandalias para poder lucir los dedos. Esa mañana se las había puesto para ir al cuartel, lo que explicaba que las llevara en ese momento.

Como prueba de lo incómoda que se sentía siempre por lo que se refería a los hombres, en ese instante se sentía dividida: contenta por un lado de haberse hecho la pedicura, pero temerosa de que Clay pudiera pensar que se le estaba insinuando. Muy probablemente, la mejor solución habría sido años y años de terapia. No había tenido, sin embargo, ni la paciencia ni el dinero suficiente para seguir ese camino. Tendría que encontrar una manera de lidiar con la normalidad. Pero esa sería una cuestión para después de la comida. Siempre resolvía mejor los problemas con el estómago lleno.

La camarera del bar apenas pudo evitar que la mandíbula se le desencajara cuando descubrió a Clay. La joven, de edad todavía escolar, batió pestañas a tal velocidad que Charlie llegó a temer que se le fuera a dislocar un párpado.

—¿Mesa para dos? —inquirió sin aliento, echándose su larga melena rubia sobre un hombro.
—Por favor —respondió Clay, y se hizo a un lado para dejar pasar primero a Charlie.
El caballeroso gesto la tomó desprevenida. Más turbadora fue la mano que apoyó levemente sobre su cintura, como para guiarla hasta la mesa del lateral.
Fue consciente del contacto, de la palma de su mano y de todos sus dedos. No de una manera sexual, o excitante, sino solo porque honestamente no podía recordar la última vez que un hombre la había tocado así. O, apretones de manos aparte, en cualquier parte del cuerpo.
Se sentaron frente a frente. La camarera se inclinó hacia Clay, regalándole una vista del pronunciado escote de su blusa. Sonrió.
—Puedo darte mi número —susurró, aunque las palabras sonaron lo suficientemente altas como para que Charlie pudiera oírlas.
Charlie ni siquiera la miró.
—Gracias, pero no.
—¿Seguro?
—Seguro.
Recogió la carta de menú y volvió a bajarla.
—No pensaba que me recibirían así cuando llegué aquí —dijo no bien se hubo marchado la camarera caminando ostentosamente, tras haberle lanzado otra detenida mirada.
Charlie se inclinó hacia él.
—¿De qué estamos hablando?
—Perdona. Me refería a lo de que tu capitana me invitara a participar en el calendario para recoger fondos.
—¿No te referías a la chica?
—¿Qué chica?
—La camarera que prácticamente se desnudó delante de ti hace unos diez segundos
Enarcó las cejas, perplejo.
—No me he dado cuenta.

−Te ofreció su número.
Vio que se encogía de hombros. Fue un gesto tan natural... Tuvo que convencerse de que Clay no había estado prestando realmente atención. Quizá porque le sucedía demasiado a menudo.
−Esos números de teléfono son como pétalos de rosa −comentó distraída, recogiendo el menú y preguntándose si debería pedir fajita de pollo como hacía siempre, o bien probar algo nuevo.
−¿Los números de teléfono son qué?
Charlie bajó la carta y sonrió.
−Perdón. Estaba pensando en voz alta. Pétalos de rosa. Ya sabes, como en los tiempos de los romanos, cuando se lanzaban pétalos al paso del emperador. Como los números de teléfono que te lanzan a ti... ¡Salve, César! O... ¡Salve, Clay! −arrugó la nariz−. Bueno, no suena lo mismo. Puede que quieras cambiarte el nombre para que suene un «salve» más clásico.
Clay masculló algo por lo bajo y cambió de tema.
−¿Qué es lo mejor que tienen aquí?
−Todo −respondió Wilma. Había aparecido junto a su mesa. Wilma tenía casi sesenta años, era especialista en hacer globos con el chicle y había trabajado en cada encarnación de aquel restaurante desde que lo abrieron décadas atrás. En ese momento estaba mirando fijamente a Clay, enarcadas sus cejas perfiladas−. Así que tú eres la belleza de la que todo el mundo me ha estado hablando... −miró a Charlie−. ¿Estás con él?
Charlie se esforzó todo lo posible por no ruborizarse ni ahogarse.
−Somos amigos.
−Lástima. Hacéis buena pareja. No tan buena como mi Frank y yo, pero tampoco está mal −entrecerró los ojos−. Espero que te guste comer −le dijo a Clay−. Porque si no es así, mejor que no pidas.
Charlie abrió la boca y luego la volvió a cerrar. Apa-

rentemente, el bar de Jo habría sido una elección más segura.
Wilma se volvió de nuevo hacia Charlie.
–¿Refresco sin alcohol?
Charlie asintió con la cabeza.
–¿Y tú? –le preguntó a Clay.
–Té con hielo.
Garabateó en su bloc de notas.
–Charlie suele pedir la fajita de pollo Londres. Es buena. Te traeré una.
Resignado, Clay le devolvió la carta.
–¿Con patatas? –preguntó Wilma, a nadie en particular.
–Sí –respondió Charlie, entregándole también la carta.
La mujer le dio a Clay una palmadita en el hombro.
–Te repito que nunca serás tan guapo como mi Frank, pero no estás nada mal, muchacho –y, dicho eso, se marchó.
–Perdona –se disculpó Charlie cuando volvieron a quedarse solos–. Me había olvidado de cómo era Wilma.
–¿Marimandona y sin pelos en la lengua?
–Es una buena descripción.
Clay la sorprendió al sonreírse.
–Me cae bien. Tiene pinta de no soportar muchas tonterías.
–Es una institución. Este restaurante ha experimentado varios cambios de dueño y Wilma ha seguido aquí durante todo el tiempo. Es una de las primeras personas que conocí cuando llegué al pueblo.
Wilma volvió con sus bebidas, las dejó sobre la mesa y se marchó.
Clay rasgó el sobre de su pajita.
–No estás nada contento con la idea del calendario –empezó Charlie.
–No, pero se trata más bien del día en su conjunto. Esta mañana tuve una reunión con el Ayuntamiento. Les presenté mi proyecto de agroturismo.

–Debieron de quedar muy contentas. Traerá dinero al pueblo.

–La alcaldesa pareció interesada. Pero algunas otras se mostraron más seducidas por la idea de que participara en una campaña publicitaria sobre la población. Con mi trasero como protagonista.

Charlie esbozó una mueca.

–Eso suena típico de Gladys.

–¿Wilma y ella son hermanas?

–No, pero comparten rasgos semejantes de personalidad. Lo siento.

–No es culpa tuya. En Nueva York habría esperado que me sucediera esto. Dados mis antecedentes, habría sido inevitable. Pero pensaba que aquí las cosas serían diferentes.

Charlie se lo quedó mirando.

–Supongo que yo soy como los demás. Yo había pensado que tu vida era perfecta.

Vio que apretaba la mandíbula.

–Ya. Aquello de «calla y cobra tu cheque, que todavía deberías estar agradecido». Ya he oído eso antes –se recostó en el asiento–. Es igual. Haré lo del calendario.

–Pero tú no quieres hacerlo.

–No, no quiero.

–Entonces no lo hagas.

–Estoy intentando integrarme –enarcó las cejas–. Quiero formar parte de esta comunidad. Que me acepten en el programa de bomberos voluntarios. Negarme no me ayudará en nada.

–Estoy de acuerdo, pero el fin principal es recaudar fondos, no hacer que te sientas incómodo. ¿No tienes amigos modelos? ¿No podrías conseguir que un par de ellos posaran para el calendario?

Se la quedó mirando fijamente. Charlie tenía que reconocer que toda aquella intensidad resultaba un tanto turbadora. Aquel nudo en el estómago había vuelto, acompañado esa vez de una levísima presión en la entrepierna.

Se removió en su asiento.

Incómoda con el silencio y con su propia reacción física hacia Clay, se descubrió entrando en un peligroso territorio: el típico de hablar sin pensar.

—El caso es que si quieres que la gente te tome en serio, tendrás que tomarte en serio tú mismo. Aceptar hacer el calendario reforzaría el estereotipo. Tú eres más que lo que la gente cree que eres. Ya sé que es un tópico, pero vas a tener que esforzarte más para demostrar tu valía. Es un tipo de discriminación muy raro.

El mismo que había visto con su madre. La gente interactuaba con Dominique primero por su aspecto, y después por ser quién era. Charlie también había conocido el lado oscuro de ser juzgada por su apariencia física. La mayor parte de los desconocidos se la quedaban mirando con un: «¿De veras? ¿Tú eres *su* hija?» en los ojos.

Clay volvió a recostarse en su asiento y juró por lo bajo.

—Tienes razón.

—¿La tengo? —parpadeó, sorprendida.

—Sí. En todo. He tenido un *manager* ocupándose de todas esas cosas en mi vida durante diez años. Con el tiempo, me he vuelto perezoso a la hora de asumir la responsabilidad de mis propios actos. Gracias por ser tan sincera conmigo.

—Es lo que mejor sé hacer. Decir lo que se me pasa por la cabeza. Dame treinta años más y me convertiré en una Wilma.

Clay le regaló una sonrisa lenta y sexy. Una que casi le puso la barriga cabeza abajo.

—Hay destinos peores.

Charlie tomó su vaso y bebió un buen trago de soda. Él volvió a inclinarse hacia ella.

—En cuanto a lo del calendario, llamaré a algunos tipos que conozco. No sé cómo saldrán las cosas con el Ayuntamiento, pero estoy seguro de que podré arreglar también ese problema.

—Tal vez deberías esperar un poco con el asunto del municipio. La alcaldesa es muy hábil a la hora de limar asperezas. Y estoy segura de que le ha encantado tu proyecto de agroturismo.

Había vuelto a quedársela mirando fijamente. Dado que todavía no habían comido, al menos estaba segura de que no tenía ningún resto en los dientes...

—¿Qué pasa? —le preguntó al cabo de un par de segundos.

—Solo estaba pensando que le habrías caído muy bien a cierta persona que conocí —su expresión se tornó seria. Casi triste.

Charlie sintió que el estómago se le encogía de nuevo, pero esa vez por una razón completamente distinta.

—¿Tu novia? —¿la que había dejado detrás en Nueva York y a la que echaría de menos desesperadamente?, se preguntó para sus adentros.

—Mi difunta esposa.

—¿Qué? ¿Estuviste casado? —las palabras le salieron sin que pudiera evitarlo.

—No eres aficionada a la prensa del corazón, ¿verdad?

Charlie sacudió la cabeza.

—Lo siento. No pretendía parecer tan sorprendida. Es que sencillamente no me pareces del tipo de hombres que se casan —gruñó y se tapó la boca con la mano.

Clay estiró un brazo y se la retiró.

—No pasa nada. Puedes decir lo que piensas. No me ofenderé.

Wilma apareció con la comida. Charlie picó una patata frita, pensando que quizá su problema de incontinencia verbal se debiera a que estaba baja de glucosa. O quizá, aparte de la comida, la mejor solución fuera no hablar tanto.

—Háblame de ella —le pidió y empezó con la primera mitad de su fajita.

Él picó también una patata, pero no llegó a llevársela a

la boca. Charlie prácticamente podía ver cómo la tensión abandonaba su cuerpo conforme se relajaba. Algo parecido a la felicidad consiguió ahuyentar la tristeza de sus ojos.

—Era ingeniosa y divertida —empezó—. Fotógrafa —sonrió de nuevo—. Odiaba a los modelos, especialmente los masculinos. Solía decir que todos éramos sosos e inútiles —su sonrisa se amplió—. Nos conocimos en una fiesta y ella no fue a por mí.

Charlie masticó y tragó el bocado.

—Me habría caído bien, seguro.

Clay rio por lo bajo.

—Y tú le habrías caído bien a ella. No podía dejar de mirarla. Yo tenía veinte años... y ella treinta y cuatro, y cuando le pedí que saliéramos juntos, se estuvo riendo durante dos minutos enteros. Conseguí su número a través de un amigo mío y no pude resistirme a llamarla. Finalmente aceptó quedar conmigo a tomar un café, pero solo para poder explicarme todas las razones por las que lo nuestro no podía funcionar.

Charlie detectó el cariño en su voz, vio el placer que sentía al recordar todo aquello. Últimamente sus amigas habían estado muy ocupadas enamorándose, así que reconocía los síntomas.

—Yo la convencí de que me diera una oportunidad en una cita de verdad. Los dos nos llevamos una sorpresa cuando aceptó. Para el final de aquella primera noche, yo estaba completamente enamorado de ella. Fue como si me atravesara un rayo. Ella tardó mucho más en sentir lo mismo.

—Una diferencia de edad de catorce años es mucho para la mayoría de las mujeres —comentó Charlie—. Es una estupidez, pero nosotras tenemos más inculcado aquello de que el hombre debe ser mayor.

Clay asintió.

—Ella tenía problemas con nuestra diferencia de edad, con el hecho de que yo fuera tan joven, con mi trabajo...

Pero yo estaba decidido a conquistarla –se interrumpió–. Le propuse matrimonio seis veces hasta que me dijo que sí. Para la semana siguiente ya nos habíamos casado. No quería arriesgarme a que pudiera cambiar de idea.

Charlie se echó a reír.

–Un hombre con una misión.

–Y ella también. Diane me habló de mi futuro. Me advirtió de que no podría trabajar de modelo para siempre. Fue ella quien me sugirió que me matriculara en la universidad. Que pensara en mi futuro –de repente dejó de sonreír–. Hace cinco años se mató en un accidente de coche. Yo estaba en medio de una sesión cuando recibí la llamada. Diane era una fuerza de la naturaleza y entonces, de repente... se fue. Nunca pude despedirme de ella.

–Lo siento –Charlie bajó la segunda mitad de su fajita.

–Gracias. Sigo echándola de menos. El dolor es ahora diferente. No tan agudo. Pero sigue ahí. Ella fue lo mejor que me ha ocurrido en mi vida.

Charlie tenía el suficiente sentido común como para no ofrecerle alguna estúpida promesa de que las cosas mejorarían, o que se repondría con el tiempo. Algunas veces, una persona simplemente tenía que sentarse a solas con su dolor y digerirlo. Eso era probablemente más sano que lo que había hecho ella, que era fingir que nunca había sucedido.

Aunque el sentido de pérdida y de dolor era distinto, ambas experiencias habían dejado sus cicatrices.

Clay recogió su fajita.

–Perdona. No pretendía soltarte todo este rollo.

–Me gusta escuchar.

Quizá fuera un síntoma de lo muy retorcida que se había vuelto, pero casi envidiaba a Clay. Al menos él había amado una vez. Ella nunca, y tampoco estaba segura de querer hacerlo. Amar a alguien significaba comprometerse en un nivel de confianza con el que no se sentía cómoda. Pero lo del sentido de pertenencia sí que sonaba bien.

–Una de las razones por las que quise establecerme

aquí cuando me retiré fue la de estar cerca de mi familia –le dijo Clay–. Durante el último par de años, he querido estar cerca de ellos.

Charlie no pudo evitar sonreírse.

–¿Retirarte? ¿Cuántos años tienes? ¿Treinta? –picó una patata frita y la sostuvo en el aire–. Ya lo sé, ya lo sé. Ser modelo de traseros es cosa de jóvenes. Ya me lo dijiste.

–La belleza es efímera.

Contempló sus ojos oscuros, el firme dibujo de su mandíbula, sus anchos hombros. Él, ciertamente, estaba en su apogeo.

La conversación derivó hacia temas menos trascendentales. Acabaron de comer discutiendo sobre si los Dodgers conseguirían volver alguna vez a la Serie Mundial y si los Stallions de Los Ángeles lograrían ganar la temporada.

–¿Los Stallions y no los Raiders? –inquirió Clay. Dio un último mordisco a su fajita y esperó.

–Ya sé que Oakland está más cerca, pero yo siempre he sido hincha de los Stallions. No puedo explicarlo.

Wilma apareció con la cuenta. Clay la atrapó antes de que pudiera hacerlo Charlie.

–Invito yo.

–Asegúrate de dejar una buena propina –le advirtió Wilma.

–A la orden.

La vieja dama sonrió y luego lo despeinó cariñosamente.

–No eres tan malo, muchacho, vuelve cuando quieras.

No bien se hubo marchado, Clay se inclinó hacia Charlie.

–¿Realmente manda tanto como parece?

–Así son las cosas en Fool's Gold. Se rigen por unas reglas muy raras.

Había dejado un par de billetes de veinte para lo que Charlie sabía que sería una factura de unos veinticinco, y se levantó.

–Gracias por la comida –dijo él.

—Gracias a ti —repuso ella—. Con una propina así, Wilma te enviará invitaciones personales para que vuelvas.
—Estaban ricas las fajitas.
—Si quieres —se levantó Charlie—, te ayudaré con los trámites de la solicitud. Para asegurarnos de que todo esté correcto.
—Te lo agradecería —sacó su móvil—. ¿Me das tu número?
Se lo dio rápidamente, consciente de que la joven camarera echaría chispas por los ojos si llegaba a enterarse. La diferencia estribaba en que Charlie no estaba interesada en salir con Clay. Aunque quizá la camarera no quisiera limitarse a salir, tampoco...
Salieron a la calle. Charlie tenía aparcada la camioneta delante.
—Esa es la mía —se la señaló.
—De acuerdo. Esta tarde terminaré de rellenar la solicitud y después te llamaré.
Se disponía a decirle que de acuerdo, que esperaría su llamada cuando, antes de que pudiera pronunciar las palabras, él se estiró para darle un beso en la mejilla.
—Gracias —murmuró y se marchó.
Se quedó plantada en la acera, con un cosquilleo en la mejilla y sus entrañas bailando alguna especie de danza de la fertilidad. Incluso una mujer como ella, con su falta de experiencia, había captado el mensaje. Se sentía atraída hacia Clay. Sexualmente atraída. A juzgar por la rapidez con que estaba desarrollándose todo, unos pocos encuentros más y se vería reducida al estado de una chillona y lloriqueante *groupie*.
Era cosa de mala suerte que después de haber pasado literalmente una década sin tener pensamiento erótico alguno... se hubiera sentido atraída por el que posiblemente era el hombre más guapo del planeta.

Un par de días después, Annabelle Weiss entró en el bar de Jo y se sentó sonriente frente a Charlie.

—He invitado a Patience McGraw a reunirse con nosotras. ¿La conoces?

Charlie observó a la preciosa morena que entraba en ese momento en el local y se detenía por un segundo antes de dirigirse hacia ellas.

—Claro —le dijo a su amiga—. A veces me corta el pelo —por el rabillo del ojo, vio que Annabelle lanzaba una mirada a su cabello corto. Puso los ojos en blanco—. No digas nada. Sí, esta vez he ido a la peluquería.

—Y te queda fantástico.

Charlie sabía que «fantástico» no era una palabra que pudiera aplicarse a su persona, pero aceptó el comentario en honor a la buena intención de su amiga.

Patience se acercó a su mesa.

—Hola, Charlie —la saludó mientras se sentaba.

Patience se había criado en Fool's Gold. Tenía una hija, Lillie, y estaba divorciada.

—Hola. ¿Qué tal va todo?

—Bien —Patience tenía unos grandes ojos castaños y una dulce sonrisa—. ¿Lleváis mucho tiempo esperando?

—Yo justo acabo de llegar —le dijo Annabelle—. Charlie siempre tiene hambre, por eso llegó temprano.

—No siempre tengo hambre —rezongó.

Patience se echó a reír.

—Yo me he entretenido, lo siento. Le he echado un ojo a cierto local comercial...

Annabelle soltó un profundo suspiro.

—¿Piensas abrir una peluquería? ¿Lo sabe Julia?

Patience trabajaba para Julia Gionni, una de las dos hermanas Gionni, que siempre se estaban peleando. Ninguna de las dos se habría puesto nada contenta de que una consumada estilista como Patience abriera un salón propio.

Patience se echó a reír.

—¡Que no cunda el pánico! No estoy pensando en abrir una peluquería. Solo estaba soñando despierta —se inclinó hacia ellas—. Me encantaría, eso sí, abrir una cafetería. Una locura, ¿verdad? En diciembre cumpliré los veintiocho. Pero al paso que voy ahorrando...

—Yo creo que una cafetería es una idea estupenda —le aseguró Annabelle—. Seguro que alguien del pueblo podrá ayudarte.

—Exactamente —sonrió Patience—. ¿Conocéis a Trisha Wynn?

—A mí me ayudó con un problema legal hará un par de meses —explicó Annabelle.

—Yo salí con su hijo —informó Charlie.

Justo en ese momento apareció Jo para entregarles las cartas de menú.

—Estamos probando con una nueva ensalada. Es de verduras de temporada, con manzana y pollo frito. Podría ponerle pollo a la plancha, en vez de frito, pero se resentiría la opinión que tengo de vosotras. Lo digo por decir.

—¿Con pan de ajo? —pidió Charlie.

—Si quieres sí, encanto.

Annabelle suspiró.

—Yo quiero ser tan alta como Charlie. Entonces podré comer todo lo que quiera.

—También trabajo mucho —le recordó Charlie.

—Ya. Bueno, esa parte me interesa mucho menos —admitió Annabelle.

Jo se marchó después de tomarles la orden de las bebidas.

Patience se volvió hacia Charlie.

—No sabía que Trisha tuviera un hijo. ¿No funcionó lo vuestro?

Charlie no había tenido intención de soltar la información, pero últimamente parecía extenderse mucho sobre temas personales.

—No fue tan grave. Estábamos bien como amigos, pero Trisha no paraba de presionarlo con que se buscara una chica, así que me eligió a mí. Yo me llevo fenomenal con ella —tanto que Trisha se había quedado destrozada cuando

Charlie le dejó las cosas claras y le confesó que en aquella relación no había chispa alguna.

Lo que no le había dicho a Trisha era que la falta de chispa se había evidenciado porque cada vez que Evan había intentado «llevar las cosas al siguiente nivel», ella se había quedado paralizada. «Aterrada» habría sido un término más adecuado, pero ¿para qué profundizar en ello? Desafortunadamente para Evan, el siguiente nivel había incluido los besos.

En ese momento estaba casado con una mujer que era del gusto de Trisha, y Charlie no podía evitar sentirse un tanto culpable. Como si el hecho de que las dos se llevaran tan bien fuera un problema para su nueva esposa.

–¿Y cómo te está ayudando Trisha con la cafetería de tus sueños? –le preguntó Charlie, pensando en que debían dejar de hablar de su triste historial de experiencias con hombres.

–Estuvo impartiendo una clase en la escuela de adultos sobre cómo abrir tu propio negocio. Yo asistí y le presenté mi plan. Todo lo que se interpone entre mi persona y la cafetería de mis sueños es un dinero para ir empezando.

–Lo encontrarás –le aseguró Annabelle.

Patience asintió convencida.

–Estoy pensando de manera positiva y comprando billetes de lotería.

–Hey, eso podría funcionar –dijo Charlie–. Así es como Heidi consiguió el dinero para el depósito del rancho.

Jo volvió con sus bebidas. Té con hielo para todas, sin teína para la embarazada Annabelle. Les tomó la orden. Charlie declinó al final la nueva ensalada, prefiriendo su habitual hamburguesa con patatas. Patience y Annabelle pidieron la especial, con el pollo a la plancha y sin pan de ajo.

–Sois tan femeninas... –Charlie se metió con ellas cuando Jo se hubo marchado.

–Peor para nosotras –Annabelle alzó su vaso de té–. Por

Heidi, que mañana por la mañana volará rumbo a París. Estoy tan feliz por ella como envidiosa –sonrió–. Me refiero a lo de París. No es que Rafe no sea estupendo, pero yo prefiero a Shane.

–Una novia leal –repuso Patience, chocando su vaso–. Por Heidi y por París.

–Por Heidi y por París –dijo Charlie, sumándose al brindis.

Al igual que Annabelle, ella tampoco estaba interesada en Rafe. Para ser sincera, la capital europea tampoco la entusiasmaba tanto. Pero estar con alguien... eso sí que tenía su atractivo. Porque si ella podía alguna vez hacer eso, si podía llegar a estar con un hombre, entonces estaría curada. O al menos se sentiría mejor. Le daban igual las cicatrices. Lo que quería que desapareciera eran las heridas abiertas.

Miró a Patience.

–¿Y Lillie? ¿Está contenta de que empiece pronto el colegio o triste de que termine el verano?

–Más bien contenta. Ha estado dando clases de baile y le encanta –Patience arrugó la nariz–. La adoro. Es una niña estupenda y por ella sería capaz de arrojarme delante de un autobús –miró a su alrededor y bajó la voz–. Pero es una bailarina horrible. Por más que lo intenta, no parece capaz de encontrar el ritmo. Su profesora tiene una paciencia enorme con ella.

Charlie podía identificarse con aquella situación. Pero, en su caso, había tenido que compararse con la perfecta, delicada y famosa *prima ballerina* de su madre. Una experiencia que no quería volver a vivir.

–Dentro de dos meses, las niñas empezarán con *La danza del Rey Invierno* –añadió Patience–. Lillie se muere de ganas.

–Me encanta *La danza del Rey Invierno* –dijo Annabelle–. Es maravillosa.

Charlie asintió.

—A mí también me gusta —era toda una tradición en Fool's Gold e incluso ella, con su trauma del ballet inducido por su madre, disfrutaba del espectáculo.

El móvil de Patience sonó en ese momento. Se lo sacó del bolsillo y miró la pantalla.

—¡Oh, no! Una de las estilistas se ha puesto enferma y Julia me necesita ahora mismo.

Annabelle le tocó ligeramente un brazo.

—Tranquila. Ya comeremos juntas en otra ocasión.

—Perdonad —se disculpó Patience mientras se levantaba—. Le diré a Jo que cancele mi orden cuando salga.

Charlie asintió.

—Lo que ha dicho Annabelle: en otra ocasión.

—Prometido —Patience se dirigió hacia la barra.

Annabelle esperó a que se hubiera marchado su amiga para inclinarse hacia Charlie.

—¿Qué está pasando entre Clay y tú?

Charlie, que había estado bebiendo, casi se atragantó.

—Nada. ¿De qué estás hablando?

—Ayer te mencionó por lo menos tres veces. Le estás ayudando a hacerse bombero voluntario. Comisteis juntos —un brillo de entusiasmo asomó a sus ojos verdes—. ¿Estás saliendo con Clay?

—No —la fulminó con la mirada—. No, alto ahí. Somos amigos. O casi. En realidad no lo conozco bien. Sí, le estoy ayudando porque... No sé muy bien por qué. A veces puedo ser amable con la gente, ¿no?

Annabelle se recostó en su asiento.

—Interesante.

—No, no lo es.

—Te gusta.

—Creo que es un tipo agradable.

Annabelle se echó a reír.

—Y sexy —abrió la boca para volver a cerrarla en seguida—. Te atrae.

Charlie gruñó.

–No. Y baja la voz.

Annabelle esperó, ansiosa.

–Bien –susurró Charlie–. Quizá un poco. Pero todo esto es como una especie de ejercicio intelectual. No soy ninguna estúpida. Un tipo como Clay no es... Tengo mis problemas. Así que sentirme atraída por Clay simplemente quiere decir que no estoy tan muerta como pensaba. Esa es una buena cosa.

–Es una gran cosa.

–No veas más de lo que hay.

–Haríais una pareja fantástica.

Charlie se la quedó mirando.

–No dudes ni por un segundo de que sería capaz de matarte...

Annabelle sonrió.

–Me quieres demasiado y no te tengo miedo. Clay es un tipo dulce. Deberías lanzarte a fondo a por él.

–Ya, claro. Tú espera sentada.

Capítulo 4

—Yo imaginaba que allí habría una barra. Para bajar por ella —dijo Clay, mirando al techo del cuartel de bomberos.
—Absurdo en un edificio de un solo piso, aunque en el pueblo hay otro cuartel con dos —Charlie lo iba guiando por el garaje de vehículos—. Las barras han desaparecido de casi todos los cuarteles. Demasiados accidentes.
—¿Gente que baja demasiado rápido?
—No. Gente que cae y atraviesa el suelo. En la actualidad, si el cuartel tiene dos pisos, bajamos las escaleras.
—Difícil hacer de superhéroe bajando las escaleras.
Charlie lo miró por encima del hombro y sonrió.
—Dímelo a mí. La semana pasada tuve que envolverme en mi capa para ir a buscar al gato de la señora Coverson —traspuso un umbral—. Las oficinas están por allí —señaló a la izquierda—. Y nuestros alojamientos por aquí.
La siguió hacia los alojamientos. Cuando había llamado para avisarla de que pasaría por el cuartel para entregar su solicitud, ella misma se ofreció a acompañarlo.
Ya le había explicado el funcionamiento de los equipos, incluidas las diferencias entre el camión autobomba y el quíntuple. Como en muchas poblaciones del país, solo una pequeña parte de las llamadas que recibían los bomberos tenían que ver con incendios. La mayoría eran emergencias médicas, incluidos accidentes de coche. Y allí, en Fool's

Gold, no eran pocas las que se referían a asuntos como el del gato de la señora Coverson.

—Todo eso se explica por sí mismo —dijo Charlie, señalando la amplia zona abierta con varios sofás y una enorme pantalla plana de televisión. Detrás de los sofás había una gran mesa de comedor, con la cocina al fondo—. Los bomberos profesionales trabajamos veinticuatro horas seguidas, así que hacemos las comidas aquí. Cada uno se prepara su propio almuerzo y desayuno —entró en la cocina y abrió una nevera gigantesca. Estaba llena de decenas de recipientes bien ordenados, cada uno con su etiqueta.

—¿Qué es eso?

—Nuestro glorioso trabajo en comunidad. Gracias a la brigada de las cocinas, disponemos de una constante provisión de cenas. Precocinadas y listas para calentar. Unas pocas veces al mes, llamamos y alguien viene a prepararnos la cena. También tenemos una barbacoa en el patio de atrás, para poder hacer hamburguesas o filetes a la parrilla.

—Una buena solución.

—Funciona.

Charlie volvió al garaje de los vehículos y señaló otra puerta.

—Los alojamientos para dormir, los lavabos y las duchas están por allí —entrecerró los ojos—. No te hagas ilusiones.

—¿Qué?

—Algunos tipos dan por hecho que las duchas son comunales y se excitan de solo pensarlo.

Clay se imaginó fugazmente a Charlie en la ducha y él mismo se sorprendió de su propio interés. Aunque eso no pensaba decírselo.

—Estoy seguro de que podré dominarme.

No parecía muy convencida, pero pasó por alto su comentario.

—Vamos —le dijo, volviendo al garaje—. Te invito a un café.

Cinco minutos después estaban sentados a la mesa de la cocina, cada uno con una taza de café delante. Los ojos azules de Charlie tenían una expresión pensativa mientras lo estudiaba.

–¿Estás seguro de que quieres hacer esto? –le preguntó–. No será fácil.

–Fool's Gold va a ser mi hogar durante mucho tiempo. Quiero integrarme bien –aunque estaba implicado en su nueva empresa y le encantaba el desafío de montar un negocio, sabía también que iba a tener mucho tiempo libre–. Estoy acostumbrado a que la gente no me trate demasiado en serio.

Charlie asintió lentamente.

–Sí, yo misma me habría burlado de ti antes. Debe de resultar difícil ser tan especial –se encogió de hombros–. Vas a tener que esforzarte más que el resto.

–Eso se me da bien.

–¿En serio vas a quedarte? ¿No terminarás quejándote de que todo esto es demasiado difícil y volviéndote a Nueva York?

Clay sonrió.

–Ya he vendido mi apartamento. No tengo ningún lugar al que volver.

–Tienes amigos allí.

–Tengo amigos por todo el mundo.

Tuvo la sensación de que le estaba preguntando otra cosa, pero no logró identificar cuál. Si ella hubiera sido un tipo diferente de mujer, habría llegado a pensar que estaba interesada en él. Estaba acostumbrado a las ofertas y a las invitaciones. La mayor parte del tiempo, las ignoraba. Y cuando le resultaba imposible ignorarlas, las declinaba con mucho tacto.

Tenía treinta años y estaba resignado a admitir que su corazón había muerto con Diane. Había habido mujeres, sí. Una noche aquí, un fin de semana allá... Pero no había sido lo mismo. La necesidad sexual era algo biológico. Él ya no podía *querer*. No necesitaba. Su cuerpo funcionaba con normalidad, pero nadie le atraía especialmente.

Se recostó en la silla mientras se recordaba que estaba delante de Charlie. Si ella quería acostarse con él, se lo pediría directamente. Charlie no se andaba con jueguecitos femeninos. Clay respetaba eso y la respetaba a ella. Y, al mismo tiempo, encontraba atractiva la idea de acostarse con Charlie. Más que cualquier oferta que hubiera recibido en mucho tiempo.

Claro que ella no le estaba haciendo ninguna oferta. Pero si alguna vez llegaba a hacérsela...

–Me aseguraré todo lo posible de que te den un trato justo –le dijo ella, levantándose.

–Gracias.

Se levantó también y aceptó la mano que ella le tendía.

Por un segundo, sintió algo. Un fogonazo de atracción. «Aquí puede haber algo», pensó, asombrado de que después de todo aquel tiempo pudiera imaginarse a sí mismo acariciando la idea de estar con una mujer en concreto. Antes de que pudiera decidir si quería profundizar o no sobre aquella atracción, ella lo estaba acompañando a la salida mientras le explicaba que recibiría noticias del jefe de la brigada en un par de semanas. Y de repente se encontró en la acera, contemplando el cuartel de bomberos sin saber qué resultaba más absurdo: si el hecho de que tuviera que pelear duro para poder arriesgar su vida sin cobrar un céntimo... o que estuviera interesado en una mujer que probablemente podía vencerlo en una pelea.

–Lo siento, lo siento –decía Pia Moreno mientras recogía su bolso y las llaves del coche–. No me odies.

Charlie se echó a reír.

–Nunca te odiaría. Deja de preocuparte.

–¿Seguro? –se interrumpió para tomar aire–. Se me ha hecho tan tarde...

–Vete.
–Las gemelas están dormidas...
Charlie la empujó físicamente hacia la puerta.
–Peter vendrá de la escuela en unos minutos. Yo le explicaré lo que ha pasado y me quedaré aquí hasta que vuelvas. Le daré de merendar. Hay galletas recién horneadas. Vete antes de que me vea obligada a hacerte daño.
Pia sonrió agradecida.
–Eres una diosa.
–Si me hubieran dado una moneda por cada vez que me han dicho eso... –le señaló la puerta–. Fuera.
–A la orden.
Pia corrió hacia la puerta. Segundos después, Charlie la oyó arrancar el motor.
Menos de una hora antes, había recibido una frenética llamada de Pia. La organizadora de los festivales del pueblo se había olvidado de la reunión que tenía con varios comerciantes. Como habían venido empresarios de fuera del pueblo, reprogramarla había sido imposible. Y Charlie había aceptado hacer de niñera de emergencia.
En ese momento entraba sigilosamente en la habitación de las gemelas y contemplaba a las dos criaturas dormidas. Estaban boca arriba en sus cunitas. Diminutos ricitos caían sobre sus frentes. Sus boquitas de piñón estaban ligeramente fruncidas, con un delicioso mohín. Charlie las contempló a placer, enternecida.
Siempre había pensado que era una persona demasiado cascarrabias para tener hijos. Aunque la idea de tener familia le gustaba, nunca se había planteado formar una. Pero hacía unos pocos años que todo eso había empezado a cambiar. Se había sorprendido a sí misma observando a las madres con sus hijos. Se había ofrecido a hacer de niñera unas cuantas ocasiones. Se había comprometido con el programa de bomberos infantiles del cuartel.
Ese mismo año, algo antes, había tomado la decisión de tener un hijo ella sola. Un marido no parecía posible, pero

un hijo... eso era distinto. Sabía que la vida en Fool's Gold la había cambiado. Allí se había sentido acogida y querida, hasta que no le había quedado otra opción que abrir su corazón. Y eso, a su vez, la había llevado a descubrir que sentía por dentro un vacío del tamaño de un niño, que necesitaba ser llenado.

—Pero primero voy a tener que arreglar unas cuantas piezas rotas —susurró a las niñas, que seguían dormidas.

Un par de meses atrás, su amiga Dakota le había señalado que, mientras no estuviera curada, no debería tener un niño. A Charlie le habían entrado ganas de enfadarse con ella, pero en el fondo había sabido que tenía razón. El problema era que después de haber pasado diez años escondiéndose, no sabía muy bien cómo podía empezar a curarse. O no lo había sabido hasta hacía apenas unos pocos días...

Oyó un portazo en el piso de abajo. Dejó a las niñas en la habitación y encontró a Peter Moreno descargando su mochila de la escuela en una silla de la cocina. Sonrió nada más verla.

—Hola, Charlie —se acercó a ella y la abrazó.

—Hola, chico. Tu mamá no está aquí —devolviéndole el abrazo, lo despeinó cariñosamente.

—Ya lo supuse al no ver su coche.

—Tenía una reunión de la que se había olvidado, así que me llamó. No tardará mucho.

Peter estaba más alto cada día. Larguirucho y pelirrojo, era listo y atlético. Dos años atrás había sido un chiquillo asustado, maltratado por su familia de acogida. Raúl y Pia habían terminado adoptándolo, pese a que por aquel entonces, ella ya estaba embarazada de las gemelas. En ese momento todos formaban una feliz y ruidosa familia.

—Se exige demasiado —comentó Peter con un tono que indicaba que su padre debía de decir lo mismo—. Hoy en día, todas las mujeres lo hacen.

Charlie se echó a reír.

–Eres un chico encantador, ¿lo sabías?
Peter sonrió.
–Papá dice que en eso he salido a él, y que me vendrá muy bien en el futuro.
–Seguro que sí. Vamos a por esas galletas.
Charlie sirvió dos vasos de leche. Peter se lavó las manos y puso las galletas en un plato. Se sentaron a la mesa de la cocina.
–¿Qué tal te ha ido el día? –inquirió ella.
Peter se sonrió.
–Hablas como mi madre.
–Me tomaré eso como un cumplido.
Le habló de su segundo día de colegio. Estaba ya en séptimo curso. Hablaron de la mejor manera de organizar una taquilla y de lo muy guapas que habían vuelto las chicas después de aquel verano.

Charlie escuchaba más que intervenía. Le gustaba el entusiasmo con que el chico hablaba de las matemáticas, la confianza que tenía en sus amigos. La misma clase de confianza que tenía en Pia y Raúl. No pudo evitar recordar lo emocionalmente destruido que lo había visto hacía apenas un par de años.

Sus padres biológicos habían fallecido en un terrible accidente de coche. Él había sido testigo de la tragedia, atrapado como había quedado en el asiento de atrás. Cuando Raúl y Pia se enamoraron, ni por un momento se plantearon la posibilidad de no incorporar a Peter a su nueva familia. Lo cual ya había sido mucho para una pareja nueva como la suya. Sobre todo teniendo en cuenta que las gemelas tampoco eran sus hijas biológicas.

Charlie no estaba segura de ser tan emocionalmente fuerte como lo había sido Pia, pero le gustaba pensar que tal vez compartiera de algún modo ese rasgo de su amiga. Sabía que quería tener la oportunidad de traer un niño al mundo.

Pero lo de solucionar antes sus propios problemas tenía

sentido. Necesitaba sentirse emocionalmente completa, o al menos en camino de sentirse completa, antes de asumir la responsabilidad de un hijo. Por lo que había podido averiguar, la ruta más lenta era la más sensata. Encontrar un buen terapeuta que la ayudara a bucear y lidiar con su pasado. A lidiar con la violación, con la manera en que se había cerrado al mundo, con la falta de justicia. Crecer emocionalmente con el tiempo.

La alternativa era más radical: lanzarse de cabeza contra las secuelas de lo que le había pasado. Ella era del tipo de personas que, si tenían miedo a los aviones, reservaban un vuelo rumbo a Australia y lo superaban en un infernal viaje de diecisiete horas. Pero ella no tenía miedo a los aviones: tenía miedo a la intimidad física. O, más específicamente, tenía miedo a confiar. No en los hombres en general, sino en cualquier hombre dentro de una relación tanto física como emocional.

Lo cierto era que podía vivir estando rota psicológicamente como estaba. Pero estar rota significaba que era improbable que pudiera criar y educar a una criatura sana, saludable, completa. Charlie no quería criar a una criatura que heredara sus mismos miedos. Lo que significaba que tenía que curarse.

Necesitaba un profesional, pensó mientras seguía escuchando a Peter. O lo más parecido a un profesional que pudiera encontrar.

La casa de Charlie era como ella. Práctica, bien conservada y en absoluto ostentosa. Clay reparó en el césped bien cuidado, los setos perfectamente recortados y los inesperados fogonazos de color de las flores del sendero de entrada.

Lo había llamado un par de horas atrás para pedirle que se acercara a su casa. No había vuelto a verla desde que estuvo en el cuartel de bomberos, hacía una semana. Se suponía que hasta dentro de unos días no empezaba el curso de bomberos voluntarios, de manera que no sabía muy bien de que querría hablar con él. Aun así, Charlie era cualquier cosa menos una mujer aburrida, así que no tenía la menor duda de que le interesaría cualquier cosa que tuviera que decirle.

Subió los tres escalones del porche y fue a pulsar el timbre. La puerta se abrió antes de que llegara a hacerlo.

–Estás aquí. Entra.

Se apartó mientras hablaba, reforzando sus palabras con un gesto. Mientras pasaba a su lado, Clay fue consciente de la tensión de su cuerpo y del color de sus mejillas. No era cosa de maquillaje. Algo le había hecho ruborizarse.

–¿Te encuentras bien? –le preguntó.

–Sí. Solo un poco... Bueno, no importa. Siéntate.

Sonó más a orden que a petición.

Vio un sofá grande y cómodo, todo de cuero negro. El color lo aportaban las alfombras rojas y pardas de los suelos de madera y unos cuantos cojines. A la izquierda había un arco que daba al comedor, y al fondo lo que supuso sería la cocina.

Fue hacia el sofá y se sentó. Charlie tomó asiento frente a él, en uno de los sillones. Apretó los labios, lo miró y en seguida volvió a levantarse.

–Quédate –le dijo, extendiendo la mano abierta ante él. En seguida dejó caer el brazo–. Perdona. No estás obligado a quedarte. Lo que quería decir es que te quedaras sentado. Yo necesito caminar.

Irradiaba incomodidad. Algo malo había sucedido.

–¿Te ha pasado algo? ¿Estás herida?

Soltó una ronca carcajada.

–No de la manera en que tú te imaginas. Estoy bien. Todo está bien. Estupendo, incluso. Genial –dejó de hablar y se dirigió al extremo de la habitación. Cuando volvió, se quedó de pie detrás del segundo sillón, como si quisiera interponer una barrera física entre ellos.

Iba vestida con su habitual atuendo de vaqueros y camiseta. En lugar de las botas de puntera de metal que llevaba en el cuartel, lucía unos deportivos. Tenía los brazos fuertes y musculados, el cabello corto ligeramente despeinado. Presentaba el aspecto de siempre y, sin embargo, Clay tenía la sensación de que todo había cambiado.

Quiso acercarse a ella, darle un abrazo y prometerle que la ayudaría a superar cualquier problema que pudiera tener. Solo que Charlie no era del tipo de chicas que se dejaban abrazar. Y, a un nivel más práctico, ¿quién se creía que era él para poder resolver cualquier problema que tuviera ella? La típica reacción del macho arrogante. Eso era lo que Diane le habría dicho.

—Quiero preguntarte algo —le dijo Charlie, agarrando con fuerza el respaldo del sillón.

—De acuerdo. ¿De qué se trata?

—Primero te hablaré de mis antecedentes —clavó la mirada en sus ojos y en seguida la desvió—. En mi primer año de universidad, tuve un flechazo con uno de los jugadores del equipo de fútbol americano. Un tipo mayor que yo, guapo. Me sonrió y me quedé colgada de él.

—Un tipo con suerte.

Charlie parpadeó asombrada.

—Él no lo vio así. Me invitó a una fiesta... fui. Cuando me pidió que subiera a su habitación, dije que sí. Yo era joven y tonta. No me di cuenta de que lo que quería realmente era tener sexo. Yo creía que... —se encogió de hombros y desvió la vista—. No estaba pensando. Las cosas fueron demasiado lejos. Le dije que se detuviera y no lo hizo —volvió a mirarlo y el dolor inundó sus ojos azules—. En aquel entonces yo no era tan fuerte.

Clay se sintió como si hubiera recibido una pedrada justo en la boca del estómago.

—Te violó —adivinó, rotundo.

Charlie asintió con la cabeza.

—Luché, pero él era más grande y sabía lo que quería.

Después, cuando yo estaba llorando, me gritó que madurara de una vez y se marchó –inspiró profundo–. ¿Sabes? La primera vez puedes llegar a sangrar mucho. Agarré la sábana y me la llevé conmigo, y luego fui a la policía. Fueron a buscarlo y lo interrogaron. Pude oírlo en la habitación contigua. Cuando le preguntaron por lo sucedido, se echó a reír. ¡Dios mío! Recuerdo bien aquel sonido. Se rio y les preguntó si pensaban que era posible que un tipo como él hubiera tenido sexo con una chica como yo sin que ella se lo suplicara de rodillas. Que incluso a él le había costado excitarse.

Clay se tenía por un tipo muy tranquilo y pacífico. Pero en aquel momento no deseó otra cosa que encontrar al tipo en cuestión y romperle todos los huesos de la cara.

Conscientemente controló su respiración, su ira. Charlie ya había sufrido suficiente. No necesitaba soportar su reacción a aquella experiencia.

–Lo siento –era una estupidez, pero fue lo único que se le ocurrió.

–Gracias.

–Le creyeron, ¿verdad?

Charlie asintió con la cabeza.

–Todo el mundo le creyó. Incluso mi madre me dijo que era un error ir por ahí provocando a los chicos. Dejé la universidad y terminé en Pórtland.

–Oregón, no Maine.

–Eso es –se las arregló para esbozar una leve sonrisa–. Me entrené. Ahora sé cuidar de mí misma.

Y, lo más importante: se sentía segura, pensó Clay. Ningún hombre volvería nunca a forzarla.

–Me gustaría decirte que lo he superado, pero no es así –le dijo, bajando la mirada al sillón–. Yo no he... No puedo imaginarme a mí misma con alguien.

Clay se la quedó mirando fijamente, digiriendo el significado que acechaba detrás de sus palabras. Charlie debía de tener una edad parecida a la suya. Lo que significaba que hacía cerca de una década que no había estado con ningún hombre.

—Quiero tener hijos —se apresuró a añadir ella, sosteniéndole la mirada—. No sé muy bien cómo. Fertilización artificial, adopción, hay muchas opciones. Quiero formar una familia.

—Serás una gran madre.

—No me conoces lo suficiente para poder asegurarme eso, pero gracias por tu apoyo. La cuestión es que sé que tengo que ser fuerte, tanto emocional como físicamente, para ser madre. No me gusta, pero así son las cosas. Mientras no pueda reconciliarme con mi pasado, no debo tener un niño —se interrumpió como para ordenar sus pensamientos—. Tengo miedo de transmitir a mi hijo mi desconfianza hacia los hombres. No quiero eso. Si tengo un niño, quiero que se sienta orgulloso de serlo. Quiero que tenga modelos masculinos en su vida, algo que podría resultar bastante difícil si no supero antes mi problema. Si tengo una hija, quiero que crezca con la idea de que es bueno abrirse al amor. No quiero transmitirle mis miedos.

—Has reflexionado bien sobre todo esto —murmuró Clay, pensando que Charlie era brutalmente sincera... incluso consigo misma. Algo que él admiraba y respetaba.

—He reflexionado sobre muchas cosas. Incluido tu problema.

Clay frunció el ceño.

—¿Yo tengo un problema?

—Que te acepten en el programa de voluntarios. Nadie te tomará en serio. No importa lo bien que lo hagas. Nunca te verán como eres, más allá de lo que has sido y de tu aspecto.

Una brusca afirmación que probablemente era cierta.

¿Estaba relacionando sus respectivas situaciones? Y si era así, ¿qué le estaba ofreciendo y qué querría ella a cambio? ¿Esperma? ¿Una carta de recomendación?

—Respira profundo —dijo ella en voz baja.

—¿Me lo estás diciendo a mí o a ti misma?
—A los dos —tragó saliva—. Quiero que me ayudes a superar mi miedo a la intimidad física. Quiero ser capaz de estar con un hombre sin que eche a correr gritando.
—¿Es eso lo que suele pasar?
—Solo he probado un par de veces, pero sí. Me quedo helada. Entro en pánico. Huyo. Y no quiero hacer eso. Quiero superarlo. Quiero ser como los demás.
—Ser como el resto del rebaño no es tan bueno como dicen.
—Eso lo dice alguien que es perfecto.
—Yo no soy perfecto —replicó de manera automática. De repente asimiló el significado de lo que acababa de escuchar. Charlie quería que tuviera sexo con ella. No una simple noche de sexo. Quería que él la ayudara a curarse.

Esa vez fue él quien se levantó, pero una vez que lo hizo, no se movió. Ni hacia ella ni para marcharse. Se la quedó mirando fijamente, observando cómo el color se acentuaba en sus mejillas. Vio su vulnerabilidad, su miedo a que le dijera que no y su terror a que aceptara.

—Yo no busco otra cosa que no sea sexo —susurró Charlie—. No quiero enamorarme ni tener una relación. Solo quiero ser lo suficientemente normal como para seguir adelante con mi vida. Tener un hijo. Formar una familia —emitió un suspiro tembloroso.

Clay conocía ya lo suficientemente bien a Charlie como para saber que lo único que querría evitar a toda costa sería colocarse en una posición de debilidad. Y, sin embargo, le había desnudado su corazón, exponiendo no solo el dolor sufrido, sino también sus más secretos sueños y esperanzas. Se daba cuenta de que la respetaba. Como respetaba su petición, por mucho que lo desconcertara.

Estaba acostumbrado a recibir invitaciones, números de teléfonos, insinuaciones de todo tipo. Pero Charlie no estaba interesada simplemente en pasárselo bien. Y tampoco sería capaz de contarle luego a alguien que había estado con él, solo para jactarse. Aquello era real y doloroso.

—Te agradezco que no hayas estallado en carcajadas histéricas —murmuró ella.

—Esto no es gracioso. Lo que quiero hacer es encontrar a ese tipo y partirle el alma.

Vio que ella esbozaba una media sonrisa.

—Eso es muy masculino.

—Lo que me convierte en un candidato adecuado para el trabajo —hundió las manos en los bolsillos de sus vaqueros—. No me esperaba nada de esto. Necesito pensar sobre ello.

—Claro. Por supuesto —Charlie agarró con mayor fuerza el respaldo del sillón.

La miró, contemplando el contorno de su rostro, el leve temblor de su boca. No se parecía en nada a Diane, y sin embargo le recordaba a su difunta esposa. Diana había sido igual de directa, dura, decidida. Charlie le habría gustado.

—Volveré a ponerme en contacto contigo —le dijo al fin.

—Ya sabes dónde encontrarme.

Se despidió con un movimiento de cabeza y se marchó. Una vez fuera, se dirigió a su camioneta. Si era sincero, no tenía ni la más remota idea de cuál iba a ser su decisión. Así que no decidiría. De momento, al menos. El tiempo ayudaba a clarificar las cosas. Diane le había enseñado eso también. Las lecciones más importantes de la vida las había aprendido de ella. Y la más importante había sido la de aprender a amar. Una habilidad que había practicado muy poco últimamente.

Capítulo 5

Un día típico en la vida de Clay en Nueva York habría incluido entrenar en el gimnasio, hacerse un tratamiento facial o quizá una manicura, reunirse con algún cliente, equiparse para una futura sesión o hablar con su agente sobre próximos proyectos. Pese a la imagen que proyectaba, Clay rara vez pasaba veladas con sus amigos y muy a menudo se acostaba antes de la medianoche.

La vida en el rancho era diferente. Rafe y Heidi se habían marchado a París de luna de miel, lo que significaba que alguien tenía que ocuparse de sus cabras. Shane había aceptado hacerse cargo del ordeño de la mañana, pero cuando bajaba al pueblo y quedaba con Annabelle, la tarea recaía sobre él.

Todavía no eran las ocho, pero ya había ordeñado las cabras y alimentado a los caballos, la elefanta, el cerdo, las llamas y las ovejas. Lo siguiente era pintar la barandilla del porche en previsión del invierno. Tenía ampollas en las manos y hacía tiempo que su bronceado de moda había sido sustituido por uno de granjero, ganado a fuerza de trabajo al aire libre.

«Esto es mejor», pensó mientras recogía el papel de lija y los cepillos y rascadores. Se colgó una lona doblada al hombro. Le gustaba madrugar y recordar al final del día todo lo que había hecho en una jornada. Estaba cansado y dolorido cuando se derrumbaba en la cama por las noches, pero había hecho algo con su tiempo. Tan pronto como acabara con los trámites del terreno que había comprado, empezaría a preparar los campos de alfalfa. Ya había alquilado el equipamiento necesario y concertado las entrevistas para el puesto de director de granja. Pero, por el momento, tendría que conformarse con pintar las barandillas de Castle Ranch.

Extendió la lona sobre el suelo y comenzó por rascar la pintura antigua. Un rumor de risas llegó hasta él procedente del interior. Su madre y su nuevo marido, Glen, se estaban construyendo una casa al otro lado de la propiedad. Estaría terminada para finales de aquel mes y se trasladarían entonces. Hasta que llegara ese momento, seguían viviendo en la casa principal.

Shane también se estaba construyendo una casa cerca. Annabelle y él se establecerían allí mientras que Heidi y Rafe se quedarían en la grande. Todo el mundo se había emparejado, pensó Clay, excepto él y su hermana pequeña Evangeline. Lo que significaba que él iba a necesitar su propio espacio. Aunque nadie lo echaría a patadas de allí, no era exactamente la clase de regalo de felicitación que las nuevas parejas esperarían recibir.

Incorporó «hacerse con una casa en el pueblo» a su lista mental de tareas. No necesitaría mucho espacio. Solo estaba él. Por un segundo se permitió preguntarse por lo que habría pensado Diane de Fool's Gold. Le habría gustado el pueblo, decidió. Y no solo por la belleza de las montañas: habría disfrutado con su gente.

Diane había constituido la mejor parte de su persona. Amarla había sido fácil: como un relámpago. Se había rendido a sus propios sentimientos porque no había tenido otra elección. Ya durante su primera cita, había estado seguro de que era la mujer con quien quería pasar el resto de su vida.

Con su muerte, el mundo había perdido su color. El tiempo lo había curado, pero siempre la echaría de menos. La necesitaba. No estaba interesado en amar a otra.

Se inclinó sobre la barandilla y empezó a rascar la capa vieja de pintura. Mientras la madera desnuda iba quedando al descubierto, se descubrió pensando en Charlie y en su asombrosa petición. Igual de sorprendente fue el hecho de que estuviera analizando lo que ella quería de él.

Le gustaba estar con ella. Le gustaba su fortaleza y su competencia. Era diferente a las demás mujeres. Al parecer no podía evitar sentirse halagado por su petición: su suposición de que él era el único que podría curarla. Lo cual sonaba estupendo, pero estaba la realidad. ¿Curarla? ¿Cómo?

Soltó el rascador y tomó el papel de lija. El sol calentaba, el cielo era azul. Se oía el gorjeo de los pájaros y algún que otro estallido de risas en el interior de la casa.

Con Diane, nunca se había sentido saciado. Por muchas veces que hubieran hecho el amor, siempre había querido más. La había querido a *ella*. Desde entonces, hacer el amor nunca había vuelto a ser lo mismo.

Intentó imaginarse tocando a Charlie... y encontró la idea atractiva. Ella no se lo pondría fácil, pensó con una sonrisa. Conociéndola, se lo pondría difícil, y sin embargo eso le gustaba.

Charlie pensaba que necesitaba superar su miedo a tener sexo. Pero él sabía que lo que necesitaba era aprender a confiar. Y él necesitaba... Inspiró hondo. Necesitaba volver a sentir algo por alguien. No amor, por supuesto. Pero algo. En aquel momento, la atracción y la compasión podrían significar un paso adelante. Charlie no era la única que necesitaba una buena cura. Quizá pudieran encontrar una manera de curarse mutuamente.

—Estoy intrigada —dijo Dakota cuando Charlie entró en su despacho. Sonrió, con una expresión divertida que iluminó sus ojos castaños–. Tal como me pediste, he reajustado mi agenda para sacar una hora entera. Cuéntame.

Charlie y Dakota eran amigas desde hacía años. Charlie había conocido a las trillizas Hendrix a la semana de haberse mudado a Fool's Gold. Las tres eran mujeres brillantes y divertidas que se preocupaban de los demás y tenían un alto sentido de la lealtad.

La lealtad también era importante para Charlie, pero unida a la seguridad. Le entregó un cheque por cien dólares.

Dakota lo tomó, lo estudió y enarcó las cejas.

–¿Esto es para lo que creo que es?

–Estoy contratando tus servicios como psicoterapeuta para la siguiente hora. Una única sesión.

Aunque Dakota carecía de despacho privado, era psicóloga con título y licencia para ejercer.

–Si yo soy tu psicoterapeuta oficial, entonces rige el principio de confidencialidad entre médico y paciente –dijo lentamente Dakota, señalándole la silla del otro lado de su escritorio–. Esto debe de ser importante.

–Lo es –Charlie estudió a su amiga–. No es que no confíe en ti –empezó, consciente de que Dakota podía interpretar mal el asunto del cheque. Eran amigas y, por lo tanto, Charlie debería confiar en ella. Y confiaba. Era solo que...

Dakota se inclinó hacia delante.

–Lo entiendo –dijo con tono suave–. No son necesarias las explicaciones. Tú necesitas la seguridad añadida de sentirte a salvo para poder hablar con libertad de lo que sea que te esté molestando. Por supuesto, yo seré su psicoterapeuta durante esta hora y mantendré una absoluta confidencialidad sobre todo lo que me digas.

Charlie maldijo para sus adentros. Aunque agradecía la ayuda, en ese momento se sentía terriblemente incómoda. Si hubiera sido cualquier otra persona, habría admitido que se sentía especialmente sensible, alterada. Pero no lo era.

Aun así, el apoyo que le estaba demostrando Dakota hacía que se le estuvieran llenando los ojos de lágrimas. Lo cual no era lo mismo que llorar. En absoluto.

–Está bien –murmuró Charlie–. Gracias.

–De nada. Y ahora... ¿de qué va todo eso?

–Es por lo del bebé.

Dakota ya conocía el pasado de Charlie y su deseo de tener un hijo. De hecho, había sido ella quien le había aconsejado que se curara primero. No era un consejo que le hubiera agradado escuchar, pero la había convencido.

–Tenías razón –le dijo Charlie–. Sobre lo de que debía curarme antes de tener un hijo.

Dakota se inclinó hacia ella.

–Te dije también que yo no era la persona indicada para acompañarte en ese viaje. Tengo los contactos de varios especialistas en traumas. Están en Sacramento, así que no tendrías que hablar con nadie del pueblo. Está lejos, pero sería más privado.

–Puede que lo haga –repuso Charlie, y enseguida deseó estar de pie para poder caminar de un lado a otro de la habitación. A veces, quedarse sentada resultaba muy difícil–. Pero antes voy a probar otra cosa.

–Está bien. ¿Qué es?

Charlie tragó saliva, cuadró los hombros y miró luego directamente a su amiga a los ojos.

–Estuve hablando con Clay Stryker acerca de lo de tener sexo conmigo. Para que... ya sabes, me preparara. Para que algún día pueda llegar a hacerlo sin entrar en pánico.

Dakota se la había quedado mirando boquiabierta. Charlie estaba segura de que tenía que haber una regla que prohibiera a los psicoterapeutas exteriorizar emociones de cualquier tipo, mayormente el asombro.

–¿Clay Stryker?

–Sí.

–¿El modelo de ropa interior?

Charlie asintió.

—Nos hemos visto unas cuantas veces. Quiere hacerse bombero voluntario. Es algo más que una cara bonita. Hemos hablado varias veces y somos un poco amigos. Así que se lo pedí a él.

—Oh, vaya —Dakota se aclaró la garganta—. Es una elección interesante.

—No me importa que sea guapo. O famoso. Sé lo que estás pensando. Que debería habérselo pedido a alguien normal, ¿verdad? Es solo que... es un hombre bueno, de confianza. Estuvo casado antes y, cuando me habló de su difunta esposa, había algo en sus ojos que... —se levantó y se puso a pasear por la habitación. Es por eso por lo que estoy aquí. Porque se lo pedí—. ¿Fue una estupidez? ¿Soy una imbécil?

—Eres muchas cosas —dijo Dakota—. Y estúpida no es una de ellas. Tu plan es poco convencional, pero cuando decides plantar cara a un problema, te abalanzas sobre él. Así que, en realidad, todo esto no tiene nada de sorprendente —se interrumpió, como reflexionando sobre sus palabras—. Eres consciente de que tu problema no es realmente el sexo, ¿verdad?

—Sí, lo sé —suspiró Charlie—. Es la confianza. Confiar en un hombre. Ser capaz de integrar a los hombres en mi vida para que mi hijo pueda sentirse cómodo con un rol masculino.

Dakota se sonrió.

—Has estado reflexionando sobre esto. Eres consciente del problema y de que tienes que dar pasos para solucionarlo. Eso está bien.

—Eso espero. Sigo pensando que si puedo estar con un tipo sin salir corriendo, me relajaré más y empezaré a dejar entrar a los hombres en mi vida —admitió Charlie—. Clay se mostró muy comprensivo. Ni se rio ni me dijo que no. Se lo está pensando. Y a mí ahora me asusta que acepte. Y quizá también que no lo haga.

La normalidad parecía un objetivo tan fácil... para todo

aquel que no fuera ella. Siempre había sido una especie de bicho raro.

—¿Te sientes atraída hacia él?

—¿Tú lo has visto? —le preguntó a su vez Charlie, con una sonrisa—. Ignorando lo obvio, he sentido unos cuantos cosquilleos. Nada del otro mundo, pero más de lo que es habitual en mí —volvió a sentarse en la silla—. No espero nada parecido a una relación. No quiero eso. Solo quiero superar lo que tenga que superar para poder sentirme cómoda teniendo un hijo.

—Perfectamente comprensible —dijo Dakota—. Está bien, tienes un plan y has dado el primer paso. ¿Y ahora qué?

—No lo sé —admitió Charlie—. Es de eso de lo que quiero hablar. ¿Qué voy a hacer si me dice que sí?

—Dejar que el hombre te seduzca.

Charlie podía sentir el rubor que empezaba a extenderse por sus mejillas.

—Ni siquiera puedo pensar en eso. Solo de pensar en ello me duele el estómago. Pero suponiendo que pueda soportarlo, ¿no se supone que debería hacer... cosas de chicas? No sé cómo se hacen esas cosas. ¿Existe alguna guía para tontos que me pueda orientar?

—No se necesita ningún libro. Sé simplemente tú misma.

—Ser yo misma es precisamente el problema. ¿Tengo que comprarme ropa interior? ¿Depilarme las ingles?

Dakota se echó a reír.

—Yo pagaría una buena pasta por estar presente cuando alguna pobre mujer intente depilarte las ingles.

—No me estás ayudando...

—Perdona. Mira, te encuentras en una contradicción perfectamente comprensible. ¿Quién no lo estaría en tu lugar? Si te dice que sí, entonces dúchate, depílate las zonas habituales y deja que el tipo se encargue. Si te dice que no, te daré los números de los especialistas en traumas de Sacramento. ¿Qué me dices?

–Bien –inspiró hondo–. Tomo la píldora. Me ayuda a regularizar mis periodos.
–Bien. Pero usa preservativos.
Charlie esbozó una mueca.
–No había pensado en eso.
–Estoy segura de que él se encargará de comprarlos, pero asegúrate de hablarlo con él.
–¿Porque eso será más cómodo?
–Si no puedes hablar con el tipo acerca de tomar precauciones, ¿cómo esperas tener sexo con él?
–Yo había pensado en tumbarme boca arriba y pensar en cualquier otra cosa.
–No creo que él se sienta nada halagado de escuchar eso.

Charlie se esforzó por respirar hondo. Al fin y al cabo, no tendría que *hacerlo* cada segundo... Y Clay siempre podía negarse. Aunque, ahora que ya se lo había preguntado, se descubría a sí misma esperando que aceptara. O tal vez no. Quizá la terapia fuera una mejor solución.

La expresión de Dakota se suavizó.
–Confía en ti misma. Tienes buenas intuiciones.
–Elegí al tipo en la universidad y mira lo que pasó.
–No lo elegiste. Eras joven y te dejaste impresionar por lo que creías que él era. Es diferente.
–Eso espero.

Por lo que sé de los hermanos Stryker, su madre los educó muy bien. Sigue respirando hondo. Suceda lo que suceda, eres una mujer fuerte y capaz. Lo superarás.

Charlie solo podía rezar para que tuviera razón.

Lo que Charlie descubrió fue que la espera podía constituir una variante más del infierno. Trabajó al día siguiente, lo que supuso una bienvenida distracción. Paige McLean, la antigua recepcionista del cuartel de bomberos, se pasó por allí para hablarle de lo muy contenta que estaba con su nuevo marido. Los dos habían estado en Australia y su próximo viaje era a Tailandia. Pero una vez que se marchó, Charlie tuvo demasiado tiempo para pensar. Peor aún: tenía libres las próximas veinticuatro horas. Estaba nerviosa e irritable, y muchas otras cosas más. Desesperada, arremetió contra los setos de su jardín, decidida a darles un último recorte antes de que llegara el invierno.

Dedicó un par de horas a la tarea. Estaba sudorosa y acalorada, con la piel pringosa, salpicada de briznas de hojas y moteada de suciedad. Acababa de terminar el último seto y estaba a punto de llevar las herramientas al garaje para limpiarlas cuando apareció Clay.

Tenía un aspecto fresco y elegante, con su camisa de algodón toda blanca. Lucía unos gastados vaqueros, con interesantes rotos en las caderas y muslos. No podía verle los ojos con las gafas de sol, pero en sus cristales veía diminutos reflejos de sí misma... en los que aparecía sucia y sudorosa. No era precisamente la mejor imagen que tenía que ofrecerle.

–¿Qué quieres? –le preguntó antes de recordar que quizá debería ser algo más amable con el hombre al que le había pedido que se acostara con ella.

Vio que esbozaba una media sonrisa.

–¿No eres una persona madrugadora?

–Son las dos de la tarde.

–Te estaba concediendo el beneficio de la duda.

Charlie suspiró.

–No me gusta el trabajo de jardín. No se me da bien. No me refiero al esfuerzo físico: eso es fácil. Me refiero a saber lo que hay que hacer. Tengo la sensación de que mis plantas se ríen de mí a mis espaldas.

–¿Porque te respetan lo suficiente como para no hacerlo delante de tus narices?

–Algo así –lo miró, y en seguida desvió la vista. Se sentía inquieta, confusa. ¿Debería preguntarle por lo que había decidido? ¿O retirar sin más la petición y resignarse a un año o dos de terapia?

—Deberíamos entrar —le dijo él, señalando la puerta.

Charlie soltó las tijeras de podar y se secó las manos en el frente de la camiseta sin mangas. Le habría gustado llevar unos vaqueros más limpios, pero se encogió mentalmente de hombros. Ella era así. Si Clay no podía aceptarlo, lo del sexo estaba más que descartado.

Mientras entraba con él en la casa, se dio cuenta de que una confusa mezcla de expectación y terror parecía haberse apoderado de ella. Clay podía aceptar su petición o decirle que se fuera al diablo. Para ser sincera, no se sentía cómoda con ninguna de las dos posibilidades.

Atravesó el salón y entró en la espaciosa cocina. El anterior propietario la había reformado cerca de una década atrás, lo cual había sido una suerte, ya que ella no había tenido que hacer nada. Grifería que funcionaba, armarios de madera y un mostrador lo suficientemente amplio. Annabelle se había deshecho en elogios durante cinco minutos seguidos con la cocina de seis fuegos que había escogido para la nueva casa de Shane, con un soliloquio todavía más largo sobre sus mostradores. Charlie la había escuchado con aparente interés porque era buena amiga, pero había sufrido lo suyo. Al fin y al cabo, una cocina era una cocina: no veía por qué había que entusiasmarse tanto con una.

La mesa y las sillas las había adquirido en un mercadillo de muebles de segunda mano. Las había lijado y repintado ella misma. Heidi la había ayudado a elegir el tono rojo cereza de los cojines.

—Siéntate.

A su pesar, la orden sonó como un ladrido. Clay se quitó las gafas, le lanzó una sonrisa divertida a la par que enarcaba una ceja y se sentó.

Charlie suspiró. Tenía que reconocerlo: era un completo desastre por lo que se refería a las relaciones chico-chica. Al menos era consciente de sus limitaciones. Además, ella no estaba buscando una relación profunda. Simplemente quería un revolcón en la cama.

Más o menos.
Sacó una jarra de la nevera. Después de llenar dos vasos con hielo, los llevó a la mesa, puso la jarra en medio y fulminó a Clay con la mirada.
–¿Querías algo más?
Seguía sonriendo divertido.
–Te pones muy a la defensiva cuando estás nerviosa.
–Cállate.
Rio entre dientes.
–Gracias por confirmar mi frase. Siéntate.
Se dejó caer en la otra silla y sirvió la limonada. Después de entregarle su vaso, se miró las manos. Las tenía llenas de suciedad, y también debajo de las uñas. Debería habérselas lavado antes de servir las bebidas, algo que seguramente habría hecho de no haber estado él allí. Aquel hombre la ponía nerviosa, y nunca para bien.
–No estoy a la defensiva –le espetó.
Clay tomó su vaso y bebió un sorbo. Volvió a clavar en ella su perturbadora mirada.
–Esto es limonada.
Charlie puso los ojos en blanco.
–La mayor parte de la gente habría considerado el color amarillo una prueba definitiva.
De repente, él estiró su mano libre a través de la mesa y la posó sobre su antebrazo.
–No necesitas sacar tus garras, yo no soy tu enemigo.
Su voz era suave, al igual que la presión de su mano. Fue consciente del calor de sus dedos sobre su piel. Todo aquello parecía tan fácil para él... El contacto físico no parecía significarle ningún problema.
Se recordó que ella también podía tocar. Podía sacar a un hombre de noventa kilos de peso en brazos de un edificio en llamas, y después hacerle un masaje cardiaco sin pestañear. Pero incluso ella sabía que eso era diferente.
Inspiró hondo, ignorando la calidez que generaban aquellos dedos, y soltó el aire.

–Sí –dijo–. Es limonada.
–Le has echado azúcar.
–¿Tú la has probado sin azúcar? ¿Sabes lo que es un limón?

La presión de sus dedos fue aumentando lentamente. Tenía la sensación de que si hubiera sido un gato o un chucho vagabundo, él habría murmurado algo como «tranquila, chica. Nadie va a hacerte el menor daño».

–Lo decía por dar conversación –le dijo Clay con un tono todavía teñido de diversión–. La mayor parte de la gente no le echa azúcar. Prefieren la limonada sin calorías.

–Mujeres –dijo, retirando el brazo–. Te refieres a las mujeres. A mí no me gustan los edulcorantes artificiales. Y si muchas mujeres trabajaran lo que yo, necesitarían esas calorías –volvió a fulminarlo con la mirada–. ¿Me estás diciendo que estoy gorda?

Clay se recostó en su silla y recogió su vaso.
–No.
–Bien. Porque no lo estoy. Tengo músculos. Estoy fuerte –lo miró–. Probablemente sería capaz de vencerte.
–Lo dudo.
–No lucho limpio.
–Yo tampoco.

Aquella afirmación le provocó un estremecimiento de dudoso origen, que recorrió todo su cuerpo. Agarró su vaso con ambas manos, sin saber qué hacer ni qué decir.

–Háblame de tu familia –le pidió él.

Parpadeó sorprendida.
–¿Perdón?
–Tu familia. ¿Cómo son?

Era una pregunta inesperada.

–Yo, er... no tengo hermanos ni hermanas. Perdí a mi padre cuando todavía estaba en el instituto –pensó en él y se permitió relajarse en su recuerdo–. Era estupendo. Carpintero de profesión, un tipo grande. De pequeña, siempre y cuando estuviera con él, me sentía segura y protegida

–sonrió–. Formábamos un buen equipo –«simples mortales a la sombra de mi glamorosa y desaprobadora madre», añadió para sus adentros. Dejó de sonreír–. Me quedé destrozada cuando murió. Mi madre y yo nunca habíamos estado muy unidas. Eso no cambió.

«Un eufemismo de colosales proporciones», reflexionó. Pero no había razón alguna para explicarle que su madre era la mundialmente famosa bailarina Dominique Guérin. Aunque ya habían pasado quince años desde que Dominique se había retirado de los escenarios, su carrera seguía viviendo en los DVD y en los documentales de la televisión. Y su ego era una fuerza vital capaz de sobrevivir durante generaciones.

–¿No la ves?

–No, y por mí está bien –mejor que bien. Estaba encantada. Pero eso tampoco tenía sentido decírselo.

–Eres sincera –observó él.

–Demasiado. Mis amigas no suelen invitarme más de una vez a salir de compras. Después de la primera, no repiten. No me gustan las mentiras piadosas. Está bien, a veces no me queda otro remedio. Pero cuando ves acercarse el desastre, ¿por qué no decir algo?

En vez de responder, Clay se limitaba a mirarla. La mirada de sus ojos oscuros era firme y, al cabo de unos pocos segundos, también inquietante. Charlie se descubrió necesitada de hacer algo con las manos, aunque se contuvo.

–Me gusta que seas sincera –dijo al fin–. Que te pongas a la defensiva cuando estás asustada, que arriesgues la vida por salvar a gente a la que ni siquiera conoces. Me gusta que seas una buena amiga y que todo el mundo en el pueblo tenga algo bueno que decir de ti.

Se había sentido incómoda con sus cumplidos, pero aquella última frase hizo que le entraran ganas de esconderse.

–¿Has estado hablando de mí a mis espaldas?

–¿Al contrario de tus plantas, quieres decir? Sí –le sonrió–. Lo haré.

¿Hacer qué? No le había hecho ninguna pregunta y sin embargo...

Sus pensamientos se fueron organizando por temas y las más evidentes posibilidades de aquello a lo que se estaba refiriendo saltaron a su cerebro. Abrió la boca y volvió a cerrarla. Todo un milagro, teniendo en cuenta que el corazón se le había detenido por completo en el apretado pecho.

Tuvo la sospecha de que se había quedado completamente blanca. O tal vez había adquirido el color del rábano: en cualquier caso, ninguna de las dos posibilidades resultaba muy atractiva. Pero de alguna manera tenía que exteriorizar su profunda incredulidad.

–¿Por qué?

La palabra le brotó de la garganta antes de que pudiera evitarlo.

Clay sonrió, para luego levantarse y rodear la mesa. Tomándole las manos entre las suyas, la obligó suavemente a levantarse también.

–Me gustas.

Charlie pensó que aún debía de continuar respirando, porque en caso contrario se habría desmayado. Pero el mundo parecía dar vueltas a su alrededor.

–Ahora dices eso, pero probablemente cambiarás. ¿Sabes una cosa? No debí habértelo pedido. Fue una impertinencia por mi parte. Apenas nos conocemos –intentó retroceder un paso, para en seguida darse cuenta de que continuaba sosteniéndole las manos.

Bajó la mirada y vio que sus manos eran mucho más grandes que las suyas. Sus dedos eran más largos, sus palmas más anchas. No sentía cosquilleos, ni calor. Solo una sensación de incredulidad.

–Te llevaré a donde necesites ir –le dijo él–. ¿Cómo describiste lo que querías ser?

–Normal –musitó.

–Eso. Normal.

—Gracias. Eres muy generoso, pero retiro mi petición. Estoy bien tal como estoy. La normalidad está bastante sobrevalorada.

Clay le soltó una mano.

—Estás asustada —apoyó la mano libre sobre un lado de su cuello, rozándole la mejilla con el pulgar y la nuca con las puntas de sus largos dedos.

Quiso decirle que no estaba asustada. Que ella se reía del miedo. Solo que no parecía capaz de dejar de temblar el tiempo suficiente para poder hablar. El terror no era el miedo, ¿verdad? No estaba mintiendo.

La necesidad de huir crecía, solo que sus pies no la escuchaban. Peor aún: Clay se estaba acercando. Como si fuera a tocarla o algo así...

—¿No irás a empezar ahora, verdad? —susurró, deseando estar en ese instante en algún lugar de la Mongolia Exterior. Allí él nunca la encontraría, y estaba segura de que le gustarían los yaks—. Este no es un buen momento para mí. Tengo que arreglarme un poco y quizá incluso también vomitar.

Apretó los labios, avergonzada de sonar tan infantil. Se recordó que era una mujer fuerte. Capaz. Segura. Eso no iba a quitárselo nadie.

—No te preocupes —le dijo él, mirándola fijamente con sus ojos oscuros—. Nada sucederá antes de que tú estés dispuesta. Es un proceso. Me he estado informando. Iremos tan lentos como tú lo necesites.

Antes de que ella pudiera encontrar una respuesta a eso, Clay inclinó la cabeza y la besó.

La habían besado unas cuantas veces durante la última década. Sus lamentables intentos por salir con hombres habían terminado habitualmente con un beso. Entonces era cuando el tipo esperaba algo más y ella huía. A veces literalmente.

Pero aquello era distinto, pensó. Clay era prácticamente un profesional. Ella necesitaba confiar en él, entregarse. O al menos soportarlo.

Una vez tomada la decisión, se preparó para lo inevitable. La desgarradora sensación de pánico, el nudo de inquietud en el estómago, la abrumadora necesidad de salir disparada. Cerró el puño de su mano libre mientras se ordenaba resistir. Pronto pasaría.

La boca de Clay rozó ligeramente la suya. Un rápido roce, y luego nada en absoluto. Lo repitió. A la tercera vez que sintió la leve presión de sus labios, se descubrió capaz de respirar. La sensación de terror se atenuó un tanto.

Clay bajó la mano hasta su hombro, y la deslizó luego lentamente todo a lo largo de su brazo hasta su puño. Intentó abrirle los dedos.

–Relájate –murmuró.

–¿Vuelan los cerdos?

–No vas a ponérmelo fácil, ¿verdad?

–¿Qué tendría eso de divertido?

Clay le soltó la otra mano y le acunó luego las mejillas.

–Lamento lo que te hizo ese canalla.

Charlie retrocedió inmediatamente un paso, moviéndose hasta que quedó lo suficientemente lejos como para evitar todo contacto.

–Tú no tuviste nada que ver en ello.

–Me disculpo en general.

Se la quedó mirando durante un buen rato. Charlie quería poner algo más de distancia entre ellos, como una mesa o un continente, pero se obligó a quedarse donde estaba.

–No pienso ceder –le dijo él–. Te lo digo solo para que lo sepas.

–Ahora mismo no sé si eso es bueno o malo.

Clay se rio por lo bajo.

–Lo que te dije antes: eres sincera. Y eso es positivo –dio un paso hacia ella–. Voy a besarte de nuevo. En la boca. Y tú me vas a dejar.

Ella esperó la corriente de incomodidad, la indeseable sensación de rechazo. Pero mientras veía acercarse a Clay, no experimentó más que una leve preocupación. Quizá porque sabía que llevaría cuidado. Que sería tierno. O quizá porque su deseo de tener un niño fuera en ese momento más fuerte que su miedo. Fuera cual fuera el motivo, se aferró a esa ausencia de terror.

Cuando estaba justo delante de ella, le preguntó:

–¿Quieres tocarme?

–Quizá la próxima vez.

Él se echó a reír. Luego inclinó la cabeza y presionó los labios contra su mejilla.

Ella había estado esperando un beso en la boca, de modo que el contacto en la mejilla fue una sorpresa. Una oportunidad de relajarse. Inspiró hondo.

Él le besó también la otra mejilla.

–Qué europeo –murmuró ella.

–*Chère* –dijo él con mal acento francés.

La besó luego en la nariz, y en la barbilla. Finalmente le rozó los labios.

Sin pensar, Charlie cerró los ojos mientras absorbía la sensación de lo que le estaba haciendo Clay. Había calor y firmeza en su contacto. No se movía, no exigía: era un beso casto, pero también una especie de... casi un... Agradable.

No estuvo segura de cuánto tiempo estuvieron allí, con sus labios apenas tocándose. Los segundos parecían alargarse. En lugar de ponerse más nerviosa, sintió que se relajaba. Un inesperado impulso de alzar los brazos, de apoyar las manos sobre sus hombros, hizo que empezara a moverse. Solo que Clay retrocedió precisamente en ese momento y de repente ya no la estaba besando.

–Lección primera –le dijo él.

–¿Cuántas hay?

–Tantas como sea necesario. Este va a ser un servicio de seducción completo.

–Vaya.

Le lanzó una última sonrisa; luego dio media vuelta y abandonó la cocina. Charlie oyó abrir y cerrarse la puerta principal y solo entonces, una vez sola, se le ocurrió que quizá, solo quizá, aquello no iba a ser tan horrible como había imaginado. Quizá, después de todo, podría encontrar su camino hacia la normalidad.

Sonriendo ella también, salió al jardín delantero con la idea de recoger sus herramientas y entrar luego a ducharse. Acababa de guardar la última en el garaje y se dirigía de nuevo hacia la puerta cuando una limusina negra aparcó justo delante de la casa.

Las limusinas no eran algo habitual en Fool's Gold. El pueblo era más bien de camionetas todoterreno. Así que supuso inmediatamente que su conductor debía de haberse perdido. Aquella feliz suposición duró hasta que un fornido chófer de uniforme bajó para abrir la puerta trasera.

Incluso antes de que el diminuto pie con el tacón ridículamente alto terminara de apoyarse en la acera, Charlie lo supo. Se le cerró el estómago y la presión de sus oídos se incrementó. El mundo se tornó sordo. Fue como aquel último e increíblemente silencioso momento que se producía justo antes de un tornado: cuando los animales sabían que se avecinaba, pero los humanos solo podían mirarse extrañados unos a otros.

El otro pie se reunió con el primero, y Dominique Guérin entró de nuevo en la vida de su hija.

Capítulo 6

—¡Chantal!
Charlie dio un respingo al oír tanto la voz de su madre como su verdadero nombre.
—Mamá.
Dominique caminó hacia ella con los brazos abiertos. Se movía con la fluida elegancia de una bailarina, la cabeza bien alta. Lucía un traje de chaqueta y llevaba el cabello rubio dorado recogido en un sofisticado moño estilo hada, que resaltaba sus delicados rasgos y sus grandes ojos verdes.

Dominique rondaba los sesenta, pero aparentaba los cuarenta y pocos. Era pequeña, de un metro sesenta o así, pero bien proporcionada y de buena estructura. Charlie podía haber heredado la estatura y el aspecto de su padre, pero la resistencia la había sacado de su madre. De niña había visto a Dominique entrenar durante horas, trabajar hasta que quedaba empapada en sudor con su pareja de ballet casi inconsciente de extenuación, y eso después de que se hubiera retirado de los escenarios.

Conforme su madre se acercaba, Charlie empezó a sentirse como un dibujo animado que acabara de tomar una poción de crecimiento. Fue creciendo y creciendo hasta que medio esperó tocar el cielo con la cabeza. Era lo que siempre sucedía cuando su madre andaba cerca. Charlie era la giganta al lado de la perfección diminuta de Dominique.

Su madre se plantó frente a ella, con los brazos abiertos.

—¿No vas a abrazarme?

—¿Qué? Oh, claro —se inclinó en un ángulo de cuarenta y cinco grados y la abrazó incómoda. Luego la besó obedientemente en ambas mejillas. Una acción similar a la que había hecho Clay con ella, solo que la sensación fue muy diferente.

Charlie se irguió y retrocedió un paso.

—¿Qué estás haciendo aquí?

—¿No puedo visitar a mi hija única?

—Nunca lo habías hecho antes.

Dominique bufó delicadamente y señaló luego la casa.

—Puedes invitarme a pasar.

Charlie no sabía si se trataba de la constatación de un hecho o de una pulla. Probablemente lo último.

—¿Y él? —inquirió mientras señalaba al gigantón de traje oscuro que seguía al pie del vehículo. Llevaba gafas de sol y miraba a uno y otro lado de la calle, como lamentando no estar protegiendo al presidente del país en lugar de a una antigua y avejentada bailarina.

—Justice es mi guardaespaldas. Esperará fuera.

—Qué suerte la suya —masculló Charlie entre dientes antes de dar media vuelta y entrar en la casa.

Una vez dentro, se volvió hacia su madre. Dominique contempló el cómodo salón, probablemente encontrando algún defecto en cada elemento del mobiliario. Charlie compraba teniendo en cuenta el factor comodidad y mirando mucho su presupuesto. Dado que para Dominique el aspecto era lo más importante, no dudaba de que estaría horrorizada.

—¿Cómo es que vas vestida así?

Charlie miró sus sucios vaqueros y su sudorosa y también sucia camiseta sin mangas.

—Estaba trabajando en el jardín.

Su madre abrió mucho los ojos, aunque Charlie advirtió que no llegaba a levantar las cejas. «Botox», pensó distraída. Una de las ventajas de no ser ni mucho menos tan bonita era la de no tener que preocuparse por envejecer.

–¿Trabajar en el jardín? ¿Como una campesina?

Charlie soltó una carcajada.

–Sí, madre. Exactamente como una campesina. Luego nos pondremos todas en fila y el señor feudal nos repartirá pan y vino.

Dominique apretó los labios con gesto desaprobador.

–Sé que te crees muy graciosa, Chantal, pero te equivocas.

–Soy Charlie.

–¿Qué es Charlie?

–Mi nombre.

–Nunca llamaré a mi hija así. Es un nombre de chico.

–Es mejor que Chantal.

Dominique se acercó a ella.

–Te puse Chantal por mi abuela.

–Tu abuela se llamaba Ethel. O Alice. Depende de a cuál te refieras. Me pusiste Chantal porque es francés y porque esperabas que saliera a ti y me convirtiera en bailarina. Lamento haberte decepcionado.

Charlie hundió las manos en los bolsillos de sus vaqueros y reprimió un suspiro. Aquella era una conversación que habían tenido muchas veces antes. Nunca llegaban a ninguna parte, así que... ¿por qué se molestaba en repetirla? Su madre no estaba interesada en la familia: solo quería que la adoraran. Y ella nunca había sido muy buena en ese aspecto. De niña había cometido el imperdonable error de ser alta y desgarbada. Lo único que Dominique había querido de su hija era que fuera una perfecta réplica de sí misma. Y ella la había fallado desde el preciso instante en que fue concebida.

–Veo que no has cambiado –la acusó su madre con voz tensa.

Charlie empezaba a acusar los primeros efectos de la culpa. Si no llevaba cuidado, acabaría ahogándose en ella. Sucedía cada vez que estaban en una misma habitación.

–Has hecho un largo viaje –dijo, buscando un terreno neutral–. Tienes que haber tenido una buena razón.

Dominique se acercó a uno de los sillones y se sentó cuidadosamente en un brazo.

–Quería verte. Durante estos últimos años hemos perdido nuestro vínculo especial.

–Nunca hemos tenido ningún vínculo especial –le espetó Charlie antes de que pudiera evitarlo. Suspiró–. Perdona. Está bien. Vínculo especial. No sé muy bien lo que quieres decir.

–Hay madres que se llevan muy bien con sus hijas.

A Charlie no le gustaba cómo sonaba eso.

–¿Quieres que nos llevemos muy bien?

–Somos familia.

–Hace cinco años que no te veo.

–A eso me refería.

–Yo no te caigo bien. No soy para nada como tú. No entiendo la grandeza de tu carrera artística. Soy una decepción permanente.

Su madre alzó la barbilla.

–Yo nunca he dicho tal cosa.

–Lo decías todo el tiempo. Era prácticamente una letanía.

–Me doy cuenta de que este no es un buen momento –se levantó–. Ya hablaremos después. He venido a Fool's Gold a descansar y a recuperarme.

–¿De la rueda interminable de tu éxito? –le preguntó Charlie, preguntándose si su madre llegaría a captar el sarcasmo o si lo entendería de una manera literal.

–Exactamente. Es el precio a pagar por ser quien soy. Por eso he venido con Justice. Para que me proteja de mis admiradores.

Ya tenía la respuesta a su pregunta. Charlie tenía la sensación de que a esas alturas tenía muchísimos menos admiradores que antes, pero eso no iba a decírselo. Después de todo, Dominique no era cruel de manera consciente. Sencillamente era demasiado egoísta.

–Pienso alojarme en Ronan's Lodge. ¿Me gustará?

–No está a la altura de tus estándares, pero tú siempre te has apañado muy bien.

Aquellas palabras fueron como una respuesta a su creciente sentimiento de culpa. Charlie ignoraba cómo se las arreglaba su madre, pero siempre y en toda situación conseguía que terminara sintiéndose culpable. En aquel momento sabía que debería invitarla a quedarse en la habitación que tenía libre. Como sabía también que nunca le haría una invitación semejante. Se frotó la frente: estaba empezando a padecer un sordo dolor justo detrás de los ojos.

–Estaremos en contacto –le dijo Dominique mientras se dirigía hacia la puerta.

Charlie la siguió, desgarrada entre el alivio por que se hubiera acabado la visita y la confusión originada por la misma aparición de su madre.

–Me alegro de verte.

Dominique se volvió y se la quedó mirando fijamente.

–Ambas sabemos que eso no es cierto, ¿verdad? –y se marchó.

Charlie se quedó en el salón, ahogada por la culpa y convencida de que no había absolutamente nada en el mundo que pudiera hacer para evitarlo.

–Señora Guérin, es un gran honor para nosotros tenerla en este hotel –parloteaba el director del Ronan's Lodge mientras el botones metía las numerosas maletas de Dominique en la suite–. Y en nuestra población también. No suelen venir por aquí muchas celebridades de su categoría. Si hay cualquier cosa que pueda hacer más agradable su estancia aquí, por favor no tiene más que decírmelo –le puso una tarjeta de presentación en la mano–. He apuntado en el dorso mi móvil personal. La animo a llamarme cuando quiera. De día o de noche.

Dominique recibió la tarjeta y acogió el parloteo con escaso entusiasmo. No dudaba de que su secretaria se le había adelantado para pedir a todo el mundo que fueran especialmente amables con ella. Antaño esas precauciones no habían sido necesarias. El director, un hombre de aspecto normal de unos cuarenta años, se habría puesto a balbucear y a temblar solo por el hecho de estar tan cerca de ella. En el mismo vestíbulo o en el ascensor se habría visto asaltada por desconocidos que le habrían testimoniado su admiración. Los hombres le habrían suplicado que se dejara invitar a una copa, entusiasmados con la posibilidad de llegar a seducirla.

Pero actualmente no era más que una mujer mayor que antaño había sido alguien.

Envejecer era una porquería.

El director se marchó finalmente. Dominique se acercó a la ventana y se quedó contemplando la vista. No entendía por qué Chantal se había instalado en aquella población al pie de Sierra Nevada. Se estremeció ligeramente mientras contemplaba los altos picos cubiertos de nieve. Aquel viaje era como escalar una montaña. Primero tendría que adquirir provisiones y luego emprender el ascenso. Su objetivo no era físico, sino emocional. Pero sería tanto o más penoso si llegaba a fracasar.

Se volvió para mirar a su guardaespaldas. Justice Garrett se comportaba como un hombre cómodo con cualquier situación. Poseía algún tipo de experiencia militar, tenía licencia de armas y probablemente habría sido capaz de detener una bala con las manos desnudas. Estaba perfectamente entrenado. La clase de hombre que uno podría llevarse a los lugares más peligrosos del mundo. Con su pelo rubio oscuro y sus ojos de un azul profundo, era bastante guapo. Pero había como una especie de desconfianza en su mirada. Sabía que era un hombre que cargaba con sus propios fantasmas.

En ese momento se había vuelto también hacia ella, como preguntando: «¿y ahora qué?».

Como si ella tuviera la respuesta. Apenas lo había contratado unos días antes y todavía tenían que llegar a conocerse.

–Debes de estar preguntándote por qué estás aquí –le dijo, volviendo al salón de la suite y abriendo el minibar–. ¿Qué clase de peligro podría acechar a una vieja como yo en un lugar como este? –cerró el minibar y se acercó al bolso de mano que había dejado sobre la mesa. Después de abrirlo, sacó una botella de whisky escocés de dieciocho años. Se la tendió en un silencioso gesto de invitación.

–Estoy de servicio.

Dominique sonrió.

–Ambos sabemos que nadie me va a atacar.

–¿Entonces para qué estoy aquí? –sonrió levemente–. Mi caché no es barato.

Dominique abrió el escocés y sirvió dos copas. Tomó una y se sentó en el sofá. Justice entró en el salón y permaneció de pie junto a la ventana. Ni siquiera miró el vaso.

–El dinero no es un problema para mí –le dijo ella, y bebió un sorbo. El fino licor entraba muy bien–. Tengo más que suficiente. Son otras las cosas que echo en falta. Juventud, amor, una familia.

–Tiene una hija.

–Técnicamente. Biológicamente hablando. Ella no me quiere –bebió otro trago, consciente de la dolorosa verdad de que Chantal apenas podía soportar su presencia–. ¿Qué piensas de ella?

–Es encantadora.

Dominique se echó a reír.

–No lo creo. Chantal es muchas cosas, pero no encantadora. Es fuerte y capaz. Eso lo heredó de mí. No soy la florecilla delicada que aparento.

Se levantó y entró en el dormitorio. Justice la siguió solamente hasta el umbral. Ella señaló las tres maletas que había junto al aparador. La cuarta la había guardado en la parte alta del armario.

–¿Me harías el favor de poner esas maletas sobre la cama?

Hizo lo que le pedía y se apartó. Dominique dejó su copa sobre la mesilla y abrió la maleta más pequeña. Dentro había varias fotografías enmarcadas cuidadosamente envueltas. Tomó la primera, retiró las capas del envoltorio y se la tendió.

–Mi marido –dijo.

Justice tomó la foto.

Dominique no tenía que mirarla para ver a Dan. Tan alto y tan guapo... Se había enamorado a los pocos minutos de conocerlo. Su representante había contactado con Dan para que instalara unas estanterías en el estudio de danza que ella tenía en Nueva York. Se había presentado inesperadamente allí y lo había sorprendido trabajando. Él se había vuelto para mirarla, sonriente, y ella se había quedado prendada.

Se habían casado dos meses después, para gran asombro de su representante y de todas sus amistades. Pero nunca se había arrepentido de tan impulsiva decisión. Siempre se habían amado, hasta el día de la muerte de Dan. Había habido otros hombres en su vida y en su cama. Antes y después de Dan. Pero nadie le había llegado tanto al corazón.

–Parece feliz –observó Justice, devolviéndole la fotografía.

Dominique la tomó y la colocó sobre el aparador.

–Lo fue. Me tenía a mí y a Chantal. Nos quiso mucho a las dos –le había costado aceptar eso, recordó, deseosa como había estado siempre de ser el centro del universo de su marido. Dan había amado tanto a su hija... En ocasiones Dominique se había puesto hasta celosa. Una estupidez, quizá. Una injusticia. Pero cierta.

Le entregó otra foto. En ella aparecía una Chantal de tres años con tutú. Ya a tan tierna edad había sido demasiado alta y demasiado desgarbada. Había querido jugar con camiones en lugar de muñecas, y había carecido de la paciencia y del talento necesario para cualquier tipo de baile.

–Yo quería una hija que fuera como yo. Una bailarina. Alguien a quien poder amoldar a mi gusto. ¿Cómo es ese viejo dicho? «Si quieres hacer reír a Dios, haz planes».

Justice le devolvió la fotografía.

–¿Ningún consejo? –le preguntó ella.

–Eso no entra dentro mis funciones.

–¿Fuiste antes espía, Justice?

–Mi trabajo no era tan excitante.

–Me parece que no te creo, Justice. ¿Me consideras una mujer atractiva?

–¿Perdón? –inquirió, imperterrito.

Dominique sonrió fugazmente.

–No te preocupes. No estoy intentando seducirte. Antes era una mujer preciosa. Una vez un jeque me ofreció un millón de dólares por pasar una sola noche con él. Así, como en las películas antiguas. Fue antes de conocer a mi marido, así que acepté –volvió a sonreír al recordarlo–. A la mañana siguiente me envió a casa con el millón de dólares y un collar de diamantes. Quería casarse conmigo, por supuesto. Eso les pasaba a muchos.

Suspiró, consciente de que recuerdos como aquellos la acompañarían esa noche. A veces eran como sus antiguos pretendientes. Insistentes. Determinados.

–Bueno, Justice Garrett, nos veremos por la mañana. ¿Tienes la llave de tu habitación?

El guardaespaldas se palpó el bolsillo de la chaqueta.

–No ha respondido usted a mi pregunta.

–¿La de por qué te he contratado? –se encogió de hombros–. ¿No es obvio? Contigo al lado puedo fingir que todavía soy importante. Que todavía soy famosa. Nada de lo cual es cierto.

Él la miró durante varios segundos, hasta que finalmente murmuró:

—Buenas noches —y se marchó.

Una vez que la puerta se hubo cerrado tras él, Dominique recogió la foto de Dan y se quedó mirando fijamente aquel rostro familiar.

—Lo daría todo ahora mismo por tenerte a mi lado —musitó—. Lo sabes, ¿verdad?

Se le llenaron los ojos de lágrimas. Como no había nadie a quien impresionar, las dejó correr. El maquillaje corrido no le importaba en esos días.

Apretó la foto contra su pecho mientras se enfrentaba a la verdad. Estaba sola. Llevaba sola años, pero nunca se había permitido reconocerlo. Estar en aquella habitación de hospital, esperando a que le dijeran si iba a vivir o a morir, la había devuelto a la penosa realidad. Durante aquella espera se había prometido que, si sobrevivía, las cosas serían diferentes.

Chantal era el único familiar que le quedaba. Dominique se negaba a perderla. Estaba allí para formar parte de la vida de su hija... por mucho que ella se resistiera.

—¡Más rápido, gente! —gritó Charlie—. ¡Cronometraré el ejercicio si no me dejáis otro remedio!

Bajo su mirada, los diez candidatos a bomberos voluntarios corrían alrededor de la pista. Con la apertura de la nueva escuela de ciclismo de Josh Golden, contaba con una nueva instalación para entrenar a sus candidatos. Siempre y cuando no programara los entrenamientos durante las sesiones de ciclismo, Josh le había ofrecido acceso tanto a la pista interior como a la exterior, la sala de pesas y la zona todavía sin terminar que ella pensaba utilizar para diversos ejercicios con manguera y otros equipos. Charlie no podía estar más contenta.

En ese momento estaba esperando a que la última de las mujeres terminara la carrera. Hizo sonar el silbato, la señal para que todo el mundo echara a correr hacia los grandes neumáticos de camión que había amontonado al fondo. El objetivo del ejercicio era sencillo. Arrastrar los pesados neumáticos de un extremo de la pista al otro. Eso después de haber corrido un kilómetro y medio.

Ya había enredado unas cuerdas en torno a cada neumático y suministrado guantes. Pero nada de eso podía evitar que cada rueda pesara sus buenos cincuenta y cuatro kilos.

Sin embargo, en lugar de echar a correr como les había ordenado, dos de las mujeres sonrieron a Clay. Una incluso se atusó el pelo. Charlie resopló disgustada. Clay era el candidato más en forma de todos, eso era evidente, pero también representaba una enorme distracción. Contaba en su favor, sin embargo, que en ese momento las estuviera ignorando mientras recogía las cuerdas de su neumático. Y en cuestión de segundos lo estaba arrastrando por la pista y a buen ritmo.

Los otros dos varones del grupo se esforzaban todo lo posible por seguir su ritmo. Dos de las mujeres iban tan solo unos pocos metros por detrás. Pero las otras cuatro estaban teniendo serios problemas.

Charlie se les acercó.

—¿Cuál es el problema, señoras?

La más alta de todas, la rubia, se volvió para mirarla.

—Esta rueda pesa demasiado. ¿No podemos hacer otro ejercicio?

Era siempre lo mismo en cada clase. Llevaba tanto tiempo en aquella profesión que ya ni se sorprendía. Dejó la pregunta sin responder durante un par de segundos más, como dándose tiempo para enfadarse. Luego lanzó a la mujer la misma sonrisa que sospechaba usaban los osos justo antes de pescar un incauto salmón.

—Existe una opinión ampliamente extendida entre los

bomberos que dice que las mujeres no pintan nada en el cuerpo. ¿Sabéis por qué es?

Las cuatro mujeres negaron con la cabeza.

—Porque alguna imbécil espera que sea fácil. Y no es fácil. Un bombero suele cargar encima más de veinte kilos de peso. Lo que significa que si su compañero cae, tiene que arrastrarlo a él más los otros veinte kilos de su equipo para sacarlo de un edificio en llamas. Y por arrastrar quiero decir cargar a hombros.

Dio un paso hacia la rubia, clavando la mirada en sus tiernos ojos azules y lamentando no haber puesto cebolla a la hamburguesa de su almuerzo.

—O estás preparada para hacer el trabajo o no lo estás. Porque yo no pienso explicarle a ningún niño que su papá no volverá nunca más a casa porque tú no has sido lo suficientemente fuerte para salvarlo. Esas ruedas de neumático pesan cincuenta y cuatro kilos. Suponiendo que el peso medio de un bombero sea de noventa y que su equipo pese otros veinte, entonces tú tienes la responsabilidad de poder cargar hasta con ciento diez kilos. Así que no vengas a quejarte de lo que pesa la maldita rueda.

Cuando hubo terminado, no estaba gritando, pero era mucha la energía contenida en su voz. Los ojos de la rubia estaban llenos de lágrimas.

—Eres una verdadera bruja. ¿Lo sabes, verdad?

—Lo sé, cariño, pero esa actitud tuya solo empeorará las cosas. Probablemente sea esta la mejor ocasión para que decidas emplear de otra manera esta tarde, y aprovecharla en algo.

—En eso tienes razón.

La mujer abandonó la pista a toda prisa.

Charlie se volvió hacia el grupo. No le sorprendió ver que se habían detenido a escuchar la conversación. Lo que sí le sorprendió fue ver a Clay al otro extremo de la pista. Había terminado el ejercicio.

—¿Alguien más quiere quejarse de la rueda? —preguntó.

Se alzó un coro de «noes», seguido del ruido de los neumáticos arrastrados a buen ritmo.

Tres horas después, todo el mundo estaba chorreando sudor y derrumbado sobre la hierba. Charlie se aseguró de que todos tuvieran una botella de agua.

–Buen trabajo, gente. Michelle Banfield se encargará de la siguiente sesión. Volveréis a verme a finales de semana.

Se despidió con lo que esperaba pareciera un simpático gesto, recogió su tabla de notas y empezó a caminar hacia el aparcamiento. Clay la alcanzó.

–Buena sesión de entreno.

–Me alegro de que la hayas disfrutado –continuó andando, esforzándose todo lo posible por no fijarse en sus brazos musculosos o en sus largas piernas. No conocía a nadie a quien le sentaran tan bien un pantalón corto y una camiseta.

–Has sido clemente con nosotros.

Lo miró.

–¿Cómo lo sabes?

–Era el primer día –se encogió de hombros–. No aguantas a los estúpidos, pero no eres mala. No disfrutaste haciendo llorar a Madeline.

–¿La conoces?

–Ella misma se me presentó.

Charlie podía ser completamente inepta por lo que se refería a las relaciones chico-chica, pero tonta no era.

–Te dio su número.

Como no respondió, se preguntó cuántas de las otras mujeres no habrían hecho lo mismo.

–Debe de ser fantástico ser como tú –masculló.

–No siempre. Además, actualmente estoy comprometido.

Charlie se detuvo en seco y se volvió para mirarlo.

–¿Qué quiere decir eso? ¿Estás saliendo con alguien? Solo llevas unas semanas aquí. Pensaba que no te quedaba tiempo para liarte con nadie. Mira, si estás viéndote con alguien, yo no quiero que... –se interrumpió, balbuceante, mientras buscaba la frase adecuada para lo que se suponía iban a hacer.

Estaba frente a ella. Era más alto y más ancho de hombros. Charlie estaba acostumbrada a ser del mismo tamaño o mayor que cualquiera de sus interlocutores, de modo que le resultaba extraño sentirse pequeña ante Clay. Bonito, pero extraño.

–No estoy saliendo con nadie –le dijo con tono suave–. Con nadie que no seas tú.

–Oh. De acuerdo. Está bien, entonces.

Los ojos oscuros de Clay seguían escrutando su rostro.

–¿Conoces algún arte marcial?

–Formalmente no. He recibido clases de defensa personal, por supuesto. Y tengo un buen gancho de izquierda.

–Yo podría enseñarte. Podríamos entrenar juntos. Combatir un poco.

Charlie apretó su tabla de notas contra su pecho. No era exactamente un escudo. Suspiró. Tuvo que reconocerlo: efectivamente, era como si estuviera intentando protegerse con ella.

–¿Qué tendría eso de divertido? ¿Combatir contra alguien que no sabe hacerlo bien? ¿No preferirías hacerlo con alguien mejor que tú? ¿No es así como se aprende?

–¿No crees que podrías ganarme?

–Así no. No sabía cómo empezar.

Clay le quitó la tabla de las manos.

–Charlie, respira hondo.

–¿Por qué?

En lugar de responder, se limitó a enarcar las cejas.

–Está bien... –rezongó e hizo lo que le decía–. ¿Y bien?

–Eso era flirtear.

–¿Respirar?

–No –sonrió–. Mi oferta de combatir contigo. Piensa en ello. Los dos encerrados en una habitación, haciendo algo físico.

—No creo que eso sea flirtear. No me he sacudido el pelo. ¿No hay que sacudirse el pelo antes?

—¿Es por eso por lo que lo llevas tan corto?

—No —recuperó su tabla y se aferró a ella con ambas manos—. Es más práctico así y siempre estoy muy ocupada.

—O eso o te esfuerzas todo lo posible por negar tu feminidad.

Charlie soltó un resoplido escéptico.

—¡Por favor! ¿Tú me has visto bien? No soy nada femenina —eso era algo que su madre se había ocupado de recordarle constantemente desde que era niña—. No me interesan ese tipo de cosas —miró a su alrededor como para asegurarse de que no podía oírla nadie. Los otros candidatos ya se habían marchado y no había llegado aún la siguiente clase de ciclismo de Josh. No había nadie más en el aparcamiento—. ¿Qué significa todo esto? Yo creía que solamente íbamos a tener sexo.

—Esto es tener sexo.

—No estamos desnudos.

—Flirtear son los prolegómenos. Te gustará.

—Lo dudo —¿por qué tenía que haber prolegómenos? ¿Por qué no podían ponerse con ello y terminar de una vez?

—Pues a mí sí me gusta. Es divertido.

No había pensado en el sexo como en un divertimento. Para ella era algo que había que soportar en aras de un bien mayor. Suspiró.

—¿Por qué no puedes ser un tipo normal e ir directamente al asunto?

—Porque ir directamente al asunto fue precisamente lo que te hizo daño aquella vez.

Aquel hombre era demasiado perspicaz, reflexionó, más impresionada que contrariada.

—¿Entonces tenemos que flirtear?

—Sí.

—No sé cómo se hace y tampoco creo que sea muy buena en ello.

Clay esbozó otra sonrisa.

—Ese es el espíritu de superación que todos admiramos en ti.

—Cállate o te pegaré con mi tabla.

—Me gustaría ver cómo lo intentas.

Un brillo de humor relampagueaba en sus ojos. Y una invitación.

Charlie tragó saliva.

—¿Sabes? Podría ir directamente yo al asunto contigo. Soy fuerte y no me podrías.

Se sentía estúpida y vulnerable mientras hablaba. Porque había un millar de cosas horribles que Clay podría decirle. Frases del tipo: «¿por qué habría de querer hacerlo?», o «Tienes razón. Nunca le podría a una mujer tan grande como tú».

Pero, en lugar de ello, Clay se aproximó un poco más a ella.

—Yo soy bueno peleando.

Charlie abrió la boca para volver a cerrarla.

—No sé qué decir. Soy fatal en esto.

La sorprendió inclinando de pronto la cabeza y besándola. Sus labios se posaron sobre los suyos durante un segundo, antes de incorporarse.

—No te preocupes por eso. No existe un camino predeterminado a la seducción, Charlie, y nosotros vamos a hacerlo andando. Nos lleve el tiempo que nos lleve.

Dicho eso, se volvió y se marchó. Charlie tuvo la sensación de que se había quedado allí quieta, con la boca abierta. Con un aspecto tan asombrado como se sentía.

Solo cuando la camioneta de Clay se hubo alejado fue capaz de volver a cerrar la boca. Todavía tuvo que transcurrir cerca de una hora hasta que dejó de sentir los cosquilleos. En su plan de acción, aquello tenía que consignarlo como un éxito.

Capítulo 7

Dominique nunca había estado en un cuartel de bomberos. Sabía lo que eran, que tenían grandes vehículos y equipamientos. Hombres fornidos con hachas. Incluso entendía que su hija fuera bombera, pero saberlo y verlo era algo por completo distinto.
No bien hubo bajado de la limusina, se detuvo.
–Esto es un error –murmuró para sí misma.
Justice, vistiendo su habitual traje oscuro y sus gafas negras, la esperaba al pie de la puerta.
–Quizá no.
–¿Tienes familia? –le preguntó ella.
–No, pero sé que las familias pueden llegar a ser algo... difíciles.
Lo contempló por un momento.
–Sospecho que tienes experiencia en ello –suspiró–. Bueno, vamos allá.
Caminó por la ancha pista hacia el garaje abierto de par en par. Los camiones estaban aparcados de cara a la salida: eran grandes y ligeramente intimidantes. Era incapaz de imaginarse montada en uno, y mucho menos conduciéndolo. No dudaba de que serían conductores profesionales y bien cualificados los que se encargaban de ello. Una mujer de uniforme alzó la mirada cuando la vio acercarse.
–¿En qué puedo ayudarla?

—He venido a ver a mi hija. Chantal.

La mujer, de unos cuarenta y pocos años, sacudió la cabeza.

—Disculpe, pero no hay nadie aquí con ese nombre.

—Charlie. Ustedes la conocerán como Charlie.

La mujer desorbitó los ojos.

—Oh, claro. Voy a avisarla.

Dominique se alisó el frente de su chaqueta. En deferencia a aquella pequeña población del país, se había vestido de manera más informal. Pantalón de traje, blusa blanca y una chaqueta ligera.

Se abrió una puerta y Chantal apareció en la zona del garaje. Dominique se sorprendió al ver a su hija vestida de uniforme negro. Los pantalones eran terriblemente desfavorecedores y la camisa de manga corta parecía un saco.

—Madre —la saludó Chantal, desconfiada—. ¿Qué estás haciendo aquí?

—Venir a verte. Necesitamos hablar.

—Estoy trabajando.

—No pareces muy ocupada.

—Pero estoy trabajando. Eras tú la que siempre decías que sin un excelente ensayo no puede haber una actuación excelente.

—Me sorprende que lo recuerdes.

—Lo recuerdo y este es mi tiempo de ensayo. Hablaremos después, cuando no esté de turno.

—¿Y cuándo será?

Antes de que pudiera responder, un sonido horriblemente estridente rompió el silencio de la tranquila tarde. Fue seguido de una voz tronando algo acerca de un accidente.

Dominique se encontró de pronto en medio de una frenética actividad. El garaje empezó a llenarse de gente procedente de todas direcciones. Chantal agarró a su madre de un brazo y la sentó en un banco contra la pared.

—Quédate aquí sentada hasta que nos vayamos —le ordenó. Dio media vuelta y echó a correr.

Dominique se levantó nada más sentarse.
—¿Adónde vas? No puedes dejarme así...
Chantal ni siquiera se molestó en mirarla. En cuestión de segundos, el camión más grande se llenó de bomberos con sus trajes ignífugos. La ambulancia que estaba aparcada al lado salió del garaje y giró a la izquierda de la calle.

Alguien sospechosamente parecido a su hija abrió la puerta del camión más grande, subió y se sentó al volante.
—¿Chantal? —inquirió Dominique, incapaz de dar crédito a lo que estaba viendo.

La conductora le lanzó una rápida mirada antes de arrancar el motor. Dominique volvió a dejarse caer en el banco mientras el vehículo seguía a la ambulancia.

Dudaba que hubieran pasado siquiera dos minutos desde que sonó la primera alarma. Donde antes había reinado un controlado caos, reinaba en ese momento el silencio. Un silencio tan inquietante como el descubrimiento de que su hija había sido la conductora de aquel colosal vehículo.

Solo muy recientemente había empezado Dominique a pensar algo más sobre el día a día de su hija. Sabía que trabajaba para la brigada de bomberos, pero nunca se había planteado en serio lo que podía estar haciendo allí. Ver a Chantal en su cotidiana realidad no había resultado nada reconfortante.

No había lugar para ella en aquel mundo. Ella nunca encajaría allí. La triste verdad era que se encontraba sola. Y también era consciente de que ella era la única culpable de aquel estado de cosas.

Recogiendo su pequeño y carísimo bolso, abandonó el cuartel de bomberos.

Justice la estaba esperando al pie de limusina.
—Un incendio o un accidente —le dijo él—. Una emergencia. Tenía que irse.

Dominique le lanzó una sonrisa.
—Eres muy amable —miró a su alrededor—. Voy a cami-

nar un poco. ¿Por qué no te llevas el coche de vuelta al hotel?

Justice asintió y volvió a subir a la limusina.

El cuartel de Chantal estaba en el centro del pueblo. Era sábado por la mañana y era mucha la gente que estaba disfrutando del buen tiempo de finales del verano. Vio familias reunidas, madres con sus hijas. Un par de jóvenes adolescentes se reían, cómplices de alguna broma.

Durante su infancia y adolescencia, Dominique nunca había tenido grandes amigas. Le había faltado tiempo para ello. Con tres años había empezado a bailar, y no se había retirado de la profesión hasta unos cuarenta años después. A los dieciséis se había incorporado a su primera compañía de ballet. Con diecisiete años había hecho su primer solo, para convertirse en primera bailarina a los veinte. Había dado la vuelta al mundo invitada por las más prestigiosas compañías de ballet y protagonizado varias producciones de televisión.

No había tenido tiempo para actividades u objetivos «normales», y tampoco había estado interesada. Había vivido una vida con la que los demás solo habían podido soñar. Era rica, famosa, brillante. «Y sola», admitió para sí misma. El reciente susto que había sufrido en términos de salud le había hecho tomar conciencia de su soledad. No había tenido nadie a quién llamar, ninguna amistad la había visitado en el hospital.

Se detuvo frente a una librería. En el expositor había un surtido de novelas de misterio firmadas por Liz Sutton. Un cartel la señalaba como autora residente en aquella población. Dominique entró con la intención de adquirir su último título. Quizá una novela la ayudara a pasar el tiempo hasta que pudiera tomar una decisión sobre su vida.

Pagó el ejemplar, pero antes de que llegara a marcharse, dos mujeres se le acercaron. Una era de su edad; la otra unos diez años mayor. La mujer de cabello blanco vestía un elegante traje de aspecto caro.

—Usted debe de ser Dominique Guérin —dijo la mayor de las dos con una amable sonrisa, y le tendió la mano—. Soy Marsha Tilson, alcaldesa de Fool's Gold. Tenía tantas ganas de conocerla... Qué alegría que nos hayamos encontrado.

Dominique le estrechó la mano, agradada de que la hubieran reconocido.

—Alcaldesa Tilson.

—Por favor, llámeme Marsha. Le presento a mi amiga May Stryker —Marsha sonrió a la mujer morena—. ¿O debo llamarte May Simpson?

May se echó a reír.

—Aún no lo he decidido —respondió, y se volvió hacia Dominique—. Hace poco que me he casado. Aunque quiero mucho a mi marido, debo admitir que he sido Stryker durante tanto tiempo que no me imagino llevando otro apellido. Glen asegura que no le importa, así que todavía ando decidiéndolo...

Dominique escuchaba con fingido interés, una habilidad que había venido perfeccionando desde que era niña. La gente siempre estaba explicando sus vidas a los demás, algo que carecía absolutamente de atractivo para ella.

May parecía una mujer muy agradable, ¡pero su ropa...! Llevaba vaqueros y una vieja camiseta de manga larga. Su cara se había mantenido bastante bien con el tiempo, pero tenía pecas y algo flácida la piel de los brazos.

—Íbamos a tomar un café —informó Marsha—. ¿Quiere acompañarnos?

—Yo, er... —vaciló Dominique, nada deseosa de molestar a las dos mujeres. Pero se recordó que la única cura para la soledad era la compañía. Mejor era eso que nada—. Muy amables, gracias.

Caminaron hasta el Starbucks de la esquina. Una vez dentro, aguardaron su turno y pidieron. Dominique estaba acostumbrada a que su ayudante le llevara el café. Tuvo que recordarse que las cosas eran diferentes ahora. Tendría que familiarizarse con cosas como hacer cola y pedir por sí misma.

Una vez que estuvieron sentadas, May le comentó sonriente:

—Conozco a su hija. Charlie guarda su caballo en nuestro rancho.

—¿Ella monta?

—Y muy bien. ¿No lo sabía?

—No.

—Oh. Disculpe. Yo pensaba... —May se removió incómoda en su silla.

Marsha, que tenía mucho más aplomo que su amiga, le tocó ligeramente el brazo. Dominique sabía que estaba frente a algún tipo de tácita comunicación, pero ignoraba lo que se estaban diciendo.

—He venido a visitarla —explicó—. A Chantal. Ese es su verdadero nombre. Pero la verdad es que ella se ha puesto muy poco contenta de verme. No estamos muy unidas.

—Comprendo que eso debe resultar muy difícil —dijo Marsha.

—Así es. Sé lo que deben de estar pensando. Que mi vida ha sido maravillosa. Pero todo el mundo olvida que la fama tiene un precio, con miles de horas de trabajo duro detrás de cada actuación. Luego perdí a mi marido y Chantal se marchó.

—Adolescentes —murmuró Marsha—. Conozco la historia. Yo también perdí el contacto con mi hija.

—Chantal pudo haber continuado en contacto conmigo —continuó Dominique—. Era yo la que estaba viajando por todo el mundo, la que tenía una agenda apretada. ¿Pero ella? Por supuesto que no. ¿Saben cómo se gana la vida?

—Es ingeniera —dijo May.

—No. Conduce un camión de bomberos. Mi hija. Increíble.

Marsha y May cruzaron una mirada. Marsha se inclinó hacia Dominique.

–Charlie, er... Chantal, conduce el camión autobomba. Es la responsable de llevarlo a las emergencias. Maneja también el panel de mandos de la bomba, que es el que determina la cantidad de agua que expulsan las mangueras. La capitana está al mando y Charlie es su brazo derecho.

–Gracias por la explicación –dijo Dominique con voz más débil de lo que le habría gustado. Aunque agradecía el dato, no necesitaba que una desconocida la ilustrara sobre los detalles del trabajo de su hija.

May se inclinó hacia ella.

–Sé lo duro que es esto para usted.

–¿Cómo? –inquirió Dominique–. ¿Cómo puede saberlo?

–Tengo tres hijos. A veces permanecer unidos es difícil. Me gustaría ayudarla.

–Yo no necesito ayuda. Lo que necesito es una hija más obediente –Dominique se levantó–. Ha sido un placer conocerlas. Y ahora, si me disculpan...

Se marchó sin haber tocado su café. Una vez en la acera, parpadeó deslumbrada por el sol. Después de ponerse las gafas, intentó decirse que el ardor que sentía en los ojos no tenía nada que ver con el punzante dolor que sentía en el corazón. Nada en absoluto.

–¿Dominique?

Se volvió para descubrir que May la había seguido.

–¿Sí?

May le tendió un pedazo de papel.

–Mi número de teléfono. Por si alguna vez le apetece hablar.

–Muy amable –murmuró antes de alejarse.

Pasó al lado de una papelera y a punto estuvo de tirar el número. Pero algo la impulsó a doblar el papel y a guardárselo en el bolso.

Charlie revisó la calle y descubrió a Michelle por el espejo retrovisor, saludándola con la mano. Aparcó el camión autobomba en el lugar correspondiente del garaje.

El accidente de la carretera de entrada al pueblo había sido terrible. Ambos coches habían quedado destrozados. Afortunadamente todo el mundo había llevado puesto el cinturón de seguridad y los *airbags* habían hecho su trabajo. Los ocupantes solo habían sufrido heridas leves. Uno de los coches se había incendiado, pero Charlie y su equipo se habían encargado rápidamente de ello.

Se quitó el equipo, pensando en ducharse y comer luego algo. Michelle se le acercó con dos tazas de café. Le entregó una, sonriente.

—Tienes visita.

Charlie reprimió un gruñido.

—¿Mi madre? —¿la había estado esperando Dominique?

—No exactamente.

Charlie se volvió y vio a Clay apoyado contra la pared. Cuando la descubrió, se irguió y empezó a caminar hacia ella.

«Este hombre sabe moverse», pensó mientras contemplaba su andar elegante y fluido. Tenía un cuerpo perfecto, resultado de su carrera profesional, pero aun así impresionante. Solo lo mejoraba su rostro: sus ojos oscuros, los planos y ángulos bien delineados de sus rasgos. Bajó la mirada hasta su boca y se preguntó si iría a besarla de nuevo. De manera extraña, se sorprendió pensando que no le importaría. A excepción de la parte «pública» del asunto...

—Hola —la saludó mientras se acercaba—. ¿Qué tal ha ido?

—Fácil para nosotras. No tanto para la gente que se vio envuelta en el siniestro. Todo el mundo está bien, pero uno de los vehículos se incendió. El otro está completamente destrozado.

—¿Turistas?

Charlie asintió.

—Demasiado entusiasmados con las vacaciones. A ve-

ces se distraen al volante y a veces simplemente es cuestión de mala suerte –miró a su alrededor–. ¿Has visto a mi madre?
 –No conozco a tu madre.
 –No sabes la suerte que tienes –repuso con un suspiro–. Bajita –alzó la mano entre su hombro y su codo–. Rubia. Ojos verdes. Elegante.
 –No. No la he visto.
 –Bien. Se pasó por aquí. Sospecho que ha decidido empezar a acosarme temprano. Ya sabes: estuvo años practicando hasta convertirse en fantasma.
 –Suena a relación entrañable.
 Charlie torció el gesto.
 –Es sencillamente excitante. Ni siquiera sé qué diablos está haciendo aquí. Fool's Gold no es su tipo de lugar preferido. Ella asegura que quiere pasar tiempo conmigo, pero el simple concepto es demasiado absurdo.
 Se interrumpió, consciente de que estaba hablando demasiado. Un claro síntoma de nerviosismo. «Es porque estoy con él», pensó. En ese momento, todo era diferente. Se habían besado. Tendrían sexo más tarde o más temprano. Eso bastaba para cambiar la actitud de cualquiera.
 También estaba el hecho de que le había prometido un servicio de seducción completo. No sabía muy bien qué quería decir eso. Y lo que resultaba aún más desconcertante: no sabía si sentirse más entusiasmada o más aterrada por ello. El simple hecho de que pudiera llegar a entusiasmarse constituía en sí una verdadera ganancia para ella. Intentó decirse que era más inteligente aceptar aquel progreso que cuestionarlo, pero no terminaba de sentirse cómoda con la idea misma de la seducción.
 –Alto ahí –le dijo de pronto Clay, alzando ambas manos–. Me estás agotando.
 –¿De qué estás hablando?
 –Piensas demasiado. Puedo oírlo. Sabía que te pondrías a pensar. Necesitas un programa.

–¿Perdón?

La tomó del brazo y la llevó hacia la puerta de salida del garaje.

–Un programa –repitió en voz baja–. Para que sepas qué es lo que debes esperar. Y cuándo. Así no te preocuparás tanto.

Charlie dudaba de que su nivel de preocupación fuera a cambiar de manera significativa durante el proceso, pero estaba deseosa de fingir que no tenía por qué hablar de ello. Cruzó los brazos sobre el pecho.

–¿Qué es lo que tienes en mente? Y, dado que estamos abordando el tema... ¿cuánto tiempo va a llevarnos?

Clay sonrió.

–¿La conversación o el servicio completo de seducción?

Le ardían las mejillas. Lo maldijo en silencio. Sabía que se estaba ruborizando y no sabía cómo evitarlo.

–La, er... parte práctica.

–La seducción –se inclinó hacia ella–. Vamos, Charlie. Puedes pronunciar la palabra.

–También puedo golpearte con una llave de tuerca.

–Esa es mi chica. Tardaremos todo el tiempo que sea necesario. Tan importante es el viaje como el destino.

Ella lo fulminó con la mirada.

–¿Has estado haciendo yoga? Todo esto suena a ridícula conversación de yoga.

–Confía en mí. Te gustará. Todo el proceso. De eso se trata. Que consigas llegar a un momento en que puedas relajarte y disfrutar. Y eso no sucederá en una sola tarde.

Unas palabras que le apretaron el pecho de inquietud y quizá también le provocaron un pequeño cosquilleo.

Echó un vistazo detrás de ella. No había nadie en el garaje, pero eso no quería decir que sus compañeros no estuvieran prestando atención a Charlie y a su visitante.

–Probablemente no deberíamos hablar de todo esto aquí –dijo.

–No hay problema. ¿Estás libre mañana?
Charlie asintió.
–Me pasaré entonces por la mañana. Podremos trabajar con tu calendario entonces.

Por su mente cruzó una imagen de anotaciones en su agenda: *3 de septiembre. 3.00 p.m. Clay avanza a primera base.*

–El cambio de turno es a las siete –pensó en decirle que a veces paraba a tomar café o a desayunar y que no llegaba a casa hasta las ocho, pero eso le pareció demasiada información.

–Hasta mañana entonces.

Hizo un gesto con la mano y se marchó. Charlie se permitió admirar la vista durante un par de minutos, contemplando su fantástico trasero. Lo había visto muchas veces en fotografía y en películas, pero en persona era todavía mejor. «Pues imagínate el día que puedas verlo desnudo. O tocarlo». Porque tener sexo significaba...

Tropezó con una barrera mental y se estrelló contra ella mientras la realidad daba un giro inesperado. Clay y ella iban a tener sexo. Ella misma se lo había pedido. Pero en lo que no había pensado era en la parte que jugaría *él* en todo ello. Así como en que tendría que quitarse la ropa.

Estaba a punto de tener al modelo más guapo del mundo desnudo en su cama. ¿En qué diablos había estado pensando? Ella no era bella, ni siquiera bonita. Era demasiado alta y demasiado fuerte y en absoluto femenina. No poseía producto alguno para el pelo ni sabía maquillarse. Nunca había tenido una plancha para el pelo. Tenía exactamente dos vestidos en su armario y prefería que la dispararan en el estómago antes que ponerse un tanga.

El desastre, pues, era seguro.

Se dio cuenta de que no podría hacerlo. No podría soportarlo. Necesitaba un tipo diferente de hombre. Uno que fuera mucho más normal, y posiblemente también lo suficientemente desesperado como para sentirse agradecido. A partir de ese momento iba a tener que pensar en la manera de decirle a Clay... que estaba despedido.

Sentado en los escalones del porche de Charlie, Clay miró su reloj. Dado que el cambio de turno era a las siete y que en Fool's Gold no había hora punta alguna, Charlie llegaría en cualquier momento.

De camino hacia allí, se había detenido en el horno de Ambrosia para comprar un surtido de caracolas para acompañar el café. Había pensado en sobornarla tanto con azúcar como con cafeína.

Había leído acerca del sufrimiento de las víctimas de violación y el camino hacia lo que Charlie denominaba «la normalidad» no siempre era fácil ni recto. La gente comprometida a ayudarlas debía ser paciente y prestar constante atención a las señales que emitían. Él estaba dispuesto a hacer ambas cosas.

Justo a tiempo apareció su camioneta. Entró en el pequeño garaje, cerró la puerta y salió por una puerta lateral. Atravesó el jardín y se detuvo al pie de las escaleras.

Parecía algo cansada. Se preguntó si habría recibido muchas llamadas durante la noche. Aparte de las ojeras, lucía su habitual actitud levemente desconfiada. Tenía algunos mechones de pelo en punta, como si no se lo hubiera peinado desde que se levantó de la cama. El rostro libre de maquillaje, el cutis suave. Todavía llevaba el uniforme azul marino y las botas con refuerzo de acero.

Pero él podía distinguir las curvas femeninas que escondía aquella ropa sin forma. Estaba seguro de que ella no buscaba proyectar deliberadamente aquella imagen casi andrógina. Sabía que su estilo había sido condicionado en primer lugar por el miedo, y luego en razón de su oficio. Para Charlie la comodidad importaba más que la elegancia.

Pero debajo de aquel atuendo holgado y poco favorecedor había un cuerpo impresionante, perfectamente tonificado. En el gimnasio la había visto en camiseta y pantalón corto y había quedado impresionado.

–Has llegado temprano –le dijo ella.

–He traído café –le tendió el recipiente con su tapa–. Y caracolas.

Charlie sonrió.

–¿Querías asegurarte de que te invitara a entrar?

–Algo así.

–Un tipo precavido –torció el gesto–. Pero no puedo aceptarlo.

–Son pastas, Charlie. No es un anillo de compromiso.

Vio que cuadraba los hombros y alzaba la barbilla. Reconoció el lenguaje corporal: se estaba preparando para hacer algo desagradable. Se sorprendió un tanto. No había imaginado que fuera a asustarse tan pronto.

–No puedo hacerlo –le espetó ella.

–¿Tomar un café con una caracola?

–No –inspiró hondo–. Lo de tener sexo –miró a un lado y luego al suelo, antes de mirarlo de nuevo a los ojos–. Contigo.

Aquello fue como una inesperada patada en el estómago.

–¿Quieres explicarme por qué?

–Por ti.

Clay revisó aquellas dos palabras en busca de un significado oculto y no pudo encontrar ninguno.

–No soy un canalla ni tampoco estoy casado. ¿Qué es lo que tienes en contra mía?

–Todo tú –movió la mano de arriba abajo, como recorriendo su figura–. Todo el envoltorio.

Se miró. Llevaba unos gastados vaqueros. Se había puesto una camisa de manga corta sobre una camiseta blanca, pero no se había molestado en abrochársela. Se había duchado y afeitado, así que sabía que no olía mal.

Siempre se había esforzado por mantener los pies bien en tierra en un negocio que insistía en inflar egos a cada éxito alcanzado. Aun así, se había mirado lo suficiente en el espejo como para saber que había sido bendecido con unos genes estupendos. No era algo de lo que sentirse orgulloso, pero tampoco tenía sentido negar lo obvio.

–A riesgo de parecerte un imbécil... ¿prefieres a alguien más guapo?

Charlie emitió un sonido estrangulado, parecido a una nerviosa carcajada.

–No. Quiero a alguien más normal. Quizá un tipo que esté algo desesperado. Tú eres tan perfecto... Físicamente hablando. No puedo... –miró a su alrededor y después bajó la voz–. No puedo desnudarme contigo.

Clay se relajó. Ese sí era un problema que podía manejar.

–¿Te preocupa que no me intereses lo suficiente como para excitarme, o que te haga alguna crítica?

Charlie se quedó sin aliento y subió apresurada los escalones.

–No estamos hablando de esto.

Clay se levantó precipitadamente y la detuvo antes de que llegara a introducir la llave en la puerta. Le sujetó la muñeca.

–De hecho, sí que estamos hablando. Explícamelo, Charlie.

Estaba lo suficientemente cerca de ella como para distinguir el millar de tonalidades distintas del azul de su iris, las diminutas arrugas alrededor de sus ojos, las tres pecas de su nariz.

–Ambas cosas –admitió, desafiante–. ¿Estás contento? Ya estoy lo suficientemente asustada como para encima tener que hacer sexo con un modelo de traseros.

–¿Un modelo de traseros? Eso suena ofensivo. Levemente condenatorio.

Charlie liberó su mano y le clavó un dedo en el estómago.

–Tienes una tableta de chocolate perfecta.

—La mayor parte del tiempo sí, hasta que como comida china. La sal es mortal.
—Yo no soy como las demás mujeres.
—No te falta de nada. Tienes todas las partes que se necesitan.
—Puede que no funcionen.
Clay le acarició levemente una mejilla.
—Funcionan. Sé que estás asustada. Ya superaremos eso. Juntos. Yo estoy deseoso, Charlie —sonrió—. Confía en mí. No tienes que preocuparte por la maquinaria.
—He visto *tu* maquinaria. Da un poco de miedo.
Inclinándose hacia ella, musitó:
—Retoques de ordenador.
—No puede ser —Charlie desorbitó los ojos.
—Lamento decepcionarte, pero es verdad. ¿Sabes cómo consiguen alargar las piernas de esas modelos en los anuncios o emblanquecer sus dientes? —vio que asentía con la cabeza—. Pues lo mismo hacen con nosotros. Aumentan el paquete. En la realidad, no impresiona tanto.
Charlie esbozó una media sonrisa.
—Estás mintiendo.
—Tendrás que averiguarlo por ti misma, ¿no te parece?
El brillo de humor desapareció de sus ojos y se lo quedó mirando fijamente.
—Tengo miedo.
—Lo sé.
—El mensaje que me inculcó mi madre era que tenía que ser femenina y entonces gustaría a los hombres. Lo intenté y me violaron.
Clay volvió a acariciarle la mejilla, disfrutando con la tersura de su piel.
—Tú no tienes que cambiar para mí. Me gustas tal como eres.
Charlie se mordió el labio y luego asintió.
—¿A cuántas caracolas tocamos?
Clay se echó a reír.

—A tres por cabeza.
—Entonces puedes entrar.

Abrió la puerta. Clay recogió el café y la caja de cartón y la siguió al interior de la cocina. Después de tomar un par de servilletas de papel, le indicó que se sentara a la mesa, frente a la ventana que daba al jardín trasero.

Abrió la caja de color rosado e inspiró hondo.

—Maravilloso —eligió una caracola de queso y le dio un mordisco. Con los ojos cerrados, emitió un leve gemido.

Clay se la quedó mirando, preguntándose si sería consciente de lo muy sexy que era. No había nada artificial en su persona. Con Charlie, todo estaba encima de la mesa. Tenía la sensación de que una vez que hubiera superado sus problemas, sería un imán para los hombres.

Eligió una caracola de cereza y la puso sobre su servilleta de papel.

—Acerca del programa... —le dijo, sacando un pequeño bloc de un bolsillo de la camisa—. ¿Qué preferencias tienes?

—¿No puedo terminar mi café antes de que hablemos de eso?

—¿No puedes hacer las dos cosas?

—Es temprano. La gente no tiene estas conversaciones antes de desayunar.

—Claro que sí. Hacen sexo por las mañanas.

Charlie terminó de masticar y tragar.

—Estás diciendo eso para quitarme el apetito. Esperas comerte una caracola más.

Clay recogió su vaso de café y bebió un sorbo, observándola por encima del borde.

—¿No crees que la gente hace el amor por las mañanas?

—No. ¡Puaj! ¿Sin lavarse los dientes?

—Te levantas, vas al baño y le lavas los dientes. Puedes incluso orinar, si quieres.

—Qué romántico.

—Es mejor que mojar la cama.

Charlie se estremeció visiblemente.

—¿No podemos cambiar de tema?
—¿Es la idea del sexo o la de las necesidades fisiológicas lo que te molesta?
—Con lo de orinar no tengo problema. Sé cómo funciona. Pero lo de hacer sexo antes de comer...
—Estás obsesionada con las comidas.
—Me gusta comer —se lo quedó mirando fijamente—. Supongo que todo esto será normal, ¿verdad? Espero que no seas uno de esos tipos a los que les gusta ponerse esposas forradas de terciopelo y demás... Porque eso no figura en mi lista de tareas.
—Tienes muchas normas.
—Me gustan las normas.
—A mí me gusta romperlas —levantándose de pronto, rodeó la mesa y le tendió la mano—. Ven aquí.
La desconfianza se reflejaba en los ojos de Charlie, pero aceptó su mano y se levantó también. Clay se acercó al fregadero y se recostó contra la encimera. Luego intentó atraerla hacia sí. Ella se detuvo a un paso de distancia.
—Más cerca —le pidió él en voz baja.
Ella avanzó medio paso. Riendo entre dientes, Clay apoyó ambas manos sobre su cintura.
—Tienes que acercarte del todo, chica. Cuando hayamos terminado, podrás comerte otra caracola.
Charlie apretó los labios.
—¿No puedes incorporarte para que no nos toquemos *ahí*? —señaló su entrepierna con el dedo índice.
—Se trata precisamente de que nos toquemos.
La sintió tensarse. Esperó, rezando para que no se apartara. Por fin Charlie avanzó otro medio paso, lentamente. Él mantuvo las manos en todo momento sobre su cintura.
Finalmente sus caderas entraron en contacto.
Se recordó que estaban en medio de una lección y que reaccionar físicamente sería una mala idea. Aun así, el contacto era muy cálido y ella, pese a todos sus intentos por esconderlo, muy femenina.

Tenían los ojos al mismo nivel. Eso le gustaba. Le gustaba que Charlie fuera fuerte y tan igual a él en tantos sentidos. Aquella combinación de valentía y terror lo afectó de una manera que no se había imaginado.

—Las manos aquí —le dijo, levantando los brazos y tocándose ligeramente los hombros.

Charlie así lo hizo.

—Respira —añadió él.

—Estoy respirando.

Podía ver que estaba respirando apenas. Aquellas cortas inspiraciones y espiraciones eran un síntoma de su nerviosismo, pero su plan era distraerla. Si funcionaba, conseguiría que se olvidara de su miedo. Si no, probablemente ella le propinaría un rodillazo en la entrepierna.

—Esto es lo que va a suceder —le explicó con tono suave—. Voy a rodearte con mis brazos, pero no te estrecharé contra mí. No haré ninguna fuerza. Podrás romper el contacto cuando quieras.

Lo escuchaba atentamente, con los ojos muy abiertos. Clay casi podía oír la batalla que estaba librando en su interior. Sabía que parte de ella quería superar su miedo, pero el resto deseaba huir. No era una situación cómoda y a Charlie no le gustaba sentirse vulnerable.

Puso las manos sobre su espalda, justo debajo de su sujetador. Abrió los dedos y presionó con la firmeza suficiente como para que pudiera sentir su contacto, pero no tanta como para que le pareciera que estaba forzando las cosas. Si todo marchaba bien, se apoyaría en él por voluntad propia.

—Voy a besarte —continuó—. No tienes que responder —sonrió—. Me conformaría con que no me pegaras una bofetada.

—No lo haré —temblaba ligeramente—. De acuerdo. Estoy preparada.

Había estado esperando una sonrisa por su parte, pero sabía que la tensión era excesiva. Sintió en el pecho un nudo de rabia contra el canalla que le había hecho aquello, y otro de compasión hacia la mujer que tenía en ese momento en sus brazos. Entonces cerró los ojos e inclinó la cabeza.

Su boca estaba tensa y dura cuando la rozó apenas con los labios, su cuerpo rígido. Él se movió lenta y suavemente, dejando que se acostumbrara a su contacto. En un determinado momento, sintió algo pegajoso. «Azúcar», pensó, y le lamió la zona en cuestión.

La oyó contener el aliento y la sintió tensarse un poco más. Sus dedos se clavaron en sus hombros, pero no precisamente para animarlo. Se apartó ligeramente y acto seguido la besó en una mejilla.

A partir de aquel punto volvió a besarla con exquisita ternura, desplazándose hasta la mandíbula y bajando luego hasta su cuello. Fue luego hacia la oreja y besó la sensible piel que se escondía detrás, deteniéndose allí por un segundo. Los dedos que ella tenía clavados sobre sus hombros se relajaron, al igual que su espalda. Su respiración se tornó más profunda. Exploró luego el lóbulo de su oreja, rozándolo con los labios.

El viaje de retorno fue igual de lento. Cuando volvió a alcanzar su mejilla, se detuvo con su boca casi tocando la de ella. Esperó unos segundos, y se alegró de ver que seguía relajada.

Repitió el recorrido con la otra mejilla, descendiendo hasta la mandíbula y después hasta el cuello. Cuando alcanzó el lóbulo de la otra oreja, se lo mordisqueó suavemente. Fue recompensado con un leve jadeo, así como con un milimétrico acercamiento de su cuerpo.

Lentamente retiró las manos de su espalda para acunarle las mejillas y mirarla fijamente a los ojos. Tenía los ojos abiertos de miedo, pero no tanto como antes. Descubrió también los sutiles síntomas de la excitación. Las mejillas ruborizadas, los labios entreabiertos, las pupilas ligeramente dilatadas.

–Charlie –susurró, y le rozó los labios con los suyos.

Por un instante no sucedió nada. Hasta que sintió su boca moverse contra la suya. Le rodeó luego el cuello con los brazos y se apoyó contra él.

Clay se contuvo, no queriendo sobresaltarla. Volvió a besarla, muy lentamente. Permanecieron así durante unos segundos, y después ella ladeó un tanto la cabeza y entreabrió ligeramente los labios.

Dudaba que fuera consciente de lo que estaba haciendo, de su invitación. Suponía que al menos, mientras estuvo en el instituto, habría salido con chicos. Así que besar sería más fácil que cualquier otra cosa.

Clay bajó las manos hasta sus caderas. Quería acariciárselas y hacer lo mismo con su trasero, apretarle las nalgas. Pero no. No era eso lo que quería. Quería desgarrarle la camisa y darse un festín con sus senos. Quería tenerla desnuda, sentada sobre la encimera, para poder entrar en ella a fondo.

Aquella intensa fantasía lo sorprendió y agradó al mismo tiempo. Su reacción fue algo más que una necesidad biológica. Quería hacerlo, pero con una determinada mujer, otro síntoma de que se estaba curando. Aunque no había compartido las preocupaciones de Charlie sobre el funcionamiento de su maquinaria, se alegraba de encontrarse tan deseoso de emprender aquel viaje... y de llegar a destino.

Pero todavía quedaba un largo camino. Por el momento, tendría que conformarse con besarla.

Le rozó el labio inferior con la lengua. Ella no se retrajo: se quedó donde estaba. Volvió a hacerlo, para deslizarla luego lentamente en el interior de su boca. Charlie vaciló por un segundo antes de empezar a acariciarle a su vez la lengua con la suya. Una punzada de placer lo atravesó de parte a parte, seguida de otra de calor y deseo. Procuró concentrarse, consciente de que no podía dejarse arrastrar por la pasión. Aún no.

Profundizaron el beso. Charlie se relajó todavía más, recostada ya sobre su cuerpo sin resistencia alguna. Clay sentía la presión de sus senos contra su pecho. Y su vientre plano descansando contra su creciente erección.

Estaba ya muy cerca, pero seguía sin acariciarlo. De repente apoyó las manos sobre sus hombros antes de deslizarlas por su pecho y detenerse sobre su estómago. Tenía las pupilas dilatadas de deseo, la boca inflamada.

–¿Puedo...? –se interrumpió–. ¿Puedo hacer lo que quiera?

La pregunta le provocó todo un sobresalto de deseo.

–Mientras no necesites cuchillos...

Ella se echó a reír.

–No.

–Entonces adelante.

Inclinándose, presionó la boca contra la suya. El beso fue leve, y se apartó luego para mirarlo. Clay podía ver la batalla que estaba librando contra el miedo. La había visto entrenar, sabía lo muy fuerte que era. Charlie vivía la vida de una manera muy física, más que con la cabeza. Pero se había cerrado al lado sensual de su propia persona durante tanto tiempo que, según sospechaba Clay, ni ella misma sabía cómo recuperarlo.

Fue a tomarle la mano derecha.

–Mírame –le pidió.

–Ya lo estoy haciendo.

–Confía en mí. No sucederá nada.

–¿Qué estás...?

Antes de que pudiera terminar la pregunta, le tomó la mano y presionó su palma contra su erección. Charlie siguió con los ojos el movimiento y permaneció con la mirada fija en aquel lugar. Inmediatamente su cuerpo se tensó y retrocedió un paso. Clay permitió que dejara de tocarle el pene, pero la mano no se la soltó.

–La maquinaria no va a constituir ningún problema –mantuvo un tono ligero mientras hablaba, acariciándole la palma con el pulgar–. Te lo digo por si acaso tenías alguna duda.

–Bueno es saberlo.

–¿Charlie? –esperó a que volviera a alzar la mirada hacia él–. ¿Querrías besarme otra vez? Por favor.

Asintió una vez. Un único y rápido movimiento de cabeza, y avanzó el paso que antes había retrocedido. Le echó los brazos al cuello y cerró los ojos antes de acercar su boca a la suya. Permanecieron así durante varios segundos antes de que se relajara contra él. Cuando ella empezó a mover los labios, Clay se quedó muy quieto, dejándole hacer todo el trabajo. Sintió su lengua contra su labio, pero continuó sin moverse.

Lo siguiente que sintió fue un dedo clavándose en sus costillas.

–Colabora –le exigió ella.

Clay abrió los ojos.

–Er... ¿querías algo de mí?

–Quería –sonrió–. Ahora he cambiado de idea.

Riendo entre dientes, la estrechó en sus brazos. Sin pensar, la abrazó con fuerza. Pero en lugar de asustarse, Charlie apoyó la cabeza sobre su hombro.

«Estamos progresando», pensó, dispuesto a proseguir con los besos. Pero los interrumpió el timbre de la puerta.

Charlie dio un respingo y se apartó.

–No esperaba a nadie –dijo mientras se dirigía al salón.

Clay la siguió solo para descubrir que se había detenido cerca de la ventana, sacudiendo la cabeza. El timbre volvió a sonar.

–¿No vas a abrir? –le preguntó.

Girándose hacia él, se llevó un dedo a los labios.

–Sshhh. Es mi madre. Si nos quedamos callados, puede que se marche.

El timbre fue sustituido por unos golpes en la puerta. Llamó una voz de mujer:

–¿Chantal? ¿Estás ahí?

—¿Chantal? —le preguntó Clay, marcando el nombre con los labios.

Charlie se volvió hacia él y lo fulminó con la mirada.

Clay sonrió.

Un minuto después cesaron los golpes y Charlie se derrumbó en el sofá.

—Ojalá no hubiera venido al pueblo.

—No puedes evitarla para siempre —se sentó frente a ella, al otro lado de la mesa.

—Pero puedo intentarlo. Apostaría a que también puedo lograrlo.

Clay entrecerró los ojos.

—Ni se te ocurra. Bueno, ¿hablamos de nuestro programa de sexo? Iba a proponerte las tardes o las noches, aunque veo que las mañanas te gustan.

Charlie desvió la mirada, pero no antes de que él sorprendiera su rubor.

—Mi madre acaba de llamar a mi casa. ¿Cómo puedes pensar en el sexo?

—Soy un hombre. Puedo pensar en el sexo casi todo el tiempo. ¿Cuál es entonces tu propuesta para el programa?

—Tengo que trabajar los dos próximos días. Cambié los turnos para hacer un favor a un compañero.

—¿Y pasado mañana? ¿En tu casa? Podríamos jugar al prisionero que se ha escapado y a la esposa de su carcelero.

Charlie se echó a reír.

—No, pero seguiremos adelante con tu plan.

—Bien. Me gusta mi plan. Y ahora ocupémonos de esas caracolas que faltan. ¿Cuántas me tocan?

Capítulo 8

Charlie condujo hasta Castle Ranch y aparcó la camioneta. Había pasado cerca de una hora convenciéndose de que no pasaba nada porque fuera a montar su caballo, algo que hacía prácticamente cada día que tenía libre. No era para hacer un escándalo. Solo que lo estaba viviendo como tal. Por culpa de los besos.

Apenas unas horas antes, Clay había estado en su cocina besándola y volviendo todo su mundo cabeza abajo. Las cosas que un hombre podía llegar a hacer con la boca... Y eso que tenía la sensación de que no se había esforzado lo más mínimo.

Como era de esperar, había estado nerviosa. Quizá incluso asustada. Pero de repente se había encontrado relajada y todo había sido diferente. Todavía sentía el cosquilleo en los labios y una presión en el bajo vientre. A lo que había que añadir el nudo en el estómago que le provocaba la perspectiva de volverlo a ver. Estaba confusa, solo que en el buen sentido.

Todo lo cual había hecho que la decisión de ir a montar a Mason lo fuera todo menos fácil. Porque aquel rancho era también el de Clay. O al menos el de su madre. Así que las probabilidades de tropezarse con él allí eran bastante altas. Si lo veía, no tenía ni la más remota idea de qué decir ni cómo actuar. Estaba definitivamente infradesarrollada por lo que se refería a la cuestión hombre-mujer.

Bajó de la camioneta y se recordó que era una mujer fuerte. Si la situación se volvía incómoda, simplemente pegaría a alguien. Eso haría que se sintiera mejor.

Se dirigió a los corrales que se extendían detrás del establo. Shane solía sacar a Mason temprano para que pudiera disfrutar todo lo posible del buen tiempo del final del verano. Mientras caminaba, pudo oír el rumor de un potente motor y lo que habría jurado era un griterío masculino.

Se desvió en busca del lugar de origen del sonido. Mientras rodeaba los establos, vio un camión de una empresa de entrega con una enorme plataforma y una gigantesca maquinaria agrícola. Clay y Shane parecían pelearse por trepar a aquel monstruo mientras otro hombre les gritaba instrucciones.

–Siempre pasa lo mismo. Siempre.

Charlie se volvió para descubrir al empleado de la empresa de entrega dirigiéndose hacia ella.

–¿Qué quiere decir?

El hombre señaló a Clay y a Shane.

–He visto a amigos de toda la vida peleándose por manejar estos cacharros. Y este de aquí es mucho más grande que una excavadora.

Los conocimientos que tenía Charlie sobre maquinaria agrícola podían caber en una cucharilla de café. Sabía muchísimo más sobre demolición y construcción de edificios. Sabía cuáles eran las vigas más fáciles de derrumbarse en un incendio, y la manera más segura de caminar por un tejado ardiendo. Pero no sabía absolutamente nada sobre aquel monstruo de ruedas enormes.

–¿Para qué sirve esa máquina? –le preguntó al empleado.

–Limpia y prepara la tierra. Lo va excavando todo a su paso. Por lo que tengo entendido, quieren roturar un buen trozo de terreno. Con este cacharro no tardarán nada –el

tipo sonrió–. Eso sí, tan pronto como dejen de discutir sobre quién se sube primero.
–Alguien tendrá que enseñarlos a manejarla, ¿verdad?
–Ese es su trabajo –señaló al hombre que estaba gritando.
Charlie sacudió la cabeza.
–Supongo que un manual de instrucciones está descartado.
El hombre rio entre dientes mientras se dirigía a su vehículo.
–Supone bien.
Charlie vio que Shane y Clay se instalaban por fin en el asiento del conductor de la máquina, muy juntos. Clay manejaba el volante. El hombre proseguía con sus instrucciones a gritos. Alguna palabra llegó a entender, pero nada más. Charlie conducía el camión autobomba porque era su trabajo. Le gustaba, sí, pero más como una manera de ayudar a la gente del pueblo que porque fuera un vehículo grande y potente.

Clay era tan masculino... pensó, indulgente, mientras se dirigía a los establos. Un hombre bueno que la estaba tratando con un extraordinario cuidado y ternura. Después de su primera lección, se sentía optimista acerca de sus posibilidades de convertirse en una mujer normal. Una vez que lo consiguiera, ambos podrían continuar con sus respectivas vidas. Clay se convertiría en bombero voluntario y empezaría con su negocio de agroturismo, mientras que ella buscaría la mejor manera de traer un niño al mundo.

Esperaba que después de aquello pudieran seguir siendo amigos. En una población del tamaño de Fool's Gold, se tropezarían a menudo. Clay se estaba desviviendo por curarla y ella quería asegurarse de que en ningún momento la relación se tornara incómoda para él. «Que sea algo bonito para recordar», se dijo mientras se disponía a hacerse cargo de su caballo.

Sonrió cuando pensó en lo preocupada que había estado

por la perspectiva de ver a Clay. Al menos ahora podría disfrutar de su cabalgada en paz. Después de todo, ella no era más que una mujer. No había manera de que pudiera competir con la gran pasión de un hombre: para el caso, una enorme máquina agrícola.

Clay hojeaba sin cesar los currículos que tenía delante, apartando algunos y descartando otros. Al final solo quedaron dos, pero seguía sin saber qué hacer con ellos.
Se levantó del pequeño escritorio de su habitación en la casa del rancho y bajó las escaleras. El café no haría más fácil su decisión, pero al menos conseguiría distraerlo.
Entró en la cocina y encontró a Dante Jefferson de pie ante la ventana, contemplando la vista. Dante era el socio de la empresa de Rafe. Abogado por oficio y por temperamento, no había acogido nada bien la decisión de Rafe de trasladar la sede de la compañía de San Francisco a Fool's Gold.
Hacía cerca de una semana que Rafe había partido de luna de miel. Dante se había traslado al pueblo para encargarse de todo durante su ausencia.
–¿Todo bien? ¿Ya te has instalado? –le preguntó Clay mientras recogía un tazón y alcanzaba la jarra, llena de café a todas horas.
–Solo me he traído un maletín –le dijo Dante–. No he tardado nada en deshacerlo.
–¿Qué hay del resto de tus cosas?
–Estoy a la espera.
–¿Te niegas a hacer el resto del equipaje en plan de protesta?
Dante sonrió.
–Algo así –miró por la ventana–. Echo de menos la bahía.
–Hace más calor aquí que en San Francisco.
–En el infierno también. Lo que no significa que me guste estar allí.

—Podías haberle dicho a Rafe que no estabas de acuerdo con trasladar la empresa.

Dante asintió.

—Lo sé, pero estaba tan condenadamente contento... Absolutamente radiante de amor. Fue algo desconcertante.

—¿Estás admitiendo un momento de emoción verdadera?

Dante se volvió para fulminarlo con la mirada.

—No. Soy un ser frío y sin escrúpulos. Mejor será que no lo olvides.

Dante era de la misma estatura que Clay, pelo rubio y ojos color azul oscuro. Llevaba siempre traje, en lugar de vaqueros. Incluso en ese momento llevaba puesta la corbata. Clay sospechaba que el pueblo no tardaría en obrar su magia sobre él, con lo que terminaría integrándose como todos los demás.

Clay se sirvió un café y se volvió de nuevo hacia Dante.

—Tengo una pregunta de negocios.

—¿Necesitas volar a algún sitio y presentar algún informe? Porque yo estaría encantado de hacerlo. ¿Nueva York? Nueva York sería perfecto.

Clay sonrió.

—Lo siento, pero no —pensó en los currículos que tenía sobre su escritorio—. ¿Te ha hablado Rafe de mi proyecto de agroturismo?

Dante asintió.

—Me he documentado un poco. Hay un creciente mercado para ese tipo de viajes. Familias que buscan una oportunidad de volver a reconectar entre sí y disfrutar de placeres sencillos. ¿Cuál es el problema?

—Necesito contratar un director de granja. Yo tengo mucho aprendizaje teórico, pero ninguna experiencia práctica. Por eso he decidido contratar a alguien durante los dos primeros años.

—Una buena decisión —aprobó Dante—. La práctica es fundamental en un negocio como ese.

Clay asintió, e inspiró hondo.

—El problema es que no consigo decidirme. Yo estoy acostumbrado a elegir un representante, o un contable. Esto es distinto. He recortado las opciones hasta dejar a dos tipos.

—¿Cómo son?

—Nate tiene casi cuarenta años, con experiencia. Ha trabajado en muchas granjas, incluso ayudó a un tipo en el estado de Washington a plantar viñas. Sabe cómo llevarme a donde yo quiero ir.

—¿Y el otro?

—Ty es más joven y menos experimentado —Clay vaciló—. Yo lo prefiero. Tiene un trato más fácil. Pero nunca ha hecho lo que yo quiero que haga y, aunque creció en una granja, tiene mucha menor experiencia en el campo.

—¿Qué es lo que te dice tu estómago?

—Ty —admitió—. Pero mi estómago podría equivocarse. Contratar a Nate tiene más sentido. No sé por qué estoy dudando tanto. Posee buenas referencias. Las revisé todas y tiene recomendaciones de sus antiguos patronos.

Era una decisión importante y Clay no quería cometer un error. Necesitaba ponerse a prueba, demostrar su valía. Pero, irónicamente, no era ante sus hermanos, ni siquiera ante el pueblo. Esa vez tenía algo que demostrarse a sí mismo.

Dante se encogió de hombros.

—Vas a tener que escoger a uno. Si te equivocas en la decisión, siempre puedes rectificarla, ¿no?

—¿Es eso lo que haces tú?

Dante se rio por lo bajo.

—Yo nunca cometo errores. ¿No te lo dijo Rafe?

—No. Se olvidó de comentármelo.

—Muy propio de él. Se lleva toda la gloria —Dante se le acercó para darle una palmadita en el hombro—. Confía en tu intuición. Por lo general no se equivoca.

Abandonó la cocina. Clay lo observó alejarse y luego se puso a mirar por la ventana. Los tipos que había contratado para preparar el terreno habrían terminado para finales de la próxima semana. Necesitaba tomar una decisión para entonces.

Subió de nuevo las escaleras y se quedó mirando los currículos. Aunque su estómago le decía que escogiera a Ty, sabía que necesitaba de la experiencia de Nate. Tomó su móvil y marcó su número.

Dominique bajó del coche y puso los pies en el polvoriento camino de entrada. Bajó la mirada a sus zapatos de gamuza preguntándose si alguna vez volverían a ser los mismos.

–La belleza es un bien escaso en este lugar –masculló mientras cerraba la puerta y miraba a su alrededor.

Nunca antes había estado en un rancho y por tanto no había sabido qué esperar. Vio caballos en sus boxes. Vacas no vio ninguna, algo de lo cual se alegró. No sería ella la que disfrutara con la presencia de esos animales. Arriba, en la colina, había un gran recinto abierto con un...

Parpadeó, atónita. ¿Un elefante?

–¿Dominique?

–Se volvió y vio a May Stryker de pie en el porche de la casa.

–¿Eso es un elefante? –preguntó, señalándolo.

–Sí. Una elefanta. Se llama Priscilla. También tenemos ovejas y llamas. Hace unos meses amenacé a mis hijos con traer también una cebra, pero solo era una broma. Me alegro de verla. ¿Por qué no entra?

Dominique lanzó una última y recelosa mirada a la elefanta antes de seguir a la mujer al interior de la casa.

La víspera, como no había tenido nada mejor que hacer, había telefoneado a May Stryker para preguntarle si podían verse. No tenía la menor idea de lo que hacer con Chantal. Había pensado que quizá una mujer con varios hijos podría hacerle alguna sugerencia.

May la hizo entrar en un destartalado salón. El mobiliario debería haber sido reemplazado hacía tiempo y las paredes necesitaban una nueva capa de pintura. Aun así, la habitación resultaba acogedora. Había retratos familiares por todas partes, y flores frescas. A Dominique siempre le habían encantado las flores recién cortadas.

–He preparado un té –le dijo May, tomando asiento en el otro extremo del sofá y señalando el servicio de té, de plata vieja, que esperaba sobre la mesa–. A estas alturas de la tarde me pareció una bebida más adecuada que el café.

–Gracias –dijo Dominique, aceptando la delicada taza con su plato. Vio que en la bandeja había rodajas de limón, una jarrita de leche y un azucarero. «Elegante», pensó, relajándose un tanto.

May probablemente sería de su edad, reflexionó Dominique. Quizá algo más joven. Bastante bonita, de pelo oscuro y ojos brillantes de mirada inteligente. Obviamente no había intentado resistirse al tiempo con inyecciones o cirugía. Dominique encontraba eso desconcertante, pero quizá la gente vulgar no estuviera sometida a la misma presión para parecer perfecta. Se preguntó cómo se sentiría si no tuviera que preocuparse por su apariencia, por cada nueva arruga, por cada kilo de más... Ni siquiera podía imaginárselo.

–¿Está disfrutando de su estancia en Fool's Gold? –le preguntó May.

–No estoy segura. No suelo frecuentar las poblaciones pequeñas como esta. El festival del pasado fin de semana fue interesante. Me sorprendió que vinieran tantos turistas –bebió un sorbo de té, sin saber qué añadir. Ansiaba desesperadamente hablar de su hija, pero no sabía por dónde empezar.

Un hombre alto y atractivo entró en ese momento en la habitación.

–Hola, mamá –dijo mientras se acercaba a May–. Me voy a casa de Annabelle –se inclinó para darle un beso en la mejilla–. No me esperes hasta mañana.

—No lo haré —May señaló con la cabeza a Dominique—. Shane, esta es la madre de Charlie.

Shane la miró y sonrió.

—Encantada de conocerla, señora Dixon.

—Lo mismo digo —repuso Dominique, sorprendida por el uso de su apellido de casada. Hacía años que nadie había vuelto a llamarla señora Dixon. Desde la muerte de Dan. Siempre había sido la famosa Dominique Guérin, y no Dominique Dixon, la mujer de Dan.

Shane murmuró algo al oído de su madre y luego se marchó. May lo observó alejarse.

—Está comprometido. El mayor, Rafe, se casó hace unas semanas. Regresar a Fool's Gold ha sido una bendición para toda la familia.

Dominique apretó los labios, esforzándose por contener las palabras. Pero parecían tener vida propia y brotaron como un torrente:

—Chantal me odia. No quiere tener nada que ver conmigo, he ido varias veces a su casa, pero se niega a abrirme la puerta. Intenté verla en el cuartel de bomberos, pero hubo una emergencia y se marchó. Ya no sé qué hacer.

Se quedó mirando su té, consciente de que volvían a arderle los ojos. Lágrimas. Nunca se permitía llorar. Había bailado con lesiones que habrían puesto de rodillas a un defensa de fútbol americano, y ni una sola vez había dejado que alguien sospechara siquiera su dolor. ¿Por qué diablos tenía que ponerse a llorar ahora?

—¿Cuánto tiempo hace que llevan las dos... distanciadas?

«Distanciadas». Qué extraña palabra, pensó.

—Está sugiriendo que alguna vez estuvimos unidas y que de repente ocurrió algo que nos distanció —dijo Dominique—. Y eso no es cierto. Nunca estuvimos unidas.

Se sirvió un poco de leche en el té y se concentró en removerlo.

—¿Por qué no?

–Por muchas razones. Mi trabajo me tenía viajando todo el tiempo. Estoy segura de que, desde fuera, la fama puede parecer algo maravilloso, pero también es difícil. Agotador. Cuando estaba en casa, tenía ensayos, entrevistas. Y estaba mi marido. Yo quería pasar el mayor tiempo posible con Dan.

–¿Y no con su hija?

Dominique recordó cómo había sido todo.

–Ella tenía a Dan. Chantal y su padre sí que estaban muy unidos –demasiado, en su opinión. Dan había adorado a la pequeña. Y Dominique a veces se había preguntado si no habría querido a Chantal más que a ella.

–Eso debió de haber sido un consuelo para usted –comentó May–. Saber que él estaba ahí para cuidar de su hijita.

–Yo era la estrella –le espetó Dominique–. Yo era la importante. Pero él siempre estaba con que Charlie por aquí, Charlie por allá... Él la llamaba Charlie, mientras que yo la llamaba Chantal.

May esbozó una sonrisa dulce.

–Debió de resultarle entonces muy difícil moverse entre el escenario y el mundo normal. Ser madre y estrella a la vez. Supongo que las fronteras se difuminaban. Pero estoy segura de que usted sabe lo muy importante que es que dejemos brillar a nuestros hijos. Con su luz propia.

–¿Por qué? Chantal no era como yo.

–¿Pero no era especial para usted?

Dominique sabía que la respuesta correcta era «sí». Por supuesto. Su hija lo era todo. Su mundo, su razón de existir.

–Yo no soy de esa clase de madres.

–¿Qué clase?

–De la clase que lo dan todo, que se entregan. Yo quería tener una vida. Mis admiradores me adoraban. Yo bailé para el presidente, para reyes y reinas. ¿Se suponía que tenía que renunciar a todo eso por un bebé?

–No. Renunciar, no. Pero Charlie es su hija, no un miembro de su plantilla. Tenemos que estar disponibles para nuestros hijos.

A Dominique le entraron unas ganas desesperadas de marcharse. Nada de toda aquella conversación le resultaba cómodo. Y, sin embargo, necesitaba cambiar las cosas y no sabía cómo.

–Ella es una mujer adulta. No me necesita. Eso me lo ha dejado muy claro.

–Entonces usted necesita mostrarle lo que tiene que darle.

–¡Ella debería estar cuidando de mí!

May se la quedó mirando fijamente.

–¿Por qué?

–¿Qué quiere decir?

–¿Por qué debería Charlie darle a usted nada? ¿Porque usted le dio la vida? ¿Cree que ella está en deuda con usted por eso?

–Es lo que hacen los hijos.

–¿Y qué es lo que hacen los padres?

Dominique se quedó inmóvil, aferrando el plato con una mano y la taza con la otra. Pensó en todas las películas que había visto en las que los padres leían cuentos a sus hijos, o jugaban con ellos. O en Dan riendo con Chantal, arropándola por las noches. Recordó una vez que Chantal llegó a casa para enseñarles toda orgullosa sus notas con varios sobresalientes. Dan la había cargado sobre sus hombros para sentarla encima de la nevera. En aquel momento, ella había estado ocupada con una entrevista.

Quiso decirle que Chantal debería ocuparse de ella por ser quien era. Pero la verdad era que sus admiradores hacía ya tiempo que habían desaparecido. Y que cuando la ingresaron en el hospital, las únicas personas que la habían visitado habían sido las que trabajaban para ella.

No tenía ningún lugar adónde ir. Y a nadie le importaría si se moría al día siguiente.

Bajó su taza y miró a May.
—Haga usted como si yo acabara de llegar de otro planeta y nunca hubiera visto a unos padres y a unos hijos juntos. Dígame lo que tengo que hacer para ejercer de madre de Chantal.

—El champán es un clásico en estos momentos —dijo Clay mientras servía dos copas.
Charlie contempló el líquido con expresión desconfiada.
—¿Estás intentando emborracharme?
—Si te quisiera bebida, habría sugerido chupitos de tequila. Esto es romántico.
Clay se había presentado, tal y como le había prometido. Aquella era su segunda lección y Charlie se estaba descubriendo todavía más nerviosa que antes.
Quizá fuera el hecho de la cita misma. Había estado pensando en lo que podrían o no podrían hacer, hecho que explicaba que no le hubiera sentado muy bien la hamburguesa del desayuno. Si la hubieran torturado durante tres o cuatro días, podría haber estado dispuesta a admitir que una parte de aquellos nervios se debía a la expectación. Porque lo que había sucedido la última vez había sido mejor de lo que había esperado. Y cada vez que pensaba en besarlo, sentía un nuevo sobresalto por dentro. O lo había sentido hasta que Clay entró en su casa.
Porque lo que estaba sintiendo en aquel momento eran náuseas.
Estaban sentados en el sofá del salón. Aunque era su casa, Charlie se sentía incómoda. Era toda brazos y piernas, sin que supiera qué hacer con ellos. Maldijo para sus adentros. Quería levantarse de golpe y decirle que había cambiado de idea. Solo que no había cambiado de idea y tampoco podía dejarse vencer por el miedo.
Reprimiendo un suspiro, aceptó la copa que le ofrecía y

bebió un sorbo. El champán era ligero y burbujeante, no demasiado dulce. No reconoció el nombre de la etiqueta y se preguntó si sería caro. Aquello no era en realidad una cita, así que no había razón para que se hubiera rascado mucho los bolsillos.

Lo miró fijamente.

–¿Tengo que pagarte esto? –le preguntó, señalando la botella–. No tenía intención de que corrieras con gastos.

Clay enarcó una ceja.

–No.

–Pero lo nuestro es más bien un trato de negocios.

–No.

Charlie esperó a que se explicara.

–¿No vas a decir nada más?

–¿Sobre ese tema? No es probable.

–Eres increíblemente difícil.

–Lo cual forma parte de mi encanto –sonrió–. Bébetelo.

–¿Bébetelo? ¿Esta es tu idea de algo romántico?

Él se echó a reír mientras le rodeaba los hombros con un brazo.

–Eres batalladora. Y eso me gusta.

Se descubrió apoyándose en su pecho mientras él se recostaba en el sofá. Sentía su cuerpo cálido, fuerte, y la situación resultó menos incómoda de lo que había imaginado.

–¿Batalladora? Así llamarías a una gatita furiosa. Yo soy mucho más peligrosa.

–No para mí.

Charlie alzó la mirada hacia él. Por una vez, no se sentía en absoluto preocupada por su proximidad.

–Puedo llegar a ser muy dura.

–Tú sigue fanfarroneando. Aún no te he visto en acción.

–¿Perdón?

–Se te va la fuerza por la boca, Charlie. Admítelo.

Empezó a sentarse, pero él la mantuvo en su lugar.

–Estoy dispuesta a demostrártelo –refunfuñó ella–. Cuando quieras y donde quieras.

En lugar de responder, Clay le quitó la copa de champán de la mano y la dejó sobre la mesa. Luego bajó la cabeza y la besó.

El movimiento fue inesperado. Tan pronto había estado a punto de pegarlo como al momento siguiente se estaba perdiendo en la sensación de su boca contra la suya. La transición fue fluida: del juego al deseo en un solo instante. No hubo tiempo para la aprensión, no hubo lugar para el miedo. El recuerdo de los besos anteriores le había hecho relajarse en sus brazos.

Tal y como había hecho antes, el beso fue fácil y ligero. El contacto de sus labios fue tentador, cargado de promesas, como si quisiera darle tiempo para que se acostumbrara a lo que estaban haciendo. Ella cambió de postura para acomodarse mejor y le echó los brazos al cuello.

Fue consciente del ardor que sentía en su vientre. De las sensaciones que iban creciendo en su interior, así como de una especie de feroz, candente cosquilleo. Empezaron a dolerle los senos. «Excitación», pensó aturdida. Recordaba haber experimentado aquello muchos años atrás. En el instituto. Antes de que sufriera la agresión.

Pero aunque el recuerdo de la violación persistía, le parecía menos intenso y significativo que antes. Con Clay, se sentía segura. Eso lo sabía. Así que cuando sintió su lengua rozándole el labio inferior, abrió la boca, entregándose.

Él exploró el dulce interior de su boca y ella le dio la bienvenida. Se estaba excitando cada vez más, reconciliada con el despertar de su propio cuerpo.

Continuó besándola profundamente. Charlie era consciente de que se estaba conteniendo, manteniéndose ligeramente apartado de ella. Evitando que el peso de su cuerpo le hiciera sentirse atrapada, acorralada.

Deslizó los brazos bajo los de él y apoyó las manos sobre su espalda. Acarició sus duros músculos, disfrutando de su contacto. Él bajó una mano hasta su cadera.

El movimiento, tan natural, debería haber pasado desapercibido. Ya lo había hecho la última vez. Pero en su actual posición, recostada en el sofá, se tornó más íntimo. Fue consciente de ligero peso de su mano, del calor de sus dedos. En aquel preciso instante se acordó del creciente dolor de sus senos.

Entonces lo supo. Quería que él le tocara los senos. Quería sentir sus manos y sus dedos tocándola.

Creía en tomar una decisión y aceptar sus consecuencias. Pero lo que regía para el resto de su vida no parecía ser de aplicación en ese momento. ¿Debería guiarle la mano? ¿O quizá esperar a que él adivinara lo que le estaba pasando?

Clay alzó la cabeza.

—Creo que alguien ha perdido el interés.

—¿Qué?

—Has dejado de besarme.

—Perdona. Estaba pensando.

—Craso error —retiró la mano de su cadera para acariciarle la mejilla—. ¿Te has asustado?

—No. Estoy bien.

Vio que él tenía oscurecida la mirada, llena de algo que esperaba fuera deseo. Averiguarlo sería fácil, pero en la posición en que se encontraba, quedaría en evidencia si dirigía la mirada a su erección.

—¿Entonces qué? —le preguntó él.

Su voz era suave. Preocupada. Sus miradas se anudaron mientras el dolor de los senos persistía. Inspirando hondo, se dijo que sobreviviría a lo que sucediera, fuera lo que fuese, y cerró los dedos sobre su muñeca para guiarle lentamente la mano hacia su pecho.

Él continuó mirándola mientras cerraba la mano sobre su seno.

—Retiro lo dicho —murmuró—. Piensa todo lo que quieras.

Sus dedos se movieron levemente mientras la exploraba. Cuando le rozó el pezón, Charlie sintió un estremecimiento que le bajó directamente hasta su sexo. Sin pensar, se arqueó hacia él y separó las piernas. Antes de que pudiera volver a juntar las rodillas, él la estaba besando de nuevo, impidiéndole hacer otra cosa que no fuera deleitarse con la sensación y devolverle el beso.

La sensación la anegaba. Clay parecía saber exactamente dónde tocarla para acabar robándole el aliento. Profundos besos competían con la mano que seguía explorando a fondo su seno. Volvió a ocuparse del pezón, rozándolo con mayor firmeza cada vez hasta que finalmente lo tomó entre el pulgar y el índice para apretárselo con suavidad.

Otro estremecimiento le hizo reprimir un gemido. Imágenes de Clay tocándola sin la camiseta y el sujetador llenaron su cerebro hasta que no pudo pensar en nada más. El deseo adquirió un matiz de desesperación.

Interrumpió el beso y lo apartó lo suficiente para sacarse la camiseta. Iba a quitarse el sujetador cuando la realidad irrumpió de golpe. ¿Qué diablos estaba haciendo?

Antes de que la indecisión pudiera apoderarse de ella, sintió los dedos de Clay soltándole el broche de la espalda. Luego la miró a los ojos.

–Déjatelo puesto hasta que estés preparada.

Se removió en el sofá, cambiando de posición. Inclinándose, la besó ligeramente en un lado del cuello. Fue trazando luego húmedos y candentes besos a lo largo de toda su clavícula, del hombro izquierdo al derecho, y vuelta a empezar. Bajando cada vez más. Charlie se hundió en los cojines y cerró los ojos. Volvió la sensación de seguridad, junto con el deseo.

«Agradable», pensó mientras sentía el roce de sus labios en la piel. Mejor que agradable. Ya más relajada, arrojó el sujetador a un lado.

Segundos después sentía su boca sobre un seno desnudo. Un húmedo calor envolviendo el duro pezón. Clay utilizó la lengua para frotar la punta, y la succionó con fuerza.

Nada la preparó para aquella erótica ola. El deseo la inundó mientras el placer le derretía los huesos. No podía respirar, no podía hablar: solo podía perderse en las deliciosas sensaciones que anegaban su cuerpo. Gimió y se aferró a sus hombros.

Clay cambió al otro seno y volvió a acariciarla de la misma manera. Con cada contacto de su boca, su cuerpo se tensaba más y más. La necesidad se acumulaba por momentos entre sus piernas hasta que se descubrió dispuesta a suplicarle el desahogo, la liberación.

Él volvió a besarle la boca y pasó a acariciarle los senos con las manos. Para entonces, ella lo estaba rodeando con los brazos, estrechándolo contra sí, consciente de que necesitaba meterse dentro de su cuerpo, o que él se metiera en ella. La sangre le corría espesa, le temblaban los músculos mientras cada célula de su cuerpo se despertaba al placer que le regalaba aquel hombre.

—Clay... —musitó. La invitación estaba contenida en la palabra.

Él se apartó entonces, quedándose sentado en el sofá.

Charlie suspiró aliviada, dispuesta a desnudarlo, a desnudarse ella, a desnudar a cualquiera.

Pero en lugar de desabrocharse la camisa o los vaqueros, Clay se estiró para recogerle la camiseta del suelo y se la echó cuidadosamente por encima. Acto seguido se levantó.

Ella se lo quedó mirando de hito en hito.

—¿Qué estás haciendo?

—Marcharme.

Estaba asombrada de la rapidez con que su pasión se había convertido en furia.

—¿Qué? ¿Me haces esto y luego te marchas? ¿No vamos a tener sexo?

—Todavía no estás preparada.

—No eres tú quien tiene que decirlo.

Clay se inclinó para besarla con ternura.

–Sé que la expectación es mejor que el temor. Confía en mi, Charlie. No eres tú la única que está sufriendo.

Cuando se irguió, vio el bulto de la erección en sus pantalones.

–¿Eso duele?

–Sí.

–Muy bien –empezó a ponerse la camiseta–. Estupendo. Márchate. Haz lo que quieras. No me importa –tenía más cosas que decirle, pero advirtió que no la estaba mirando a la cara. Estaba mirando su pecho sin sujetador.

Clay tragó saliva.

–Dame treinta segundos –la miró a los ojos–. Solo treinta segundos. Prométeme que no te asustarás.

Ella no sabía lo que le estaba pidiendo, pero asintió de todas formas.

Dio un paso hacia ella, y luego otro. Extendió los brazos y la atrajo hacia sí.

Charlie fue hacia él, deseosa. Sin miedo, tal y como él le había pedido. Ya se habían abrazado antes. ¿Para qué asustarse? Pero en seguida, Clay estrechó su abrazo y su boca se apoderó de la de ella en un beso que no fue como los demás.

Si antes había sido dulce y tierno, en ese momento era un hombre desesperado. Irradiaba pasión mientras saqueaba su boca, exigente, demandante. Estaba ávido y deseoso, con sus manos recorriendo su cuerpo sin cesar. Le apretó las nalgas antes de deslizarlas por su espalda para terminar acunándole los senos.

Cuando volvió a apartarse, ambos estaban jadeantes.

–¿Estás bien? –le preguntó él–. ¿Te he...?

Pero ella le puso uno dedo sobre los labios para acallarlo. Los propios actos de Clay ya resultaban suficientemente elocuentes. En aquel instante se había sentido tan vulnerable como ella antes. Sus pasiones se habían igualado.

–Gracias –susurró.

Clay esbozó una sonrisa temblorosa.

—Por lo que parece, esta va a ser una noche muy larga.

La besó en la mejilla y se marchó. Charlie lo observó alejarse y supo, sucediera lo que sucediera en el futuro, que siempre le estaría agradecida. Clay le había demostrado que la curación era posible y que ser como los demás no era un deseo inalcanzable.

Capítulo 9

—Charlie ha hecho un trabajo tan bueno a la hora de cribar candidatos, como tiene por costumbre, que no vamos a ser capaces de sacar adelante el programa —dijo Olivia, volviéndose hacia Charlie—. ¿Has hecho llorar a alguno?

Charlie soltó un gruñido.

—No saco ningún placer haciendo eso. ¿Por qué lo dices como si disfrutara? Solo quiero asegurarme de que todo el mundo esté preparado para el trabajo exigido y tenga las aptitudes físicas para ello. No es algo personal.

—Eso es un sí —dijo otra capitana con una sonrisa.

—Me hacéis parecer como si fuera un monstruo —rezongó Charlie.

—No. Tú haces simplemente tu trabajo —Olivia tamborileó con los dedos sobre el fino fajo de solicitudes—. Tenemos más hombres esta vez. Siempre es interesante incorporarlos a nuestra brigada. ¿Abrimos la sesión?

Se alzó un murmullo de aprobación. Hacía solo unas semanas que Olivia había sido ascendida a jefe de batallón de entrenamiento de la brigada, así que era ella quien presidía la reunión. Charlie había asistido a suficientes procesos de selección como para sabérselos de memoria. El perfil de cada solicitante era analizado con detalle. Al menos dos bomberos habían entrevistado a los candidatos y Charlie los había sometido a tres sesiones preliminares de entrenamiento. Por lo general sus valoraciones no entraban en conflicto con los resultados de las entrevistas. En su experiencia, los solicitantes contaban con el apoyo de todos o de ninguno, lo cual facilitaba mucho el proceso.

Analizaron los perfiles de tres potenciales voluntarios, de los que solo uno fue rechazado, antes de ocuparse del expediente de Clay.

Charlie habló primero, como había hecho con los demás.

–Es el primero de la clase, con diferencia –empezó–. Su forma física es excelente y obedece bien las órdenes.

–Respondió bien a mi entrevista –dijo Michelle con una sonrisa–. Fui yo la que tuve problemas para concentrarme.

–¿Se ofreció a enseñarte el trasero? –inquirió otra bombera.

–No. Una lástima, ya que me habría gustado verlo. Tocarlo seguro que me habría causado problemas, aunque habría merecido la pena.

A Charlie no le gustaba el rumbo que había tomado la conversación. Y no porque oírles hablar de esa manera de Clay le oprimiera el pecho, sino porque sabía que se merecía algo mejor.

–¿Podemos concentrarnos un poco, gente? Clay reúne todas las condiciones que estamos buscando.

–Y más –añadió Olivia con un guiño–. Pero no me vale.

Charlie se la quedó mirando de hito en hito.

–¿Qué?

La capitana se encogió de hombros.

–Vamos, Charlie. Sé seria. Físicamente está en forma y ha pasado las entrevistas. No tengo ninguna duda de que pasaría el examen físico, ¿pero luego qué? No es alguien de quien podamos fiarnos. Invertimos mucho dinero en entrenar a nuestros voluntarios. Necesitamos saber con seguridad que podemos contar con ellos. No vamos a gastar dinero en un modelo de traseros.

Charlie sintió que lentamente empezaba a aflorar su mal genio.

–¿Me estás diciendo que no vas a darle una oportunidad porque es demasiado atractivo?

–No. Porque no es de confianza.

–¿Y en qué te basas? Llegó puntual a cada una de mis sesiones y se quedó hasta el final –se volvió hacia Michelle–. ¿Se presentó tarde a las entrevistas?

–No, pero...

Charlie esperó su respuesta.

–Llegó puntual –reconoció Michelle, suspirando.

Charlie se volvió de nuevo hacia Olivia:

–¿Entonces cómo sabes que no es de confianza?

–Ya sabes cómo es.

–No, no lo sé. Lo que sé es que él quiere incorporarse y cumple con todos los requisitos... pero que vosotras no queréis darle una oportunidad. Es como dar por supuesto que alguien tiene que ser inteligente porque lleva gafas. O que si una chica es demasiado bonita, entonces es tonta. Si él fuera una mujer, no estaríamos teniendo esta conversación. De hecho, nos esforzaríamos todo lo posible por asegurarnos de que estábamos siendo justas con ella. Me asombra que este sea el mensaje que queramos transmitir tanto al cuerpo de bomberos como a la comunidad.

Charlie se quedó mirando a las demás mujeres, genuinamente sorprendida por el hecho de que fueran tan injustas con Clay.

Olivia se removió en su asiento.

–Estás exagerando un poco. ¿Por qué te importa tanto que entre en el programa de entrenamiento o no?

–Porque he entrenado a muchos candidatos y este es el mejor que hemos tenido. Me enfada que se quede fuera simplemente por su aspecto. Y probablemente también porque eso mismo es algo que me ha sucedido muchas veces a mí, solo que por razones diferentes.

Michelle inspiró hondo.

–Ella tiene razón. Él sabía más que los demás. No solo sobre el trabajo de bombero, sino también sobre la manera en que funcionan las cosas aquí. Se ha preparado bien. Charlie tiene razón. Rechazar a Clay por su aspecto o por lo que ha sido no habla nada bien de nosotras.

Olivia no parecía nada contenta.

–Está bien. Entrará en el programa, pero al primer error irá a la calle.

–No –se enfrentó Charlie a su jefa–. No estoy de acuerdo. Tenemos normas muy específicas con sus correspondientes consecuencias para todo el mundo. Si Clay infringe alguna regla, entonces las mismas consecuencias le serán aplicadas a él al igual que a todos los demás.

–Lo que sea –Olivia apuntó algo en su lista–. ¿Quién es el siguiente?

–Me puse tan furiosa... –confesaba Charlie durante la comida–. Estaban hablando de él como si fuera un pedazo de carne. Eso nunca habría sucedido si él hubiera sido una mujer. No lo entiendo. A mí me han rechazado precisamente por mi aspecto. Sé cómo se siente una. Y la mayoría de ellas también lo saben. ¿Por qué entonces se han comportado de la misma manera?

Annabelle estiró una mano sobre la mesa y robó una patata frita del plato de Charlie.

–¿Se puede hacer eso? –inquirió Patience con una sonrisa–. Quitarte una patata frita, quiero decir.

Charlie miró los platos de las otras dos mujeres, con grandes montones de ensalada.

–Si no queréis ensalada, ¿por qué la pedís?

–Porque no quemo un millón de calorías en mi trabajo y porque soy tan alta como una seta –respondió Annabelle, llevándose la otra mitad de la patata frita a la boca.

–Y a mí me gusta simular que como sano –explicó Patience.

Suspirando, Charlie giró su plato de manera que las patatas quedaran al alcance de las otras dos e hizo una seña a Jo, que se hallaba al pie de la barra.
—¿Te están robando otra vez? —le preguntó Jo, sonriendo.
—Como siempre.
—Traeré más en cuanto acabe de hacerlas.
—Gracias.
Charlie recogió su hamburguesa.
—¿Qué estaba diciendo?
—Estabas despotricando —le dijo Patience—. Y muy bien, además. Admiro la capacidad que tienes de decir lo que piensas. Mi hija también es buena en eso.
—Lillie es buena en muchas cosas —repuso Annabelle—. Me lo paso tan bien con ella cuando viene a la biblioteca... Pero estábamos hablando de Clay y de la reunión.
—Yo lo he visto alguna vez por el pueblo —comentó Patience y soltó un suspiro—. Guay. Es guapo de verdad. Es como si no fuera de este planeta. Te admiro por haberlo apoyado.
Annabelle, que sabía algo más de lo que estaba pasando con Clay, parecía divertida y preocupada al mismo tiempo. Charlie tuvo la sensación de que muy pronto iba a ganarse un buen rapapolvo.
—Yo también —dijo Annabelle—. Y me sorprende que eso sea un problema. Yo creía que estábamos más evolucionadas que eso.
—Piensan que les fallará. Que les dejará colgadas. Si él les hubiera dado alguna razón para suponer eso, yo las habría respaldado totalmente. Pero no les dio ninguna. Se ha presentado a la hora que tenía que presentarse y ha hecho todo lo que se le ha dicho.
—Una excelente cualidad en un hombre —observó Patience con un brillo malicioso en los ojos—. Solo por eso ya me gusta.
—¿Interesada? —preguntó Annabelle toda inocente, manteniendo la mirada fija en Charlie.

Charlie se obligó a dar un gran mordisco a su hamburguesa y a masticarlo como si no hubiera sentido aquella punzada de celos. Aquel repentino dolor en la zona del corazón no era más que un síntoma de, er... indigestión.

–Ojalá pudiera, pero no. Mi ex me curó de las ganas de volver a confiar en un hombre –la sonrisa de Patience se tornó triste–. Y para Lillie fue todavía peor. Ned no estaba interesado en ser padre, así que renunció a sus derechos de paternidad. Y yo no estoy interesada en dejarme romper el corazón una segunda vez.

–No todos los hombres son unos canallas –le recordó Annabelle.

–Sí, he oído algunos rumores al respecto. Pero por lo que yo sé, creo que no son ciertos. Aunque tu hombre es bastante especial.

–Lo sé –reconoció Annabelle con un suspiro.

–Oh, las patatas están listas –Patience se levantó para dirigirse hacia la barra.

Annabelle la observó alejarse y se inclinó luego hacia delante.

–Ten cuidado –le advirtió en voz baja–. Con Clay.

–No fue una reacción emocional –susurró a su vez Charlie–. Lo defendí porque era lo justo.

–Sí, estoy de acuerdo. Pero me preocupas.

–Solo somos amigos.

–Estás practicando sexo.

–Aún no, pero pronto –la sensación de expectación hizo que un extraño calor le recorriera los muslos.

–Te estás enredando con fuerzas que no puedes controlar.

–Eso suena a película de ciencia-ficción.

–En serio, Charlie, me alegro de que te estés curando y me alegro de que te esté ayudando Clay, pero cuando una mujer tiene sexo, pasan cosas. Es difícil no involucrarse emocionalmente.

Charlie vio que Patience estaba charlando con Jo.

—Lo sé —reconoció en voz baja—. Él me está ayudando. Nada más.

—Le estás confiando algo especialmente íntimo. Que terminará afectándote más de lo que crees.

—Me conozco a mí misma. No me pasará nada.

Patience volvió en aquel momento con las patatas fritas.

—Jo me estaba diciendo que todos los hoteles del pueblo están ya reservados para el festival de otoño. Es mi festival favorito.

—El mío también —dijo Charlie—. Soy una fanática de las manzanas de azúcar.

Annabelle sacudió la cabeza, como resignada de que Charlie no fuera a hacerle caso, y se integró en la conversación.

Charlie agradecía su preocupación, pero sabía la verdad. Ella no corría riesgo de enamorarse de Clay. Sabía perfectamente lo que estaba haciendo y lo que sucedería una vez que sellaran su trato, por así decirlo. Estaba en vías de conseguir lo que quería: curarse emocionalmente, lo que le permitiría convertirse en la mejor madre posible. Con Clay no albergaba expectativas de ningún tipo que fueran más allá de su destreza como instructor.

Dominique pulsó el timbre y esperó. Sabía que era altamente probable que su hija la dejara plantada en el porche, pero parte del consejo que le había dado May era no desistir. Y ella pensaba mostrarse tan persistente como fuera necesario.

Había llenado varias páginas de notas después de la conversación con May de la otra tarde. Nada de todo aquello tenía mucho sentido para ella, pero comprendía que debía hacer algo. La alternativa era rendirse y marcharse, una actitud que nunca había llevado a nadie muy lejos en la vida. Dominique estaba dispuesta a admitir que tenía defectos, pero rehuir las tareas difíciles no era uno de ellos.

Esperó varios segundos y volvió a pulsar el timbre. Esa vez no retiró el dedo hasta que Chantal abrió de un tirón la puerta y apareció ante ella.

—Ya iba a abrirte —le dijo a la defensiva—. Estaba al fondo de la casa.

—Pero esperando a que me marchara. Me has estado evitando.

Vio que su hija torcía el gesto, quizá de desagrado, o tal vez de frustración. Pero en lugar de negar lo obvio, se hizo a un lado y la invitó a pasar.

—¿No traes al guardaespaldas?

—Se ha vuelto a Los Ángeles. Volverá pronto.

Chantal la hizo pasar a un diminuto salón. Había un gastado sofá y un par de sillones. La chimenea era bonita.

—La casa tiene potencial —observó mientras se sentaba en el sofá—. Pero el papel de pared no tiene luz ninguna y el color de los tapizados es soso. Deberías haber despedido a tu decorador.

Charlie llevaba una camiseta y unos vaqueros viejos. Iba descalza y estaba despeinada, como si se hubiera estado pasando las manos por el pelo.

En ese momento apoyó las manos en sus estrechas caderas y suspiró.

—¿Es a eso a lo que has venido? ¿A criticar mi casa?

—No. Por supuesto que no —quiso señalarle que no había hecho más que ofrecerle su opinión. Revisó sus palabras y pensó que quizá, efectivamente, habían sonado críticas, aunque no había sido esa su intención.

Reacia, Chantal tomó asiento en un sillón, cruzando los brazos sobre el pecho.

«Se parece tanto a Dan», pensó Dominique. El dolor familiar, la punzada de nostalgia por el único hombre al que había amado nunca, volvió a atravesarle el corazón. Se parecía a él en los ojos, en la sonrisa. Y ciertamente en su constitución.

Dan la había amado tanto... Ella había sido el centro de

su universo. Pero luego nació Chantal y gran parte de aquel amor se había proyectado en su hija.

Dominique comprendía que era bueno que un padre amara a sus hijos, lógicamente, pero nunca había llegado a entender aquella devoción tan absoluta. En aquel entonces se había sentido como si hubiera perdido la única cosa importante del mundo. Porque ser quien era y recibir todos los premios del mundo nunca había sido tan importante como el amor de Dan.

–¿Te encuentras bien? –le preguntó Chantal.

–Sí. Por supuesto. Estaba pensando en tu padre. Él te adoraba.

Su hija esbozó una genuina sonrisa.

–Era estupendo. Lo sigo echando de menos.

–Yo también. Era un hombre tan maravilloso... –Dominique juntó las manos sobre el regazo y miró a su alrededor–. Las ventanas son muy bonitas.

–Gracias.

–¿Es tuya la casa?

–Sí. La compré poco después de trasladarme.

–¿Por qué elegiste Fool's Gold?

Lo que realmente quería preguntarle era: «¿qué te pasó para que acabaras escogiendo este ridículo pueblo cuando podrías estar viviendo en Nueva York o en Los Ángeles?», pero le pareció que una frase así podría sonar demasiado sentenciosa. May le había dicho que tenía que ser comprensiva. Intentar ponerse en el punto de vista de los demás.

–Aquí encajo bien –le dijo Chantal–. Estaba viviendo en Pórtland cuando vine a Fool's Gold de vacaciones.

–¿Maine?

–Oregón.

–¿Viviste en Oregón?

Chantal se sonrió.

–Aquello es bonito.

–Dudo a que mí me guste. Demasiada lluvia. El tiempo es mejor aquí.

—No siempre está lloviendo. Tienen estaciones.

Una vez asentado eso, ambas miraron a su alrededor. Dominique era consciente del silencio, de la incomodidad de la situación. De que no sabía en absoluto de qué hablar con su propia hija.

Chantal inspiró hondo.

—Mamá, ¿estás aquí por alguna razón en concreto?

Dominique no sabía si se refería a aquella visita o a su estancia en Fool's Gold en general, pero decidió que había llegado el momento de decirle la verdad.

—Recientemente me diagnosticaron un cáncer de colon.

Chantal se la quedó mirando fijamente.

—Eso suena mal. ¿Qué dicen los médicos? ¿Te pondrás bien?

Las palabras eran las correctas y había un matiz de preocupación en su voz, pero Dominique fue consciente de que su hija no se había conmovido especialmente. No le había ofrecido ningún abrazo de consuelo. Hasta ese momento, no se había dado cuenta de que un abrazo era justamente lo que necesitaba.

Sobreponiéndose a su debilidad, cuadró los hombros.

—Estoy bien. Me operaron y me quitaron todo lo que estaba afectado. Pero fue algo extremadamente desagradable. Todo el mundo hablando sobre mis intestinos... Un episodio muy poco digno.

Su hija torció el gesto.

—Lo dices como si hubieras preferido que el cáncer hubiera afectado a otra parte de tu cuerpo...

—Por supuesto. Pero eso es irrelevante. La temporada que pasé en el hospital me hizo darme cuenta de lo que verdaderamente importa. Es por eso por lo que estoy aquí. Para pasar tiempo contigo. Eres mi hija. Deberíamos estar unidas.

Pensó que no necesitaba ser su madre para leer la acorralada expresión que se dibujó en los ojos azules de Chantal.

—Pero eso no es algo que se pueda encargar como quien pide un menú de comida rápida para llevar. A ninguna de las dos se nos dan muy bien las relaciones.

Dominique quiso protestar. A ella se le daba muy bien la gente. A la prensa siempre la había manejado muy bien. Pero suponía que Chantal se refería a las relaciones personales. A las emocionalmente íntimas.

—A tu padre sí —prefirió comentar—. Caía bien a todo el mundo.

—Lo recuerdo bien —sonrió Chantal—. Cada vez que se pasaba por el colegio, todas mis amigas terminaban hablando de él.

Quiso preguntarle si sus amigas habían hablado alguna vez de ella. Al fin y al cabo, tener una madre famosa resultaba ciertamente más interesante. Pero se contuvo, descubriendo de pronto que ese no era el momento más adecuado para hablar de su persona.

El descubrimiento se presentó acompañado del incómodo convencimiento de que su constante necesidad de atención no servía para alimentar su ego, sino para llenar un vacío interior. Y que acallar aquella cruel voz que le susurraba la verdad era como dar un paso en falso para no perderlo todo.

—¿Te apetece un café? —le preguntó su hija de manera inesperada—. Vamos, madre, vayamos al Starbucks. Yo invito.

—Eso sería estupendo —murmuró Dominique, pensando que salir un poco podría ayudarla. Al menos allí podrían seguir hablando.

Cinco minutos después estaban en la calle recorriendo las pocas manzanas que las separaban del centro de la población. Pese a que era mediodía, había mucha gente fuera disfrutando del espléndido clima de septiembre.

Varias de las mujeres que pasaron a su lado saludaron con la mano a Chantal o la llamaron por su nombre. Una pequeña de unos seis o siete años se acercó corriendo a ella. La niña le susurró algo al oído y corrió luego de vuelta con su madre.

Chantal se echó a reír antes de volverse hacia Dominique.

—Su abuela tiene un gato que insiste en trepar a los árboles. Está un poco gordo y le cuesta bajar, así que yo siempre tengo que salir a rescatarlo.

—¿Te subes a un árbol para rescatar a un gato?

Chantal asintió.

—Él raramente me lo agradece, al contrario que su dueña.

—¿Te arriesgas a romperte el cuello por un gato?

—Es mi trabajo. Cuido de la gente de aquí.

—Pero si hay un fuego.

—No todo se reduce a apagar fuegos. Intervenimos en accidentes de coches. O si un niño se cae o queda atrapado en algún sitio, por ejemplo.

Dominique no entendía nada del trabajo de su hija.

—¿No están los hombres mejor capacitados para hacer esa clase de tareas?

La expresión de Chantal se tornó helada.

—No. No lo están. Yo soy muy buena en lo que hago. Me esfuerzo mucho y obtengo mi recompensa en el propio trabajo.

Dominique percibió que había equivocado algún paso con su hija. Ni siquiera sabía cómo había sucedido.

—No estoy diciendo que no seas competente. Solo que es un trabajo muy peligroso. ¿No preferirías hacer algo más seguro?

—Sinceramente, no.

—Pues no lo entiendo.

—Menuda novedad.

Cruzaron la calle. Cuando pasaban por delante de una peluquería, una mujer salió a saludar a Chantal. Tendría unos veintitantos años, de cabello y ojos castaños. «No parece tener absolutamente nada de especial», pensó Dominique. Debía de resultar difícil ser tan vulgar.

Chantal se detuvo.
–Hola, Patience.
–Hola –la mujer le tendió un libro–. Ya la he terminado y es tan buena como esperaba. Muy sexy. Últimamente me apetece mucho leer novelas románticas. Al menos los hombres que salen en ellas sí que son buenos.

Dominique vislumbró una cubierta de colores brillantes con el nombre de una escritora que no reconoció. ¿Chantal leyendo novelas románticas? A ella siempre le habían gustado, también. Un tema del que podrían charlar.

–Patience, te presento a mi madre, Dominique...
–Dixon –terminó Dominique por ella, interrumpiéndola–. Dominique Dixon.
–Encantada de conocerla –dijo Patience, estrechándole la mano. De repente ladeó la cabeza–. Que curioso. Usted me recuerda a alguien. Mi hija está loca por el ballet y tiene varios DVDs en los que aparece una bella bailarina que... –interrumpiéndose, se echó a reír–. Estoy diciendo tonterías. No importa.

Chantal enarcó las cejas, como esperando a que Dominique anunciara que ella era la bella protagonista de aquellos DVD.

–Yo siempre he sido una apasionada del ballet –fue lo que dijo finalmente Dominique–. Es disciplina para el alma y para el cuerpo. Espero que tu hija siga bailando.

–Yo también. Pero solo tiene nueve años. Quién sabe de qué se encaprichará mañana... –lanzó una mirada a su espalda–. Tengo que volver. Le estoy haciendo la permanente a Eddie Carberry y, si me descuido, empezará a toquetearse los rulos. Encantada de conocerla, señora Dixon.

–Llámame Dominique, por favor.

Patience se despidió y volvió a entrar en el edificio.

Chantal le señaló el Starbucks del otro lado de la calle.

–¿Cuándo empezaste a llamarte Dixon?
–Prefiero usarlo de cuando en cuando. No hay necesidad de que tus amistades sepan quién soy, y lo de llamar-

me Dixon tiene más sentido mientras esté aquí –era una decisión que acababa de tomar hacía apenas unos segundos.

–Estás dando por supuesto que no les he contado quién eres.

–¿Lo has hecho?

–No a todos.

Pidieron sus bebidas y se las llevaron a una mesa libre de la terraza. Dominique tuvo bien cuidado de no sentarse al sol. Los tratamientos con láser borraban las manchas antiestéticas de la edad, pero el daño nunca llegaba a desaparecer por completo.

–Recuerdo cuando las niñas pequeñas me abordaban por la calle para pedirme un autógrafo –comentó con un suspiro–. Hace ya mucho tiempo que nadie me reconoce.

–Sigues siendo bella, mamá.

Dominique recogió su taza de café.

–Soy vieja y no encajo en ninguna parte. La fama es algo fugaz. Había escuchado esa frase, claro, pero nunca me la había creído. Tú has sido mucho más inteligente que yo. Has encontrado tu lugar en el mundo. Y seguirás aquí cuando tengas mi edad –esbozó una temblorosa sonrisa–. A no ser que se produzca el gran terremoto y California se hunda en el océano.

Chantal le sonrió a su vez.

–Las placas tectónicas se están juntando más que separarse, así que no creo que corramos riesgo de desaparecer bajo el agua. Al menos no por culpa de un terremoto.

–Bueno es saberlo.

Bajó su taza de café y estudió a su hija. Chantal tenía un buen cutis y una magnífica estructura ósea. Pero el pelo lo llevaba hecho un desastre, al igual que la ropa.

–¿No te maquillas nunca?

La expresión de Chantal se endureció.

–Todo esto ha estado muy bien, madre, pero tengo que irme.

Dominique se dio cuenta de que había malinterpretado su pregunta.

–No era una crítica. Solo era curiosidad. Me preguntaba si no te maquillabas porque no querías o porque no sabías hacerlo. Podrías quedar bastante guapa.

–¿Con la luz adecuada?

–La luz puede ser la mejor amiga de una mujer. Yo podría enseñarte unos cuantos trucos. Si estás interesada...

–Quizá en otra ocasión.

Dominique percibió que había cometido otro error, pero ignoraba cuál había sido exactamente. Hundió los hombros, apesadumbrada.

–Estoy segura de que tendrás cosas que hacer –dijo al fin–. Ya hablaremos después.

El alivio que se dibujó en los ojos de su hija le dolió tanto como sus ganas de escapar. Dominique se quedó sentada sola con su café, contenta de llevar las gafas de sol. La falsa sonrisa de sus labios y los cristales oscuros escondían las lágrimas que le anegaban los ojos y que tanto se esforzaba por no derramar.

Capítulo 10

—Me está volviendo loca –rezongó Charlie antes de hundir el tenedor en la carne Kung Pao de su plato–. Aparece de pronto, sin previo aviso.

Clay, sentado frente a ella en la cocina de su casa, recogió su cerveza. La habitación era acogedora, con solo un par de luces encendidas y las cortinas de la ventana cerradas.

—Es quisquillosa –continuó ella–. Insultó mi casa y miró horrorizada mi pelo. O quizá fuera mi ropa. Luego se puso a hablarme de maquillajes. Yo nunca me maquillo. No sé... no quiero hacerlo. Yo no soy como ella. Ese es el problema. Ella esperaba dar a luz a una versión en miniatura de sí misma, y al final nací yo.

—Entonces estuvo de suerte.

Charlie le sonrió.

—Buena frase. ¿Sabes una cosa? Eres algo más que una cara bonita.

—Gracias. Hago lo que puedo.

—Ojalá no hubiera venido.

—Eso ya lo has dicho.

Charlie masticó y tragó un bocado.

—Pese a que no dejo de decirlo, me siento culpable. Ha estado enferma –pasó a hablarle del cáncer de colon–. Pero al final acabó quejándose de que todo el mundo se lo pasaba hablando de sus intestinos. Supongo que no era una enfermedad lo suficientemente elegante para ella.

–Estás en un dilema –Clay tomó un rollito de huevo–. No quieres saber nada de tu madre, pero te preocupa que haya tenido un cáncer. Y pensar en el cáncer hace que te preocupes de lo que ella pueda esperar de ti. Son muchas cosas.

Era muy perceptivo, pensó Charlie. Y no solo para ser un hombre.

–Soy una hija horrible porque me gustaría que se marchara a Nueva York o a Londres, o de dondequiera que haya venido, y me dejara en paz de una vez.

–¿Es eso probable?

–No lo creo –suspiró–. Está bien, no quiero seguir hablando de ella. Hablemos de ti.

–Mi tema favorito.

Charlie se echó a reír.

–Da la casualidad que sé que eso no es verdad, pero lo abordaremos de todas formas. ¿Qué tal marcha el proyecto de agroturismo?

–Voy haciendo progresos.

Se lo quedó mirando fijamente.

–Veo que estás preocupado. ¿Qué pasa?

–Dudas.

–Es un proyecto nuevo: es lógico. ¿Algo concreto o inseguridad en general?

–Soy un hombre, Charlie. Los hombres no tenemos inseguridades.

–Perdón.

Clay se encogió de hombros.

–Contraté a un director de granja. Tenía que elegir entre dos y me decanté por el tipo más experimentado. Nate.

–¿Pero?

–Mi estómago no está contento.

–Deberías escuchar a tu estómago.

–Esta vez se equivocaba.

—Si se equivocaba, ¿cómo es que no estás contento con tu decisión?
—No lo sé.
Charlie se sirvió más arroz, pensando que él sabía la respuesta pero que no quería reconocerla.
—Así que tienes a Nate y la gran maquinaria agrícola de la granja. Deberías estar contento.
—Me sentiré mejor que cuando haya recogido la primera cosecha.
Charlie se echó a reír.
—Apuesto a que nunca te imaginaste a ti mismo pronunciando esa frase.
—No, pero la sensación es muy buena.
—¿De qué será la cosecha?
—Alfalfa de otoño.
—¿Es que es diferente de la de primavera, o de la de verano?
—Lo es.
—¿Te haría sentirte viril y poderoso que me explicaras la diferencia?
—Creo que sí.
Continuaron charlando amigablemente durante la cena.
—¿En serio que estás preparado para empezar con el entrenamiento la semana que viene? –le preguntó ella.
—No me asustes...
—No es mi intención –no era él precisamente quien más la preocupaba–. Tiendes a despertar el espíritu competitivo de los demás hombres del grupo.
—A veces. Los tipos del grupo no son un problema, pero en otras situaciones seguro que me habrían mirado mal. Prejuicios.
—¿Habrían llegado a provocar una pelea solo por ser quien eres?
—Seguro.
—¿Es por eso por lo que eres cinturón negro de kárate?
Clay sonrió.

—Tenía que proteger mis fuentes de ingreso.

Charlie se preguntó qué habría sido más lucrativo: si su cara o el resto de su persona.

—¿Cómo dice ese viejo dicho? –inquirió ella–. ¿«Los hombres quieren ser tú, las mujeres quieren tenerte»? ¿Son las mujeres fáciles de manejar?

—Suelo ignorar las invitaciones que me hacen. Cuando empecé en el negocio, me aproveché de las ofertas, pero rápidamente me fui cansando. Maduré, tomé conciencia de lo que quería y me volví mucho más selectivo.

—Y te casaste. ¿Nunca sentiste la tentación de echar una canita al aire?

La miró directamente a los ojos.

—Ni una sola vez. No tengo esa comezón. Cuando me enamoré de Diane, fue para siempre. Incluso cuando discutíamos, jamás se me pasó por la cabeza la posibilidad –inclinándose, le tomó una mano–. No pienso ver a nadie mientras tú y yo estemos haciendo esto.

Charlie podía sentir la calidez de sus dedos. Volvió la mano para poder apretarle a su vez la de él y sonrió.

—No era una indirecta. Sé que nos encontramos en unas circunstancias muy poco habituales, como diría mi madre.

—De todas formas, que sepas que estaré contigo hasta que terminemos con esto –le lanzó una sonrisa que la hizo derretirse por dentro. Acto seguido le soltó la mano y se levantó–. Hablando de lo nuestro, he estado pensando en la lección de esta noche.

—¿De veras?

Ella también se levantó, consciente del cosquilleo especialmente intenso que le recorría la piel. Estaba hirviendo por dentro. Estaba dispuesta a aceptar todo lo que él quisiera ofrecerle, sobre todo si entrañaba más besos y caricias...

Vio que se sacaba la camiseta.

—He decidido que nos familiaricemos con la idea de estar desnudos.

Charlie se quedó mirando su pecho desnudo. Por supuesto que lo había visto antes: en vallas publicitarias, revistas. Pero aquello era distinto. En ese momento lo tenía justo delante: en carne y hueso y prácticamente perfecto.

Juntó las manos detrás de la espalda y retrocedió un paso.

−No quiero desnudarme delante de ti. Acabo de comer. Tengo el estómago lleno y mi cuerpo no es como los de esas chicas de las revistas.

Clay se acercó, le acunó el rostro entre las manos y la besó.

−¿Te he dicho ya lo mucho que me gusta tu sinceridad?
−No, y decírmelo tampoco resuelve el problema.

La miró fijamente a los ojos.

−No hay ningún problema.
−Lo hay para mí.

A no ser que la lección de esa noche incluyera que él se quedara desnudo y ella vestida. Porque esa opción sí que le gustaba.

Clay le tomó las manos y las puso sobre su pecho.

−Tócame.

Una petición que no podía ignorar, pensó mientras recorría su cálida piel con los dedos. Sin dejar de mirarlo a los ojos, se permitió explorar los sólidos músculos de su pecho y de su estómago. Palpó el dibujo serrado de sus abdominales, la suave curva de sus pectorales. Tenía los hombros muy anchos, perfectamente definidos los músculos de los brazos.

Era más alto que ella. Más fuerte. Lo suficientemente masculino como para que le hiciera sentirse femenina. O casi. Lo rodeó mientras seguía acariciándolo, disfrutando de la sensación de control.

Llevaba unos tejamos de cintura baja. Delineó con los dedos el dibujo de su cintura, para deslizar después las palmas todo a lo largo de su espalda.

Se acercó más hasta pegarse a su espalda. Apoyó la mejilla sobre ella y deslizó los brazos en torno a su cintura. Al cabo de un momento, Clay se soltó el cinturón y se desabrochó el botón de los vaqueros.

Charlie sintió el pantalón cayendo al suelo. Y Clay se apartó lo suficiente para hacer que el calzoncillo siguiera el mismo camino.

No pudo menos que preguntarse cómo diablos había terminado con Clay Stryker y su millonario trasero desnudos en la cocina de su casa.

Permaneció detrás de él, las manos en los costados, sin saber qué hacer ni adónde mirar. Al ver que se disponía a volverse, soltó un grito y lo sujetó de los brazos.

–No hagas eso.
–Hacer qué.
–Darte la vuelta. No estoy preparada.
–Solo es un pene. Ya has visto más antes.
–El último me atacó.
–El mío está mejor educado –un tono de diversión teñía su voz.

Charlie lo fulminó con la mirada.
–¿Te estás riendo? Esto no es divertido.
–Un poquito sí es.

Le apretó con fuerza los brazos.
–Podría hacerte un buen moratón.
–Podrías, pero no me lo harás. Al final tendrás que mirarme.
–No necesariamente. Podríamos apagar las luces.
–¿Dónde quedaría la diversión, entonces? Me gusta mirar. ¿Te he dicho alguna vez que hice asegurar mi trasero por cinco millones de dólares? Fue para una campaña publicitaria de vodka.

El cambio de tema la hizo retroceder para estudiar el objeto en cuestión. Aunque tampoco había visto muchos, tuvo que admitir que el de Clay era con mucho el mejor. Alto, duro, musculoso. Tenía un par de hoyuelos en las nalgas. Y las piernas eran largas y fuertes.

–¿Habrías cobrado el dinero... si algo te hubiera sucedido?
–No. Habría ido a parar a la empresa.
–No tienes tatuajes –comentó Charlie mientras apoyaba una mano en su cadera.
–No me gustan las agujas. Abrázame otra vez, Charlie. Me gusta la sensación.

Inspiró hondo y volvió a acercarse, para apretarse otra vez contra su espalda. Dado que estaba completamente vestida, no podía sentir su piel contra la suya, pero saber que seguía desnudo parecía cambiarlo todo.

Apoyó las manos sobre su vientre, una encima de la otra, e intentó no pensar en lo que había debajo. Para distraerse, le besó ligeramente el omóplato izquierdo. Le gustó la sensación, así que repitió el beso.

–Me gusta –murmuró él–. Podrías quitarte la camisa. Y quizá también el sujetador.

Ella reflexionó sobre la oferta. Le gustaría efectivamente sentir sus senos apretados contra su piel.

–De acuerdo, pero no te vuelvas.
–Ni aunque me muera lo haré.

Se quitó la camiseta y se desabrochó rápidamente el sujetador. Los colgó del respaldo de la silla de la cocina y volvió a colocarse detrás de él, deslizando las manos por su cuerpo. Finalmente se acercó, presionando los senos contra su espalda.

Volvió a besarlo como había hecho antes, solo que esa vez lo hizo moviéndose arriba y abajo, restregando suavemente los pezones contra su piel. La fricción la excitaba, entrecortando su respiración y encendiendo un fuego entre sus piernas. Añadió pequeños mordiscos a sus besos, mordiéndolo con cuidado para luego aliviar la zona con la lengua.

Un estremecimiento lo recorrió. Sus músculos se tensaron para luego relajarse otra vez. Consciente de que estaba jugando con fuego, pero incapaz al mismo tiempo de resistirse, Charlie apoyó las manos en sus caderas y emprendió desde allí el descenso.

Cuando se detuvo, Clay juró entre dientes.

—Charlie.

Su nombre sonó como un rugido. En vez de amedrentarla, su necesidad le dio el coraje necesario para continuar. Movió la mano derecha hacia su erección; apenas lo había hecho cuando los dedos de Clay cubrieron los suyos para guiarla al lugar en cuestión.

Cerró la mano en torno a su pene. Era grande y grueso, muy duro. Exploró su longitud, rodeando la punta con los dedos, antes de descender de nuevo hasta su base. En lugar de miedo o incluso aprensión, lo único que sentía era deseo. Aquel deseo la hizo temblar, y cuando se lo imaginó volviéndose para hundirse en ella, se quedó literalmente sin aliento.

Se irguió, preparada para darle la vuelta, cuando sonó un móvil. Era el de Clay. Las agudas notas de su tono de llamada cortaron el silencio.

—Ignóralo —le dijo él.

—Con mucho gusto.

Lo soltó y retrocedió un paso, para luego apoyar una mano sobre su brazo. Clay empezó a volverse. Charlie mantuvo durante todo el tiempo la mirada en su rostro, decidida a no asustarse. La pasión que veía en sus ojos la fascinaba.

Abrió los brazos y ella se refugió gustosa en su pecho. Alzó la cabeza, buscando desesperadamente su beso, su contacto. Justo en ese momento sonó otro móvil: el suyo. Inspiró hondo.

—Alguien piensa que es importante —dijo, y se volvió para sacárselo del bolsillo y responder:

—¿Diga?

—¿Charlie? Soy Shane. ¿Está Clay por allí?

—Sí que está. Un segundo —le tendió el teléfono—. Shane.

Mientras Clay tomaba el móvil, ella recogió su camiseta y se la puso. Luego se apoyó en el mostrador y esperó, rezando para que no hubiera sucedido nada malo. Solo había un puñado de razones por las que el hermano de Clay habría podido llamarlo con tanta urgencia, y pocas de ellas eran buenas.

–¿Estás seguro? –inquirió Clay después de escuchar durante cerca de un minuto entero–. ¿No se trata de un error? –juró por lo bajo–. Ahora mismo estoy allí –cortó la comunicación y le devolvió el teléfono–. Perdona. Ha surgido un problema en el rancho. Tengo que irme.

Lo observó mientras se vestía, consciente de que se sentía más decepcionada que aliviada. «Un punto a mi favor», pensó, aunque lamentaba que Clay tuviera que enfrentarse con algún problema.

Clay le dio un rápido beso.

–En cuanto pueda te llamo –le prometió mientras se dirigía apresurado hacia la puerta.

Y se marchó.

Se quedó sola en la cocina, consciente de que la frase «en cuanto pueda te llamo» no había formado parte del trato original. Supuso que se habría tratado de una respuesta automática. No era como si Clay y ella estuvieran comprometidos a nivel sentimental. Aun así, se descubrió mirando el teléfono y preguntándose cuándo recibiría aquella llamada.

A la mañana siguiente, las noticias no fueron nada halagüeñas. Clay permanecía al pie de lo que debería convertirse en su campo de alfalfa, incapaz de dar crédito a lo que había sucedido.

En su esfuerzo por adelantar los trabajos de preparación del campo, Nate había salido para el tajo un par de horas después de comer. Los días todavía eran muy largos y el tiempo excelente. Estaba roturando el terreno cuando los dientes de metal habían puesto al descubierto algo que no habría debido estar allí. Huesos humanos.

Annabelle le apretó un brazo.

–Lo siento.

–Yo también.

–Puede que esté equivocada.

–No es probable.

–Eso no lo sabes.

–Estoy más que seguro.

El terreno que había proyectado convertir en un campo de alfalfa había resultado ser un cementerio Máa-zib.

Shane había telefoneado a Annabelle inmediatamente después de avisar a Clay. Annabelle había estudiado la cultura Máa-zib. Solo había tenido que echar un vistazo a las tumbas parcialmente removidas para soltar la mala noticia. Un simple reconocimiento de la zona les había permitido descubrir dos enterramientos más.

Clay no sabía muy bien cuál era el procedimiento a seguir, pero estaba seguro de que al menos una hectárea sería expropiada por el Ayuntamiento, o quizás por el gobierno federal. Y peor que eso era el tiempo perdido y el inquietante presentimiento de que podía haber muchas más tumbas.

–Tenemos compañía –dijo Annabelle.

Se volvió para descubrir a un grupo de mujeres mayores dirigiéndose hacia él. Reconoció a la alcaldesa y a algunas de las componentes del consejo municipal. Pese a vestir traje y zapatos de tacón, la alcaldesa parecía perfectamente cómoda mientras caminaba por la tierra recién removida.

–He oído que hemos hecho un importante descubrimiento –comentó conforme se acercaba–. Muy interesante.

Clay sacudió la cabeza.

–Me disculpará que no comparta su entusiasmo.

–Por supuesto. Tú lo ves como un contratiempo, y supongo que a corto plazo lo es. Pero no te preocupes, Clay. Tengo una absoluta confianza en el éxito de tu proyecto.

Clay deseaba poder decir lo mismo. Bastante había tenido ya con sus propias dudas e inseguridades: aquello sí que era un problema serio.

La alcaldesa Marsha se volvió hacia Annabelle.

–Gracias por examinar el hallazgo. Los expertos estarán encantados –sonrió, irónica–. Me los imagino quejándose de que no paramos de llamarlos. El año pasado por lo del oro, y al comienzo del verano por las pinturas de las cuevas...

La mención de las pinturas rupestres hizo que Annabelle se apresurara a desviar la mirada.

–Er... sí, bueno, estas sí que parecen tumbas auténticas –dijo–. Aunque lo siento por Clay, tengo que decir que la importancia de este hallazgo es extraordinaria –se volvió hacia él–. Sé que esto trastorna tus planes de siembra, pero reflexiona un poco. Podríamos instalar un pequeño museo, quizá un yacimiento arqueológico que los turistas podrían visitar. Podría ser un complemento divertido para tus agroturistas.

–Seguro que sí.

La alcaldesa se volvió también para mirarlo.

–¿Te queda todavía suficiente tierra? Puedo hablar con el dueño de las tierras del extrarradio del pueblo para que te venda una parte. El precio sería muy asequible.

–Gracias –repuso Clay–. Le agradezco la oferta. Pero por ahora creo que me las arreglaré. Tenemos más tierra por roturar. Y contamos con la maquinaria. Si no cambia el tiempo, llegaremos justos para sembrar la alfalfa de otoño.

Continuaron hablando. Cuando la alcaldesa y Annabelle se pusieron a hablar de los accesos al terreno por carretera, Clay se disculpó para dirigirse a la casa. Nate lo estaba esperando.

–¿Tan mala es la cosa, jefe?

–Bastante. Vamos a tener que roturar una hectárea más para compensar esta.
–Eso nos retrasará.
–Dímelo a mí.

Charlie volvió a casa del trabajo y encontró a Clay esperándola en el porche. Como la otra vez, llevaba dos cafés y una caja con caracolas. Aunque la dosis de cafeína y glucosa resultaba ya de por sí suficientemente atractiva, debía admitir que estaba todavía más interesada en el hombre mismo.

Bajó de la camioneta, consciente de que ese día no figuraba entre los programados para sus lecciones. Aun así, experimentó el familiar cosquilleo por todo el cuerpo y tuvo que reprimirse para no echar a correr hacia él.

–Buenos días –la saludó–. ¿Te importa que me haya pasado a visitarte?

–Por supuesto que no.

Vio que se levantaba. Esperó a que se hiciera a un lado para dejarle abrir la puerta. En lugar de ello, se inclinó y la besó.

El contacto fue fugaz. Más un saludo que una seducción. Pero le gustó la naturalidad con que lo hizo. Como si hubieran alcanzado una fase en la que pudieran besarse tranquilamente, sin pensar.

Aceptó el café que él le ofrecía y lo invitó a pasar.

–¿Alguna noticia nueva sobre el cementerio? –le preguntó. La había llamado al cuartel el día anterior para contarle lo sucedido. Había tenido que colgar rápido para salir por una emergencia.

–Los expertos llegarán hoy. Nate y yo ya hemos elegido la siguiente parcela a roturar. Empieza la cuenta atrás de mi cosecha.

Sonrió mientras pronunciaba la frase, pero Charlie podía leer la preocupación y la inseguridad en sus ojos. En cuanto lo vio dejar la caja de caracolas sobre la mesa, se le acercó y le puso las manos sobre los hombros. Un gesto aparentemente natural. Afortunadamente, Clay no podía sentir el atronador latido de su corazón, como tampoco sabía que, viniendo de ella, aquel gesto no tenía nada de natural. Tocar a un hombre le seguía resultando extraño. Pero, por lo que se refería a Clay, estaba decidida a seguir la filosofía del «finge hasta creértelo».

–Todo saldrá bien –le dijo, mirándolo fijamente a los ojos–. Esto es solo un contratiempo, que podrás solventar.

–Lo sé. La alcaldesa Marsha se pasó por la zona. Me dijo que si necesitaba comprar más tierra, ella conocía al tipo indicado –la fugaz sonrisa volvió a sus labios–. No lo dijo con estas palabras, claro.

–Conseguirás sembrar tu campo de alfalfa y todo saldrá bien –bajó las manos.

–Eso es lo que intento decirme a mí mismo.

–No pareces muy convencido.

–Sigo cuestionándome la decisión de haber elegido a Nate. Quizá cometí un error. Incluso Dante me aconsejó que hiciera caso a mi estómago, y no lo hice.

–¿Estás descontento con el trabajo de Nate?

–No.

Charlie ladeó la cabeza.

–¿Entonces cuál es el problema?

–Rafe siempre ha estado al mando. Hizo de cabeza de familia desde que tenía diez años. Shane dirigió uno de los más importantes programas de cría de purasangres del país. Yo, en cambio, solo soy un exmodelo de ropa interior.

Una inseguridad que Charlie entendía bien. Tomó sus manos entre las suyas. Una vez más, fue un gesto consciente y ligeramente incómodo, pero que le pareció apropiado.

–Eres un tipo inteligente. Tienes formación y claridad de miras. La ilusión importa más que la experiencia. Si necesitas ayuda, pídela. Hasta entonces, no des por hecho que has cometido un error mientras no te lo señale la evidencia. Y si cometes algún error, soluciónalo.

—Ese consejo ya lo he escuchado antes.

—¿Por qué no lo sigues entonces?

Inclinó la cabeza y volvió a besarla, más lentamente esa vez. Su boca se entretuvo con la suya el tiempo suficiente para hacer que se le encendieran los muslos y los senos empezaran a dolerle.

Cuando él se irguió, Charlie se descubrió deseosa de protestar.

—Perdón —le dijo—. No debería estar molestándote con esto. Tú estás en esto por sexo, y mi aspecto actual no es precisamente el más sexy.

Charlie le apretó las manos mientras lo miraba fijamente.

—Hey, somos amigos. Pase lo que pase entre nosotros, eso no cambiará. En cuanto a tu aspecto, no puedes estar más equivocado.

—¿Te parece sexy mi vulnerabilidad? No lo creo.

—Insisto en que estás equivocado. Tu ser real es mucho más atractivo que cualquier imagen tuya en un calendario. Si no recuerdas mal, precisamente aquellas imágenes tuyas me intimidaron un poco. Si te elegí fue porque confiaba en ti. Y todavía lo hago.

Clay liberó una mano para acariciarle una mejilla.

—Gracias —susurró—. Yo también pienso en nosotros como dos amigos —la besó en la boca—. Buenos amigos.

Charlie identificó el momento exacto en que sus intenciones derivaron de la conversación hacia algo más. No se estaban tocando en ninguna parte, excepto su mano en la suya y sus dedos en su mejilla, y sin embargo sabía que no se equivocaba.

Si le hubieran preguntado apenas unos días atrás, sinceramente habría afirmado estar más interesada en un café con una caracola que en cualquier oferta que pudiera hacerle un hombre. Pero esa mañana estaba mucho más fascinada por el progresivo acercamiento de Clay y por la presión de sus labios sobre los suyos.

Abrió la boca sin que él se lo pidiera y fue al encuentro de su lengua. Mientras el beso se profundizaba, le echó los brazos al cuello necesitada de sentirlo lo más cerca posible.

Él apoyó las manos sobre su cintura y rápidamente las fue subiendo. Cuando se hubo apoderado de sus senos, Charlie sintió el contacto por todo el cuerpo, de la cabeza a los pies.

Se había cambiado el uniforme antes de abandonar el cuartel. En ese momento llevaba sus vaqueros de costumbre y una camiseta. Clay exploró sus senos a través de la tela, deteniéndose para deslizar los dedos por sus endurecidos pezones y haciéndola estremecerse de deleite.

Bajó luego las manos hasta el borde de su camiseta. Ella lo ayudó a quitársela. Su sujetador salió volando. Sintió entonces su boca sobre su seno derecho y su mano en el izquierdo. Le lamió y succionó el pezón.

El deseo se volvió líquido. Charlie temblaba, aferrada a él, deseosa de que no se detuviera nunca. El ardor que sentía por dentro se intensificaba. Con cada caricia sentía, a modo de respuesta, un sobresalto entre las piernas. Necesitaba aquello, necesitaba más.

Con la respiración entrecortada, deslizó las manos arriba y abajo por su espalda, hasta tirarle de la camisa. Él se interrumpió para sacársela por la cabeza antes de arrojarla a un lado. De inmediato retomaron los besos, con sus senos desnudos apretados contra su pecho perfecto.

–Así no –murmuró Clay contra sus labios–. No en la cocina. Pero Charlie... –juró entre dientes–. Solo tengo que... –bajó las manos a la cintura de sus vaqueros. Se desabrochó el botón y se bajó la cremallera.

Charlie interrumpió el beso, jadeante. La aprensión batallaba con el deseo. Veía la pasión en sus ojos y sabía que estaba tan excitado como ella.

Clay esbozó entonces una dulce sonrisa.
—Vuélvete —le pidió.
—¿Qué?
Su sonrisa se amplió.
—Que te vuelvas. Así podrás echar a correr, en caso necesario.

Consciente de que estaba con los senos al aire, Charlie hizo lo que le pedía. Él la acercó hacia sí y colocó la mano izquierda sobre su seno, para repetir el movimiento con la otra mano. Al mismo tiempo, la besó en un lado del cuello. La mezcla de sensaciones ahuyentó cualquier duda que pudiera quedarle. Podía sentir su cuerpo caliente contra el suyo. Casi protegiéndola. «Estoy con Clay», se recordó. Confiaba en él.

Clay bajó entonces la mano derecha de su seno hasta su vientre, con los dedos hacia abajo. No los movió mientras continuaba acariciándole los senos con la otra mano, excitando los doloridos pezones. La tensión volvió, y con una necesidad que jamás había experimentado antes.

Conocía el concepto del orgasmo. Después de la violación, se había esforzado todo lo posible por evitar cualquier reacción sexual. Huía de ellas, en sentido figurado, la mayor parte del tiempo. A veces hasta literalmente. En ese momento, sin embargo, se descubría a sí misma curiosa por saber cómo sucedía, qué era lo que se sentía realmente. ¿Sería su cuerpo capaz de entregarse hasta ese punto? ¿Sería tan maravilloso como todo el mundo decía?

Transcurrieron los minutos. Mientras los dedos de Clay seguían obrando su magia, su boca besaba, lamía y mordía su cuello hasta que Charlie tuvo problemas incluso para respirar. Se apoyó contra él. Echó las manos hacia atrás para apoderarse de sus estrechas caderas. Podía sentir su erección presionando contra su trasero. Se preguntó qué sucedería si se volvía y le anunciaba que ya estaba dispuesta...

Antes de que pudiera reunir el coraje para hacerlo, la

mano que se hallaba posada sobre su vientre empezó a moverse, abriéndose camino bajo la sencilla braga de algodón. Charlie sintió los dedos, la presión de la palma. Sabía adónde quería llegar, aunque no lo que haría cuando lo hiciera. Se quedó paralizada, sin saber cómo reaccionar.

La mano fue bajando cada vez más hasta deslizar los dedos por la carne inflamada. Trazó un lento círculo, pasando por encima de un lugar que le hizo contener la respiración.

Era parecido a la electricidad, y diferente al mismo tiempo. Más ardiente, más intenso, pero igual de violento. Sin quererlo, separó las piernas. No, eso no estaba bien. Lo que necesitaba...

Clay seguía trazando círculos, una y otra vez...

Se estremeció, perdida en aquel momento especial, incapaz de pensar en nada que no fuera lo que él le estaba haciendo. Podía sentir cómo se le contraían las entrañas, le temblaban las piernas. Clay bajó el brazo izquierdo a su cintura y la sujetó, como si fuera a caerse. No le importaba. Solo le importaba lo que le estaba haciendo...

Aceleró la caricia, apretando con mayor fuerza. Ella se agarró a su brazo. Empezó a empujar hacia atrás con las caderas, deseosa. Necesitada.

Clay retiró de pronto la mano, arrancándole un gimoteo. Luego le agarró de la muñeca y tiró de ella. La estaba llevando a algún lugar.

Trastabilló detrás de él, consciente de que atravesaban el corto pasillo hasta su dormitorio. Una vez allí, la guio hasta la cama.

—Los zapatos —le dijo.

Charlie se quitó las botas que se había puesto esa mañana. Imaginando que era ya demasiado tarde para hacerse la difícil, se bajó los vaqueros, y con ellos la ropa interior, quedando desnuda.

Clay la miró de arriba abajo, juró entre dientes y la urgió a acostarse.

Fue consciente de que él llevaba todavía los vaqueros, aunque nada más, cuando se reunió con ella. Al momento siguiente la estaba besando al tiempo que volvía a deslizar una mano entre sus piernas.

Tendida boca arriba, fue capaz de separar más las piernas. Empezó a mecer las caderas al ritmo de sus firmes caricias. Él pasó de besarle la boca a besarle los senos y las sensaciones la anegaron por dentro. Se agarró al cabecero de la cama con ambas manos y gimió.

Las caricias eran cada vez más rápidas. Ella no podía seguirlo. No podía pensar, solo podía...

Lo oyó como si se hubiera caído de golpe, pensó cuando la primera contracción recorrió su cuerpo. Pero no. Era más bien como si volara. Su cuerpo vibraba y temblaba barrido por olas y olas de placer. Siguieron muchas más hasta que se fueron espaciando, apagando, y pudo por fin encontrar el camino de regreso a su casa, a su dormitorio. Volvió a surgir a la superficie y se quedó mirando la muy satisfecha expresión de Clay.

Tenía la cabeza apoyada en la otra mano mientras seguía acariciándola. Muy levemente, tocándola apenas. Una última y pequeña ola la recorrió. Con los ojos cerrados, Clay bajó un poco más la mano y deslizó un dedo en su interior.

Suponía que debería haberse puesto tensa y nerviosa, pero en aquel momento era como si no dispusiera de la energía suficiente. Además de que la sensación de sentirlo dentro era verdaderamente agradable.

–¿Bien? –le preguntó él, observándola con atención.
–Oh, sí.
–Me alegro.

Retiró la mano, y luego se inclinó para besarla.

–Ya te dije que la mañana era tu hora del día.
–Si siempre va a ser así, me da igual cualquier hora.

La atrajo hacia sí. Charlie se refugió en sus brazos, escuchando el firme latido de su corazón.

–Gracias –musitó contra su hombro desnudo.

–De nada –la besó en la coronilla–. Vamos. Hay una taza de café esperándote. Y las caracolas.

–¿Pero no querías...? –hizo un vago gesto–. Deberías, ya sabes.

–La próxima vez –le sonrió–. Lo has hecho muy bien. No estropeemos las cosas.

Se sentía desgarrada, deseosa de corresponder a lo que él le había dado, pero temerosa al mismo tiempo de lo que pudiera suceder si intentaban el coito.

Clay se sentó en la cama.

–Hablo en serio. Estoy bien.

–No te creo. ¿No puedo hacerte lo que me has hecho a mí? ¿O es que no es tan satisfactorio?

Por un segundo distinguió un feroz deseo en sus ojos. Pero al siguiente parpadeo, la expresión ya había desaparecido.

–¿Quieres que te lo haga? –le preguntó ella, expectante.

–No quiero asustarte.

–Vamos –se dispuso a desabrocharle los vaqueros–. Veamos de una vez si es tan impresionante como dicen...

Clay le cubrió la mano con la suya.

–¿Estás segura?

–Sí. Creo en el juego justo y equilibrado.

–Una excelente cualidad.

Le apartó la mano y se desabrochó rápidamente los pantalones. Se los quitó, junto con el calzoncillo, quedando desnudo ante sus ojos.

Charlie admiró todo su cuerpo antes de concentrar su atención en su pene erecto.

Era grande y grueso, pero no tanto como para intimidarla. Hizo un rápido autoanálisis introspectivo y solo descubrió una anhelante expectación. Se arrodilló entre sus piernas e inspiró hondo.

–Dime cómo se hace.

–Siempre tan directa –le dijo él con una sonrisa–. Dame tu mano.

Puso la mano en la de él y le dejó que la guiara hasta su erección. Le colocó los dedos y luego empezó a moverle la mano arriba y abajo, a un ritmo constante.

–¿Estás segura de que quieres hacer eso? –le preguntó.

–Por favor, no digas nada. Estoy intentando provocarte un orgasmo.

Clay rio por lo bajo y cerró los ojos.

–No te va a llevar mucho tiempo.

Continuó acariciándolo como él le había enseñado. Hacia arriba y hacia abajo, deslizando los dedos hasta la punta para luego bajar hasta la base. Una eufórica sensación de poder la embargó. Era capaz de tocarlo, de darle placer.

Oyó acelerarse su respiración. Podía ver como subía y bajaba su pecho y dejó vagar la mirada por el resto de su cuerpo. Y durante todo el tiempo continuaba acariciándolo sin cesar...

Sin previo aviso, Clay alzó la cabeza y la miró.

–Charlie... –jadeó. Cerró los ojos y sobrevino el orgasmo.

Siguió acariciándolo hasta que él le pidió entre risas que se detuviera.

Para cuando estaban otra vez vestidos y de regreso en la cocina, hacía tiempo que se había enfriado el café. Charlie preparó una cafetera y se sentaron a la mesa.

Mientras discutían sobre qué caracolas eran más sabrosas, si las de queso o las de cereza, y charlaban sobre los asuntos del pueblo, fue consciente de una novedosa sensación de conexión. Y de plenitud. No había hecho todo el viaje, pero había empezado muy bien.

–Gracias –le dijo de pronto.

Clay le sonrió y le hizo un guiño.

–De nada.

Capítulo 11

–No me estoy quejando –dijo Patience con una sonrisa mientras se dejaba caer en la hierba. Estaba acalorada y jadeaba–. Me habían dicho que esta prueba tuya era como una sentencia de muerte.

Su larga melena castaña se derramó sobre la hierba. Tenía los ojos brillantes de alegría pese a que todavía se esforzaba por recuperar el resuello.

–Lo dices como si los pegara... –rezongó Charlie, vigilando a los voluntarios que continuaban corriendo la prueba de los cinco kilómetros pista. Con un saco de trece kilos a la espalda.

Aunque su objetivo era preparar a los voluntarios para la prueba CPAT, la población estaba invitada a incorporarse a cualquier ejercicio que se realizara al aire libre. Habitualmente siempre había uno o dos que se sumaban al entrenamiento de turno. Esa mañana, Patience se les había incorporado durante la primera mitad de la carrera. Eso sí, había rechazado la oferta que le había hecho de cargar con el saco de trece kilos.

–Eres dura porque tienes que serlo –le dijo Patience sentándose en la hierba, respirando ya con mayor normalidad–. Como ciudadana que un día podría necesitar los servicios de la brigada de bomberos, reconozco tu trabajo y te estoy agradecida.

–Gracias.
Charlie observó a los corredores, buscando con su mirada experta algún síntoma de cansancio. Se aseguró de no concentrar excesivamente su atención en Clay, algo que exigía un alto grado de autocontrol por su parte. No solo era demasiado guapo, sino que cada vez que lo miraba, su cuerpo entero suspiraba de agradecimiento por lo que le había hecho a ella y por ella. Millones de células interiores que estaban ocupadas enviándole notas de agradecimiento y suplicándole un bis.
–Quizá deberías recordarles que tú tuviste que trabajar muy duro para llegar a donde estás –le aconsejó Patience–. Las mujeres tienen mucha menos fortaleza física que los hombres, al menos de cintura para arriba. Te he visto en el gimnasio: te esfuerzas muchísimo. Yo, en cambio, no consigo pasar de las pesas rosas.
Charlie se echó a reír. Las pesas «femeninas», de plástico y pintadas con un delicado tono rosa, no pesaban más de cinco kilos cada una. Charlie trabajaba con pesas libres. Eran negras, que no rosas, y muchísimo más pesadas.
–Podría enseñarte algunas técnicas –la invitó Charlie.
–Me gustaría –repuso Patience, y miró su reloj–. Pero hoy no. Tengo que irme a casa. Lillie y yo tenemos un plan para la tarde: helados y después película. Sé que se convertirá en adolescente y entonces preferirá comer cristales antes que salir conmigo, pero, por ahora, yo soy una de sus amigas favoritas.
–Tienes suerte.
–Es creo.
Patience se levantó, se despidió con la mano y se dirigió hacia su coche. Charlie la observó alejarse, preguntándose si habría tenido ella tanto coraje como su amiga. Aunque suponía que no era cuestión de coraje. Patience había soportado lo que la vida le había deparado.
Había estado casada y su marido la había abandonado después de traicionarla con otra mujer, con lo que había te-

nido que criar a su hija sola. A eso se había añadido que Ava, la madre de Patience, tenía esclerosis múltiple.

Patience habría podido convertirse en una mujer permanentemente furiosa y amargada. Pero, en lugar de ello, era alegre, optimista y cariñosa. Ava era igual, y entre las dos estaban educando a Lillie.

Patience se detuvo a hablar con un par de mujeres mayores que estaban caminando por la parte exterior de la pista. Charlie reconoció a Eddie Carberry por su atuendo deportivo de colores chillones. La mujer, de unos setenta y tantos años, silbó mientras señalaba a Clay. Él la saludó rápidamente y continuó corriendo.

A Charlie le entraron ganas de protestar, pero ella también estaba admirando la vista. Era tan guapo... pensó distraída mientras se preguntaba cuándo darían su próxima lección. Ella estaba más que dispuesta. Tenía la sensación de que, la próxima vez que estuvieran juntos... completarían el proceso. Lo había visto desnudo, lo había tocado y se había dejado tocar. Quería lo que le faltaba. Quería saber cómo era realmente estar con él.

Por supuesto, una vez que la diera por «curada», las lecciones terminarían. No era algo en lo que quisiera pensar. Suponía que su afición a Clay significaba que ya estaba preparada para comenzar una verdadera relación. Que debería buscar y encontrar un hombre de quien enamorarse. El problema era que no quería estar con nadie más que con él.

El descubrimiento la sorprendió, haciéndola sentirse incómoda. No estaban relacionados. Él solamente la estaba ayudando. No se estaría enamorando de él, ¿verdad?

Se dedicó a reflexionar sobre ello mientras Clay enfilaba el último tramo de pista. «No», se dijo, acercándose al poste que señalaba la meta. Ella era más inteligente que eso. Conocía a Clay y le gustaba. Era un hombre de confianza, que infundía seguridad. Era por eso por lo que lo había elegido como pareja sexual. Se había pasado la última década ignorando su lado sexual y dando por supuesto que estar con un hombre sería imposible. Por supuesto que le llevaría tiempo curarse. Pero se curaría. Y sus sentimientos nada tenían que ver con Clay.

Los voluntarios fueron cruzando la meta. La mayor parte de ellos se desembarazaban de sus sacos y se dejaban caer en la hierba jadeando exhaustos. Clay se mantenía en pie. Sudaba y respiraba aceleradamente, pero no estaba agotado por la carrera.

–¿Qué más nos tienes reservado? –le preguntó él con un guiño.

–¿Me estás diciendo que todavía no te das por vencido?
–Ni de lejos.

Charlie terminó el entrenamiento con una sesión de estiramiento y consejos para que todo el mundo se ejercitara al menos una hora al día en el *stair–climber*, la máquina de subir escaleras.

–La próxima vez entrenaremos en la torre –les recordó–. Son siete pisos de escaleras.

Una de las mujeres se incorporó sobre un codo, tendida en la hierba.

–A ver si lo adivino... Los subiremos cargados con el equipo y una manguera a la espalda.

Charlie se sonrió.
–No la primera vez.

Una hora después, Charlie y Clay se sentaban sobre una manta grande en el parque. Ninguno de los dos se había molestado en ducharse, así que ir a un restaurante no había sido una buena opción. Habían decidido comer de bocadillo, en plan picnic.

Clay llevaba aún la ropa con la que había entrenado: camiseta y pantalón corto. Pese a las manchas de sudor de la camiseta y a que esa mañana no se había afeitado, tenía un aspecto fantástico.

—Siempre llevas una manta en el coche, ¿a que sí? —le dijo, sentado frente a ella.
—Por supuesto.
—Junto con un equipo de primeros auxilios.
Charlie le pasó uno de los enormes bocadillos. Él se dedicó a clavar pajitas en los cartones de bebida.
—No pienso disculparme por ir preparada a todas partes —dijo ella—. En cualquier momento puede surgir una emergencia. Yo tengo preparación y si soy la primera en acudir al escenario de un accidente, no quiero encontrarme con que me falta equipo. Y, antes de que lo preguntes, sí, también llevo un extintor en la camioneta.
—Impresionante.
—Lo dudo. Todo el mundo lleva uno. Te puede salvar la vida.
Clay se la quedó mirando fijamente.
—Eres una mujer muy capaz.
—También soy capaz de pegarte una paliza.
—Me amenazas mucho.
—Me gusta amenazarte.
Esbozó una media sonrisa.
—Decía un famoso filósofo que la violencia era el refugio de los poco inteligentes.
—Seguro que lo pasó mal en la escuela con sus compañeros.
Clay se echó a reír.
—Me gusta que seas tan dura.
—Dices eso porque estamos practicando sexo —repuso ella mientras desenvolvía su bocadillo de carne—. Pero la verdad es que te gustan las mujeres pequeñitas de pies delicados y estornudos de ratón.
Clay dio un mordisco a su bocadillo y frunció el ceño.
—¿Estornudos de ratón? —inquirió cuando hubo masticado y tragado.
—Claro. Hacen un ruidito tan fino que tienes que preguntarles si han estornudado a no. Es irritante.

—A mí no me gustan las mujeres que estornudan como un ratón.
—Dices eso ahora, pero yo te conozco bien.
Clay sacudió la cabeza.
—¿Es esa tu idea de flirtear? ¿Decirme que no deberías gustarme?
—Yo no estoy flirteando. Y yo debería gustarte. Soy estupenda.
—Es tu modestia lo que primero me atrajo de ti.
Charlie abrió su bolsa de patatas fritas.
—Te tiraría una de estas patatas a la cabeza, pero sería un desperdicio de comida. Un pecado que nunca cometo.
Estaban en el parque principal del pueblo, cercano al lago. Los árboles proporcionaban una agradable sombra contra el fuerte sol del mediodía. Había familias, parejas jóvenes, pero Charlie tenía la sensación de que, a pesar de la multitud, estaban solos.
Le gustaba la manera que tenían de reír juntos, de gastarse bromas. Estar con él era fácil. Clay era lo suficientemente inteligente como para resultar interesante, pero no tanto como para ponerla nerviosa o incómoda. Era divertido y encantador, pero también bueno y amable.
Suponía que si hubiera estado de un humor menos optimista, quizá le habría preocupado que los vieran juntos. Algún que otro voluntario podía insinuar que Clay estaba intentando *trabajársela* para que fuera menos dura con él. Pero no estaba en absoluto preocupada por eso. Clay era el mejor del grupo. Incluso con una mesa de buen tamaño atada a la espalda, habría seguido siendo el mejor en todas las pruebas físicas. Eso suponiendo que ella no participara en la competición, por supuesto.
—¿Sabes algo de Rafe y Heidi? —le preguntó.
—Mamá me dijo que Heidi llamó para decir que ya habían llegado y que París era maravilloso. Desde entonces no hemos vuelto a saber nada.
—Están de luna de miel. Es lógico.

Clay se acabó su bocadillo y guardó el envoltorio en la bolsa de papel.

–Los obreros ya están terminando la nueva casa de Glen y de mamá.

–Qué rápido.

–Les pagan para que lo sean. Tienen ganas de vivir solos.

–¿No se te hace extraño que tu madre se haya enamorado?

–Un poco –admitió mientras se tendía sobre la manta y alcanzaba una de las galletas que habían comprado–. Yo era muy pequeño cuando mi padre murió, así que casi no lo recuerdo. Rafe fue quien más lo echó de menos. Shane tiene recuerdos, pero Rafe se llevó un golpe muy duro.

–Tu hermana es de otro padre, ¿verdad? –Charlie no sabía gran cosa de la única hermana Stryker. Solo que era bailarina y que se había distanciado de su madre, algo que Charlie entendía perfectamente. El distanciamiento, que no el baile...

–Así es –Clay mordió una galleta–. Una aventura de una sola noche con consecuencias. Del tipo no volvimos a saber nada. Nueve meses después, llegó Evie –se quedó mirando al cielo, y luego a ella–. Evie nunca se adaptó bien. Debió de ser muy duro. Mamá siempre estaba ocupada trabajando. Rafe se esforzaba todo lo posible por hacerse cargo de la familia, así que Shane y yo la cuidábamos. Nos llevábamos muy pocos años, así que no puede decirse que estuviéramos muy cualificados para hacerlo –la miró–. No creo que mamá saliera mucho durante ese tiempo. Fueron años. Yo le dije una vez que nadie esperaba que viviera como una monja –se rio por lo bajo–. Algo que a Rafe no le gustó cuando ella se trasladó aquí y se enamoró de Glen.

–Pues funcionó. Ahora se van a ir a vivir juntos. Y solos.

Clay asintió.

–La casa de Shane también está casi terminada. Se irá a

vivir allí con Annabelle. Esa mujer lo está volviendo loco. Ella quiere esperar a casarse y él está desesperado por ponerle el anillo.

–Típicamente masculino. Muy posesivo.

–Está enamorado de ella.

–Annabelle es una gran chica. Pero no creo que Shane gane la discusión. Es dura de pelar.

–¿Pese a estornudar como un ratón?

Charlie pensó en su amiga, tan pequeña y delicada, y se echó a reír.

–No recuerdo haber visto estornudar a Annabelle.

–Hola, Chantal.

A Charlie le entraron ganas de maldecir al universo. ¿Acaso no se suponía que tenía un sexto sentido que debía avisarla cuando se acercaba algún peligro? ¿No deberían haber aparecido nubarrones que taparan el sol? O quizá una bandada de pájaros que de repente hubiera levantado el vuelo. Cualquier cosa con tal de haber dispuesto de medio segundo para prepararse para la aparición de su madre.

Alzó la mirada para descubrir a Dominique de pie junto a su manta. Todavía más inquietante era el hecho de que luciera unos vaqueros, en lugar del habitual traje de chaqueta. Vaqueros con una blusa de seda, pero vaqueros al fin y al cabo.

–Hola, madre.

Clay se levantó y se limpió las manos en la camiseta.

–Señora Dixon... –le tendió la mano.

Dominique lo miró de arriba abajo, con altivez.

–¿Quién es usted?

–Clay Stryker.

Se saludaron. Acto seguido, Dominique se sentó con elegancia en la manta y miró a su hija.

–Me sigues evitando.

Charlie reprimió un gruñido.

–No sé de qué me hablas.

–Por supuesto que lo sabes –se volvió hacia Clay, que

se había sentado a su lado–. Mi hija no se alegra de mi repentino retorno a su vida.

–¿Por qué se fue?

–Yo no me fui. Fue Chantal la que se marchó.

–Los jóvenes tienden a hacer eso. Es el ciclo de la vida.

Dominique despachó el comentario con un desdeñoso gesto de su delicada mano.

–Yo tenía una carrera. Y gente que necesitaba verme.

Charlie estaba encontrando fascinante la conversación. Tenía la sensación de que Clay y Dominique eran personajes del mismo nivel. Dotados con un don de perfección que los simples mortales solo podían experimentar indirectamente.

–¿Y ahora sí que necesita a Charlie?

Dominique entrecerró los ojos.

–¿Quién es usted y qué está haciendo aquí?

–Soy Clay.

–Ya sé su nombre. Me lo ha dicho. Está eludiendo mi pregunta –se volvió de nuevo para lanzar una penetrante mirada a su hija–. ¿Quién es esta persona?

Una pregunta que Charlie no supo cómo responder. La verdad era imposible de explicar. Habría preferido cortarse un brazo o una pierna antes que conceder a su madre aquella clase de poder.

–Soy el hombre que está saliendo con su hija –explicó Clay con voz tranquila.

La expresión de Dominique se tornó de una absoluta perplejidad.

–¿Perdón?

–Estamos juntos.

Lo dijo con tal certidumbre y seguridad que a Charlie le entraron ganas de regalarle algo. No estaba diciendo la verdad, pero, aun así, era bonito. Un hombre bueno y amable, como precisamente había estado pensando unos minutos antes.

Dominique miró a uno y a otra antes de echar la cabeza hacia atrás y soltar una carcajada. El agudo sonido pareció cortar el silencio de la tarde recordándole a Charlie todos aquellos incómodos días en el instituto, cuando se había sentido demasiado alta, con los pies demasiado grandes. La incomodidad la había seguido a todas partes, como un perro abandonado del que nunca hubiera podido librarse.

Clay terminó su galleta y alcanzó la lata de soda.

−¿Qué es lo que le hace tanta gracia?

−¿Usted y Chantal? ¿Por qué alguien como usted habría de estar interesado en ella?

Charlie sintió que le ardían las mejillas. Si quien acababa de hablar no hubiera sido su madre, le habría lanzado un puñetazo directo a la mandíbula.

−¿Realmente no conoce en absoluto a su hija, verdad? −le preguntó Clay. Se inclinó sobre la manta y acarició ligeramente la rodilla de Charlie antes de volver a concentrarse en Dominique−. Charlie es inteligente y divertida. Forma parte importante de la vida de esta población, cosa que admiro. Es valiente, lo que habla de su carácter. No soporta mis tonterías, algo que me gusta mucho. Es la clase de mujer que se le mete a uno debajo de la piel.

Charlie sabía que la estaba defendiendo y le estaba agradecida por ello. Aquellas palabras contenían la dosis justa de verdad como para que no dudara de su sinceridad, pero sin que se le subieran a la cabeza. Si se hubiera explayado sobre su belleza, todo el mundo se habría dado cuenta de que mentía. Pero aquello era distinto.

Dominique volvió a mirar a uno y a otra.

−Qué interesante −dijo, alzando la barbilla−. Si lo que dice usted es cierto, entonces estoy estorbando aquí. Si me disculpa...

Se levantó con la fluida elegancia que evocaba sus años de bailarina, para alejarse sin mirar atrás. Charlie experimentó los primeros remordimientos, pero procuró ahuyentarlos.

−No tienes por qué hacer eso −le dijo a Clay una vez que se quedaron solos.

–Quería hacerlo –tomó otra galleta–. Realmente has salido a tu padre.
–En gran parte sí. Aunque mi madre era la dura y eso lo heredé de ella.
–Se siente sola.
–No digas eso.
–¿Por qué no? Es la verdad.
–Porque no quiero tener que sentir lástima por ella. Siempre me ha sacado de quicio. Desde que era niña, el mundo entero ha girado siempre en torno a mi madre. Mis fiestas de cumpleaños se programaban en función de sus actuaciones. Cuando tenía siete años, me dijo que tenía que dejar de crecer. Que si crecía demasiado, nunca encontraría un hombre que me quisiera. Se resentía de que mi padre me cuidara y me quisiera tanto. Y cuando le conté lo de la violación, no me creyó. Dijo que me había equivocado al provocar al chico y que esperaba que hubiera aprendido la lección.

Clay cambió de posición para quedar sentado frente a ella y tomó sus manos entre las suyas. Charlie intentó soltarse, pero él no se lo permitió.

–Mírame –le ordenó–. Tú ya no eres aquella niña. Eres fuerte. Sabes cuidar de ti misma. Así que no pasa nada porque vuelvas a confiar en la gente, Charlie. Ya tienes experiencia suficiente para reconocer a un canalla a primera vista. No lo hiciste antes, pero ahora has madurado. Tienes amigos y perteneces a una comunidad. No estás sola. Fuiste tú quien tomó todas esas decisiones: nadie más. Puedes estar orgullosa de ti misma.

–Lo estoy –murmuró–. Por lo general.
–Tu madre se siente muy sola.
Charlie esbozó una mueca.
–No me hagas compadecerla. Prefiero estar ligeramente disgustada con ella y tenerla a seis mil kilómetros de aquí.
–Es tu familia.
–¿Quieres cambiármela?

–Vino aquí por una razón.
–Sí. Quiere que la veneren. Se está haciendo vieja y las legiones de admiradores se han reducido.

Charlie recordó lo que su madre le había contado sobre su cáncer de colon. Lo muy sola que se había sentido en el hospital, cuando no había sabido si sobreviviría.

–Está bien –admitió–. Quizá sea algo más que eso.
–No estoy diciendo que tengáis que ser las mejores amigas del mundo.
–No te haría caso si lo dijeras.
–Te estoy diciendo que es tu madre. No puedes evitarlo. Así que procura encontrar una manera más cómoda de aceptarlo.
–¿Aparte de comprarle un billete de avión a Pekín?
–Mi Charlie no huye de los problemas.

«¿Mi Charlie?». El corazón le dio un pequeño vuelco. Se dijo que él no había querido decir eso, seguro. No de una forma que trascendiera la simple amistad. Eran amigos. Amigos que se habían visto desnudos, pero nada más. Ella no estaba buscando amor; estaba buscando sexo y la cura que ello podría proporcionarle.

–Yo no estoy huyendo. Me estoy quejando. Hay una diferencia.

–No puede ser.

Dante se quedó mirando el cartel al lado de la puerta. El local que Rafe había alquilado para oficina estaba en la planta baja de un viejo edificio, ocupado por otros negocios en los pisos superiores. Clay siguió la dirección de su mirada. Leyó también el cartel y se esforzó por no reírse.

Dante se giró hacia él.
–¿Tú sabías esto?
–No.

Dante juró por lo bajo.
–¿Acaso era el único local disponible en todo el pue-

blo? Lo dudo. Rafe lo hizo a propósito. Y mientras él está en París, de luna de miel, ¿se supone que yo tengo que montar nuestra oficina aquí? Lo mataré. Soy abogado: evitaré la cárcel.

Clay se sonrió. La sede provisional de la empresa de Rafe y Dante estaba justo debajo de la escuela de danza de Fool's Gold.

–Quizá no sea tan malo.

Dante lo fulminó con la mirada.

–¿Que no? ¿Niñas bailando encima de mi cabeza? ¿La música repitiendo el mismo tema una y otra vez? –volvió a contemplar la casa–. Este edificio se levantó en los años cuarenta. Dudo que tuvieran sistemas de insonorización en aquel entonces. ¿He dicho ya que lo iba a matar? Porque lo voy a matar.

Clay le dio una palmadita en la espalda.

–Vamos. Te invito a un café mientras urdes tu venganza.

Dante juró de nuevo antes de seguir a Clay hasta el Starbucks.

Una vez que consiguieron sus cafés, se sentaron a la terraza. Dante miraba ceñudo a cada ciudadano de Fool's Gold que pasaba por delante de ellos.

–¿Te has fijado en la cara de felicidad que tiene todo el mundo aquí? No es normal.

–Estamos en una pequeña población de Norteamérica –le recordó Clay–. ¿Qué es lo que no te gusta?

–Todo. Echo de menos la ciudad.

–¿Te gusta que nadie sepa quién eres?

–Exacto. La mujer que me limpia la habitación en el hotel me estuvo contando que su hijo juega al fútbol. Incluso me invitó a ver un partido.

Dante parecía indignado, como si la mujer le hubiera sugerido violar las leyes de la naturaleza.

–¿No te gusta el fútbol? –le preguntó Clay.

–Claro. Pero los equipos profesionales. O los de la uni-

versidad. ¿Por qué habría de querer ver un partido de instituto?
—Para divertirte.
La cara de perplejidad que puso Dante le hizo sonreír.
—Esto es Fool's Gold. Asúmelo. Además, esta es la capital de los festivales de California.
—No soy muy amigo de festivales.
—Lo serás.
—Cuando se congele el infierno.
—Te recordaré la frase.

Capítulo 12

Ser consciente de que estaba reaccionando por un sentimiento de culpa no cambiaba nada, pensó Charlie mientras removía la salsa que estaba preparando para la pasta. En un momento de debilidad, había invitado a su madre a cenar. En ese instante, cuando la llegada de Dominique era inminente, no dejaba de lanzar nostálgicas miradas a la puerta trasera. ¿Tan malo era desear salir corriendo? Seguro que podía encontrar un buen empleo en Nebraska. O en Costa Rica.

A las cinco en punto, sonó el timbre. Charlie se limpió las manos en un trapo y fue a abrir.

–Hola, madre –forzó una sonrisa antes de hacerse a un lado para franquearle la entrada

–Chantal.

Dominique se había vestido para la ocasión. Llevaba un sencillo vestido cruzado, de estampado en colores claros. El maquillaje realzaba el verde de sus ojos. Lucía pendientes de diamante y un collar de perlas.

Charlie fue consciente de que a pesar de haberse puesto sus mejores vaqueros oscuros y una blusa en vez de camiseta, seguía sin estar ni de lejos a la altura de su madre. No llevaba maquillaje y su única concesión a la elegancia era unas sandalias de brillantes falsos, regalo de alguien que evidentemente no la había conocido para nada.

Dominique la siguió a la cocina y le entregó una botella de vino tinto.
—Burdeos —explicó—. Va bien con casi todo.
—Gracias. He hecho pasta.
—Estupendo.
Charlie había preparado la mesa pequeña de la cocina con mantelitos y la vajilla de colores, su preferida. Descorchó la botella y sirvió dos copas.
Le tendió una a su madre. Durante unos segundos permanecieron mirándose. Por fin Dominique se aclaró la garganta, alzó su copa sin decir nada y bebió un sorbo. Charlie hizo lo mismo.
—Muy rico —murmuró. El día siguiente lo tenía libre. Podía emborracharse perfectamente, y quizá fuera esa la mejor manera de soportar la velada.
Se hizo un tenso silencio en la cocina. Era demasiado pronto para preparar la pasta o para servir la ensalada. Charlie miró al suelo y luego la ventana del fondo. Finalmente suspiró.
—Podríamos, er... pasar al salón.
—Por supuesto.
Por desgracia, el silencio las siguió hasta allí. Charlie se sentó incómoda en el sofá, buscando algún tema de conversación.
—¿Qué te parece Fool's Gold? —le preguntó.
—El pueblo está muy bien. Es pequeño y tranquilo, y la gente es agradable —Dominique bebió otro sorbo de vino—. Conocí a May Stryker. Vive en el rancho donde guardas tu caballo.
Charlie asintió.
—May es una buena persona.
—Sí. Sí que lo es.
Charlie inspiró hondo y lo intentó de nuevo.
—Yo soy amiga de la nueva nuera de May. Heidi se casó con el hijo mayor de May el mes pasado. Ahora mismo están en París.

—París... —pronunció Dominique con un suspiro—. Yo adoro París.

—¿Cuándo fue la última vez que estuviste allí?

—Hace años. En una fiesta en honor de uno de los teatros donde bailé.

Mencionó el nombre, que a Charlie no le dijo nada.

—Fue maravilloso ver a todo el mundo después de tanto tiempo. El tiempo no es siempre nuestro amigo, pero al menos estamos vivos para contarlo. Una noche me quedé levantada hasta tarde y bebí demasiado vino. Dmitry intentó ejecutar su solo del *Lago de los Cisnes*. Fue un desastre, por supuesto. Casi se rompió la cadera y tuvimos que salir corriendo para el hospital —soltó una delicada carcajada—. Son tantos y tan buenos recuerdos... —le sonrió—. El mundo de la danza me persigue. El otro día volé a Nueva York y... ¿sabes a quién me encontré? A Johanna Howard. ¿Te acuerdas de ella? Solía venir a casa cuando eras pequeña. Era tan guapa... Bueno, el tiempo no ha sido clemente con ella. Hizo una fortuna: no entenderé nunca por qué no se ha operado la cara. Muriel se puso gorda. Y Elizabeth... —se interrumpió de pronto—. Probablemente no te acordarás de nadie.

—En realidad no, pero es bonito oírte hablar de ellas.

Dominique enarcó las cejas.

—Pues no te veo nada entusiasmada. ¿Tan mala es nuestra relación, Chantal? Somos madre e hija.

—La biología no garantiza la comunicación.

—Obviamente.

Charlie echaba de menos en aquel momento una carrera de quince kilómetros. Al final habría conseguido algo y se habría ganado una buena noche de sueño. Desafortunadamente aquella cena no prometía ni de lejos ninguna de las dos cosas.

—¿Por qué te hiciste bombera? No es una ocupación tradicionalmente femenina.

—Quería ser capaz de ayudar a la gente. Disfruto del ambiente de intenso trabajo y compañerismo.

—Como en una compañía de baile.
—Sí. Un poco. Compartes experiencias especiales, que no siempre puedes compartir con los demás. Trabajamos duro y con un común objetivo.
—Recuerdo a un coreógrafo que quería recrear *Giselle*. Yo estoy tan a favor de actualizar los clásicos como la que más, pero las ideas de este hombre eran ridículas. Nos unimos todos para decirles a los productores que no destrozaríamos algo tan hermoso en aras de la novedad —apretó los labios.

Charlie se dio cuenta de que su madre lo estaba intentando de veras. No sabía bien por qué, pero Dominique le había dejado claro que quería construir una relación. Dado que cada una era el único familiar que le quedaba a la otra, suponía que ella debería hacer el mismo esfuerzo.

—Debes de echar de menos a tus amigas —le dijo.

Su madre asintió.

—Sí. Y los viajes también. Durante los últimos años estuve cansada todo el tiempo, pero siempre que me subía a un escenario, surgía la magia.

—Aportabas belleza a la vida de la gente. Por unas pocas horas se olvidaban de todo excepto del baile. Se quedaban transportados. Eso es un don.

—Gracias.

—Recuerdo cuando papá me llevaba a verte bailar. Aunque sabía que eras tú la que estaba sobre el escenario, a veces parecía como si no fueras real. Como si fueras una princesa de cuento más que mi madre.

—Era el maquillaje de escena.

Charlie se echó a reír.

—Sospecho que era más bien la luz que irradiabas. Tenías un don. No solo tu talento, sino las ganas que tenías de hacer un trabajo increíble. Yo admiraba eso en ti.

—Yo quería que tú hicieras lo mismo.

—Lo sé. No pudo ser.

—Resultó obvio ya desde que eras muy pequeña —Domi-

nique bebió un sorbo de vino–. Es posible que te presionara demasiado por aquel entonces. Esperaba que crecieras y te convirtieras en alguien más...
–¿Elegante?
–Quizás.
–No podía crecer para atrás, mamá. Yo quería ser como tú. Lo que pasa es que no sabía cómo.
–Pero al final has salido muy bien.
Un modesto e inesperado cumplido. Charlie se obligó a aceptarlo sin buscar nada más. Era un comienzo.
–A riesgo de estropear las cosas... –dijo, precavida–. Yo, er... te agradecería que dejaras de llamarme Chantal.
Dominique abrió mucho los ojos.
–Es un nombre precioso.
–Lo es, pero no encaja para nada con mi carácter.
Su madre arrugó su pequeña y delicada nariz.
–¿Quieres que te llame Charlie?
–Sí.
–Pero es tan vulgar... –asintió con la cabeza–. De acuerdo, lo intentaré. Puede que me cueste un poco.
–Te agradeceré el esfuerzo.
Por primera vez desde la llegada de su madre, Charlie sintió que empezaba a relajarse. Quizá se había dado demasiada prisa en presuponer lo peor. Dominique siempre sería la rutilante estrella, pero todo el mundo podía madurar y cambiar. Había estado sin familia durante tanto tiempo que sabía que le costaría acostumbrarse a tener una madre cerca, pero lo aceptaría. Solamente se tenían la una a la otra. Su padre habría querido que se llevaran bien.
–¿Realmente estás saliendo con ese hombre? ¿Clay?
El buen humor de Charlie se evaporó. Sus músculos se tensaron mientras automáticamente se preparaba para el ataque.
–Clay y yo nos hemos estado viendo –le dijo, evitando la palabra «cita». Porque realmente no estaban saliendo juntos. Estaban practicando sexo.

–¿Cómo os conocisteis?
–Clay solo lleva unas semanas en el rancho. Ha vuelto al pueblo y quiere empezar un negocio. También está interesado en convertirse en bombero voluntario.
Dominique dejó su copa sobre la mesa y se inclinó hacia ella.
–Tienes que llevar cuidado. Lo he buscado en internet.
–Ya sé que fue modelo de ropa interior –dijo Charlie, nada contenta con el giro que había tomado la conversación. Pensó en levantarse para preparar la pasta, pero sabía que su madre terminaría siguiéndola a la cocina.
–Aparte de eso –Dominique la miraba fijamente –es muy guapo y, por lo que parece, bastante encantador. Chantal, estoy preocupada.
«Y dale con Chantal», pensó Charlie, consciente de que ese precisamente era el menor de sus problemas.
–¿Qué quieres decir? ¿Que es demasiado bueno para mí? ¿Que un hombre como él no debería interesarse por una mujer como yo?
–No eres su tipo.
Aquellas bruscas palabras no deberían haber constituido ninguna sorpresa. Bajo cualesquiera otras circunstancias, Charlie se habría mostrado hasta de acuerdo.
–Me estás diciendo que no soy lo suficientemente guapa, ¿verdad? Ni glamorosa, ni especial...
–Te estoy diciendo que podrías resultar herida.
–Porque si me enamoro de él, él nunca se enamoraría de mí –adivinó.
Lo cual era cierto. Ella era la única que estaba en peligro. Solo que su relación no tenía nada que ver con el corazón.
–Tú no comprendes a los hombres como él –le dijo Dominique con voz dulce–. Vives en una pequeña población. No tienes experiencia.
Aquello era todavía más cierto de lo que su madre se imaginaba, reflexionó Charlie, irónica, intentando contemplar la situación con algo de humor.

–Me las arreglaré bien.
–Yo solo quería ayudarte.
–¿Diciéndome que no soy lo suficientemente buena?
–Siendo sincera contigo, Chantal. Mírate en el espejo. Podrías hacer algo con tu aspecto, pero no lo haces. Esa ropa, ese pelo... Clay ha estado con algunas de las mujeres más bellas del mundo. Estoy segura de que no puede entrar en una tienda o en un restaurante sin que alguna chica despampanante le suplique que se acueste con ella. Allá a donde vaya, las mujeres lo desearán.

La pregunta pareció flotar en el aire por un momento para luego estallarle en la cara. En aquel preciso instante vivió lo que solamente habría podido describirse como una experiencia extrasensorial. Podía verse claramente a sí misma desde fuera. Era consciente de ser demasiado alta, demasiado huesuda, demasiado musculosa. Su madre tenía razón: no se maquillaba y era famosa por agarrar unas tijeras y ponerse a cortarse el pelo ella misma cuando empezaba a molestarle.

Se vestía basándose únicamente en criterios de comodidad, y siempre había pensado que la gente a la que no le gustaba su apariencia tenía que ser frívola. Que la belleza exterior no importaba.

Solo que Clay había pasado su vida adulta rodeado de aquella belleza. Era un hombre que hacía volver la cabeza a las mujeres más hermosas y les aceleraba el corazón.

Bajo circunstancias normales jamás él se habría fijado en ella, y mucho menos la habría deseado. Charlie formaba parte de la masa invisible y vulgar. La única razón por la que habían tenido contacto era porque ella había acudido a él para pedirle que la ayudara.

La humillación se mezclaba con la vergüenza mientras tomaba conciencia de lo que había hecho. ¿Qué debía de estar pensando Clay de ella, de lo que estaban haciendo...?

–Oh, Dios –musitó.

Dominique asintió.

—Mejor es que lo enfrentes ahora, cuando todavía tienes escapatoria. Estoy segura de que podrás encontrar otro hombre. Alguien con quien tengas más cosas en común —se interrumpió—. No te digo esto para ser cruel contigo. Eres mi hija y me preocupo por ti. Pero ambas sabemos que Clay nunca estaría interesado...

No terminó la frase; tampoco tenía necesidad de hacerlo. Charlie se levantó.

—¿Es este tu consejo maternal? ¿Romper la relación porque Clay nunca querría a una mujer como yo? ¿Eres humana acaso?

Dominique parpadeó, extrañada.

—¿Por qué te enfadas? Simplemente te estoy diciendo la verdad.

—Claro. Como hiciste después de la violación, ¿recuerdas? Tu gran consejo de entonces era que no provocara a los hombres. Que esas cosas traían consecuencias. Que yo había dado expectativas a aquel tipo.

La ira se mezcló con la vergüenza mientras evocaba lo sucedido. Primero no le había creído la policía, y después su propia madre le había recriminado su actitud.

—Me violaron. ¿Lo captas? ¿Eres capaz de entender algo que no tiene que ver contigo?

Dominique se levantó.

—No tienes por qué gritarme. Solo estoy intentando ayudarte. La realidad puede llegar a ser muy desagradable, pero es necesario enfrentarla.

—Muy bien, mamá. ¿Quieres realidad? Yo te la daré. No te quiero aquí. Tú y yo no tenemos nada en común. Eso es algo a lo que podría resignarme, pero es que hay más. Eres una bruja egoísta que solo se ha llevado decepciones conmigo. Tú no quieres ser una madre: quieres ser la primera bailarina del espectáculo. Pues bien, eso se ha acabado. Márchate ahora mismo de aquí.

Charlie sentía que le ardían los ojos. Maldijo en silencio. Detestaba llorar.

—¿Me estás echando? —Dominique parecía haberse encogido—. ¿Pero por qué? Yo solo estaba intentando ayudarte.

—No quiero tu ayuda y puedo asegurarte que no necesito una madre como tú.

Dominique permaneció sentada durante otro par de segundos hasta que asintió lentamente. Se acercó a la mesa que había junto a la puerta, recogió su bolso y abandonó la casa. Charlie volvió a la cocina y retiró la salsa del fuego. Luego se dejó caer al suelo y escondió la cabeza entre las rodillas.

Decidida a no llorar, ignoró el ardor de los ojos y la humedad que le corría por las mejillas. Se recordó que era fuerte. Dura. Que las había pasado peores y que superaría aquello.

El problema parecía consistir en que no sabía muy bien qué era «aquello».

Clay contempló la torre de entrenamiento. Ese día tenía un aspecto más bien benigno: una estructura de vigas de metal y ladrillo, de siete plantas, con ventanas y escaleras que terminaban en la azotea.

En una sesión normal de entrenamiento, los voluntarios tenían que orientarse entre el humo, con víctimas situadas en diferentes rellanos y acurrucadas en las esquinas. El fuego se añadía al calor y al caos. Pero eso ya vendría después. Ese día solamente tendrían que subir los siete pisos de escaleras, primero sin nada, y luego cargando una manguera.

Los demás voluntarios esperaban, distribuidos en pequeños grupos, contemplando el edificio con algo de aprensión. Clay sabía que estaba más que capacitado para cumplir la tarea: su forma física no representaba ningún problema. En ese momento estaba mucho más preocupado por Charlie.

No la había visto en un par de días. Aunque no habían tenido ninguna cita prevista, habría jurado que lo estaba evitando. Cuando llegó a la torre de entrenamiento, ella había estado ocupada descargando mangueras. Delante de los demás, exhibía su habitual imagen pragmática y profesional. Pero él no podía sacudirse la sensación de que algo andaba mal.

—¡Formad una fila! —gritó Charlie en aquel momento. Cuando todo el mundo estuvo formado ante ella, señaló la estructura—. Esto es la torre de entrenamiento. Hoy solo tendréis que subirla. Dos veces. Si al final resultáis seleccionados para el entrenamiento, pasaréis horas en ella, os sabréis de memoria hasta el último ladrillo. Aprenderéis a amarla y a odiarla —sonrió—. Al mismo tiempo.

Estaban a mediados de septiembre. El calor del verano había aflojado un poco, pero todavía se acercaban a los veintisiete grados de máxima, lo que quería decir que en ese momento pasaban de los veinte. Clay pensó que la primera subida no sería muy mala, pero que la segunda sería un infierno.

—Tenéis cinco minutos para subir los siete pisos —continuó Charlie—. Una vez que lo hayáis conseguido, os pondréis vuestro equipo, cargaréis una manguera y a subir de nuevo. En la segunda subida dispondréis de diez minutos. ¿Alguna pregunta?

Alguien preguntó cuándo harían un descanso para beber agua. A Clay le impresionó que Charlie no se le echara encima. Sabía que había sido generosa con los tiempos. En medio de un incendio, nadie podría permitirse esperar diez minutos a que un bombero subiera siete pisos. Él pensaba hacerlo a la carrera.

Una hora después, los voluntarios estaban chorreando sudor. Todos habían pasado la prueba con facilidad. Charlie les advirtió que no se envanecieran demasiado. Cuando volvieran a enfrentarse a la torre, los tiempos serían más realistas.

Clay ayudó a Charlie a cargar el equipo en su camioneta. Cuando terminaron, ella se volvió hacia él.

—¿Puedes quedarte un segundo?

–Claro.

Esperaron a que todo el mundo se hubiera marchado. Charlie permaneció al pie de la camioneta, tensos los hombros, rehuyendo su mirada. Tal y como había sospechado Clay, algo andaba mal. Pero Charlie no era una persona que se anduviera con rodeos: se lo diría y lo hablarían. Trabajarían juntos el tema. Esa era una de las cosas que le gustaban de ella.

Charlie inspiró hondo.

–Te agradezco de veras todo lo que has hecho –empezó–. Lo de ayudarme y todo lo demás.

–Ha sido un placer –sonrió Clay–. Literalmente hablando.

Ella no sonrió. Su expresión se tensó todavía más mientras su mirada se ensombrecía.

–Sí, bueno, ahora ya estoy bien. Ya no tenemos por que hacerlo más. Lo de estar juntos, quiero decir.

Clay se apoyó en la camioneta mientras reflexionaba sobre sus palabras.

–¿Por qué ese cambio de decisión?

–En realidad nunca debí habértelo pedido. Fue algo ridículo, inapropiado.

–Yo no me he quejado.

No lo entendía. Había querido seducir a Charlie. Se llevaban muy bien. Tenían química y disfrutaban de su mutua compañía. Confiaban el uno en el otro. Él sabía bien lo muy difícil que podía llegar a ser eso. Evidentemente no era amor, nunca se había producido el relámpago, pero sí que era más de lo que había sentido en mucho tiempo. Estar con Charlie era algo que no estaba dispuesto a perder.

–Te has portado muy bien conmigo y quiero darte las gracias –continuó ella.

–¿Qué ha pasado? –exigió saber Clay–. Alguien te ha dicho algo, ¿verdad? ¿Quién?

Charlie alzó bruscamente la cabeza y, por primera vez, lo miró.

—Nadie.
—Mientes muy mal.
—Yo no estoy mintiendo.

Solo había un puñado de personas que pudieran influir sobre ella. Charlie tenía buenas amigas. Ninguna de ellas le haría el menor daño ni le haría sentirse mal, minusvalorada. Con lo que solamente quedaba una candidata: Dominique Guérin.

—Ha sido tu madre.

Charlie abrió la boca y volvió a cerrarla.

—No sé de que estás hablando. Ya no quiero seguir haciendo esto. ¿Qué es lo que no entiendes de esta frase?

—Nada —respondió él—. Nada en absoluto.

No estaba en su naturaleza rehuir un desafío, pero aquello era diferente. Charlie era diferente de los demás. Necesitaba elaborar una estrategia para llegar hasta la verdad. Lo que significaba que necesitaba tiempo.

Se dirigió hacia su camioneta sin mirar atrás, consciente de que su relación no había terminado. Esperaba que ella fuera consciente también de ello.

Charlie oscilaba continuamente entre la ira y los esfuerzos por no llorar. La ira era un sentimiento mucho más fácil de soportar. No le gustaba estar triste ni sentirse estúpida, y aborrecía llorar, aquella palmaria expresión de debilidad. Ella tenía a gala ser dura. La dureza de carácter y las lágrimas no congeniaban bien.

Hacía dos días que no veía a Clay. Se negaba a arrepentirse de lo que había hecho. Había tomado una decisión sensata. Pedirle que la ayudara había sido el colmo del ridículo. Poner fin a aquel arreglo había sido una medida inteligente por su parte.

Solo que ella no se sentía en absoluto inteligente. Se sentía sola y perdida. Incluso su casa, el único lugar en el que más le gustaba estar, aparte del cuartel de bomberos, había dejado de ser un refugio. Se descubrió a sí misma deambulando de habitación en habitación, sin saber qué hacer con su día libre. Tenía múltiples tareas que hacer, pero ninguna le resultaba atractiva. Podía llamar a alguna de sus amigas y salir a comer, pero temía no ser una buena compañía. Tan pronto se recriminaba haber sido tan estúpida como para dejarle ganar a su madre como, al momento siguiente, se preguntaba si Clay estaría pensando en ella al menos la mitad de lo que ella en él.

Echarlo tanto de menos se reveló un acontecimiento inesperado. Aunque no existía ninguna conexión romántica entre ellos, se habían convertido en amigos. Clay le gustaba. Y lo más importante: confiaba en él.

¿Por qué tenía que ser tan condenadamente guapo?

Se dijo que aquel era el problema de fondo. Su aspecto. Si hubiera sido un tipo normal, ella no habría estado viviendo ese dilema. Habría sido capaz de gestionar sus dudas. Pero ninguna de aquellas elucubraciones podía cambiar la realidad.

Llamaron a la puerta. Tenía la sensación de que podía ser su madre. Vaciló mientras volvían a llamar.

–Abre, Charlie.

Se quedó paralizada en el centro del salón. ¿Clay? ¿Qué estaba haciendo allí? Se dirigió hacia la puerta y abrió.

Si hubiera dispuesto de tiempo para idear un plan, probablemente le habría dicho que se marchara. Que ya le había dicho todo lo que tenía que decirle. Solo que, en el preciso instante en que lo vio, se quedó sin habla.

Tenía buen aspecto. No el del perfecto modelo, pero sí el del tipo capaz de hacerle derretirse por dentro. Estaba terriblemente sexy con sus vaqueros y su camiseta. Su expresión decidida tampoco la ayudaba en nada.

Se la quedó mirando con los ojos entrecerrados.

–¿Cansada por fin de hacer tonterías? –le preguntó mientras entraba y cerraba la puerta a su espalda.

–¿Qué?

—Has dejado que tu madre se te meta en la cabeza. Lo sabes perfectamente. Si estoy aquí es porque quiero estar aquí. No hay ninguna otra razón. No soy tan altruista.
Parpadeó extrañada.
—¿Cómo sabías que fue mi madre?
—No me costó nada adivinarlo. Además, la he sorprendido un par de veces fulminándome con su mirada en el supermercado. ¿Qué te ha dicho? ¿Piensa acaso que no soy lo suficientemente bueno para ti?
Charlie se las arregló para reprimir una carcajada.
—Eso es.
Acercándose a ella, le acunó el rostro entre las manos.
—No dudes de ti misma. Eres la persona más fuerte que conozco. Te admiro —sonrió levemente—. Eres condenadamente sexy y ahora mismo en lo único que puedo pensar es en las ganas que tengo de acostarme contigo.
Quince minutos atrás, Charlie había estado segura de que Clay jamás podría convencerla de que volviera a formar parte de su vida. De que estaba determinada a ser sensata y a mantenerse en su decisión. De que ella no era como las otras mujeres, susceptibles de ser seducidas por las palabras de un hombre... y por su contacto.
Pero había estado equivocada.
En el preciso instante en que su boca tomó contacto con la suya, se sintió perdida. Se descubrió colgada de su cuello, abrazándolo como si no quisiera separarse de él nunca más. Clay era fuerte y sólido. Cálido y familiar. Conocía su aroma y el sonido de su risa.
Cuando sintió el roce de sus labios, Charlie le entregó su boca, le acarició la lengua con la suya. El deseo se tornó líquido. La necesidad la incendiaba por dentro, repentinamente ansiosa de todo lo que él tuviera que ofrecerle.
Clay se apartó para mirarla fijamente a los ojos.
—Dime que me deseas —murmuró—. Dímelo, Charlie. Necesito escuchar las palabras.
Pensó que quizás se lo pedía para asegurarse de que eso

era también lo que ella quería. Quizá porque sabía que ella necesitaba decírselo.

Miró sus oscuros ojos, leyendo la pasión en ellos. La aceptación y quizá incluso el cariño, el afecto.

—Te deseo.

Lo dijo en un murmullo, pero debió de haberle bastado porque soltó un sordo gruñido y volvió a besarla. Más fuerte. Con mayor insistencia. La pasión que sentía en él alimentaba la suya. Su boca reclamó la suya antes de comenzar a descender. Trazó un sendero de besos por su mandíbula antes de moverse hacia la oreja. Cuando alcanzó el sensible lóbulo, se lo mordisqueó hasta dejarla sin aliento.

Apoyó las manos sobre sus hombros, palpando los anchos y poderosos músculos antes de bajar los dedos hasta su pecho. Su limpio y definido dibujo la excitó. Cuando llegó a la cintura de sus vaqueros, le subió la camiseta y acarició su vientre desnudo.

—Espera. Hagamos esto bien —le dijo él, retrocediendo y tomándole la mano.

La llevó por el pasillo hasta el dormitorio. Una vez allí se quitó los zapatos, sacó un paquete de preservativos del bolsillo delantero de los vaqueros y lo arrojó sobre la mesilla.

Charlie se quedó mirando el pequeño paquete, a la espera de experimentar la primera oleada de pánico. Al fin y al cabo, sabía lo que eso quería decir. Lo que seguiría a continuación. Esperó, preparándose para sentir la necesidad de echar a correr. Pero lo único que sintió fue expectación.

Estaba preparada. Preparada para recibirlo en su interior. Lo que le había sucedido antes no tenía nada que ver con aquel hombre. Con aquel momento. Clay había logrado liberarla del pasado.

Volvió a concentrar su atención en él y sonrió.

—Veamos lo que tienes que ofrecerme…

Él se echó a reír y se despojó la camiseta. El resto de su ropa siguió rápidamente el mismo camino, hasta que quedó desnudo ante ella

Estaba ya excitado, apuntándola con su erección. Fue hacia él, tomó su miembro con las dos manos y empezó a acariciárselo. Lo oyó sisear.

Antes de que llegara a alcanzar un ritmo constante, Clay ya le estaba quitando la camiseta, lo mismo hizo con su sujetador y al momento siguiente su boca estaba sobre uno de sus senos.

Succionó con fuerza el duro pezón, y se lo frotó con la lengua antes de mordérselo delicadamente. Sus manos recorrieron su espalda para terminar apoderándose de su trasero, apretándoselo. Ella, a su vez, deslizó los dedos por su cintura hacia sus famosas nalgas.

Clay cambió al otro seno, dejando una mano sobre el que acababa de abandonar. Sus dedos y su lengua parecían trabajar en equipo. Charlie se estremeció, constreñido el pecho, tensos los músculos a la espera de lo que vendría a continuación.

Cuando él se irguió, ella se desabrochó los vaqueros. Las manos de Clay se unieron a las suyas y, juntas, la despojaron del pantalón y de la braga. Luego la tumbó sobre la cama.

Charlie le hizo espacio a su lado, preguntándose si los malos recuerdos escogerían aquel momento para volver, si el pasado regresaría para atraparla una vez más. Pero solo experimentaba deseo por el hombre que se había tendido junto a ella. Y cuando él le abrió los brazos, se refugió deseosa en ellos.

La besó profundamente, enredando su lengua con la suya. Se acariciaron mutuamente, explorando. Charlie deslizó una mano por su costado, bajó hasta la cadera y siguió por su muslo. Él la tumbó de espaldas y se cernió sobre ella.

Al sentir que se apartaba, Charlie abrió los ojos y se lo quedó mirando fijamente.

–¿Estás bien? –le preguntó él.
Ella asintió.
Se inclinó para besarla y volvió a ocuparse de sus pezones. Charlie sintió que se le contraían las entrañas. Entre las piernas sentía tensión, anhelo. Cuando él se arrodilló entre sus muslos, ella los separó de buen grado. Recordaba lo que había pasado la última vez que la tocó allí y estaba deseosa de que repitiera.

Pero en lugar de acercar los dedos a su sexo, se dedicó a besarla descendiendo progresivamente hacia su vientre. Cada vez más baja, su boca se deslizaba por su piel desnuda. Se le puso la carne de gallina. Le rodeó el ombligo y continuó bajando.

Cuando llegó a donde quería llegar, le separó delicadamente los pliegues y la besó justo allí.

Nada la preparó para las sensaciones de su lengua contra su clítoris. Para el estremecimiento que la recorrió. La avidez, la necesidad. Empezó a temblar mientras se le derretían las rodillas y clavaba los talones en el colchón.

La lamió de nuevo. Lentamente. Suavemente, apenas con la suficiente presión para dejarla sin aliento. «Exquisito», pensó, aturdida. «Divino, incluso». Él alzó entonces la cabeza y ella por poco se puso a gimotear.

–Dame tus manos –le dijo.

Tomó sus dedos y la enseñó a abrirse para él. Cuando la tuvo completamente abierta, colocó la boca en su centro y procedió a explorarla a fondo.

Trabajó lentamente, lamiéndola toda ella, introduciendo la lengua para retirarla en seguida. Sopló contra sus húmedos pliegues y rio por lo bajo cuando la sintió estremecerse. Finalmente regresó al botón inflamado y lo acarició todo alrededor. Una, dos veces. Una tercera. Y continuó haciéndolo, hacia delante y hacia atrás, de un lado a otro, a ritmo firme y constante.

Charlie intentó controlar la respiración, pero no pudo. Intentó no gritar, pero se le escapó el grito. Cada vez más cerca del orgasmo, sus músculos internos se contraían, sus caderas percutían. Y él seguía tocándola, empujándola al abismo.

Nunca había experimentado sensaciones como aquellas. Cada célula de su cuerpo, cada centímetro de su piel vibraba de necesidad. Estaba completamente entregada, en sus manos.

El orgasmo la asaltó sin previo aviso. Gritó y empujó contra él, desesperada. Tembló de placer, transportada en la cresta de su clímax.

Él aflojó el ritmo, pero no se detuvo. Por fin cesó el último temblor y Charlie fue capaz de respirar de nuevo.

Clay la besó en el muslo y se apartó. Sentado sobre sus talones, sonrió.

–¿Qué tal?

Hizo un vago gesto con la mano, lo cual requirió un esfuerzo mucho mayor de lo que había imaginado.

–Bien.

–¿Bien? –rio entre dientes. ¿No «estupendo»?

–Acabas de cambiarme la vida.

Clay tenía los ojos brillantes de pasión y seguía absolutamente excitado, pero parecía contento con disfrutar de aquel momento de gloria. Charlie le estaba agradecida: el hombre se merecía todo tipo de elogios. Una oda o dos, o quizá un estadio deportivo que llevara su nombre. Aunque los temblores habían cesado, ignoraba cuánto tiempo tardaría en recuperar la fuerza suficiente para moverse.

Pero, al menos por el momento, yacer en la cama con Clay le parecía una excelente manera de pasar el resto del día.

–Te toca –le dijo ella, estirándose para alcanzar los preservativos.

Clay tomó el paquete, pero no lo abrió.

–¿Estás segura?

Dos sencillas palabras que parecían contener un montón de preguntas. ¿Estaba preparada? ¿Se asustaría? ¿No querría posponer el momento decisivo?

—Completamente —respondió, engarzando la mirada con la suya—. Hace mucho que he dejado de sentir miedo.

Lo cual tenía que ver precisamente con él, reflexionó. Con el cuidado que había puesto en ganarse su confianza y hacerla reír al mismo tiempo.

—Puedo esperar —le advirtió.

—Yo no.

Clay abrió el paquete y extrajo el preservativo. Solo cuando empezó a ponérselo se dio cuenta Charlie de que le temblaban las manos.

Al principio no lo entendió. ¿Por qué habría de estar nervioso Clay? Pero entonces vio lo que antes le había pasado desapercibido. La tensión de sus músculos. No estaba nervioso: estaba excitado. Ansiaba estar con ella tanto como ella estar con él.

Aquel conocimiento reforzó su confianza. Cuando se arrodilló ante ella, instintivamente, Charlie estiró una mano entre sus cuerpos para guiarlo hacia su sexo.

Clay empujó lentamente, centímetro a centímetro. Probablemente para darle tiempo a que se habituara a él, pero tuvo el beneficio añadido de incrementar su expectación. Fue dilatándola conforme se hundía más y más profundamente. La sensación la excitó, deseosa como estaba de sentirlo hasta el fondo, todo él.

Lo cual no tardó en producirse: de repente estaba dentro de ella. Permaneció así durante varios segundos.

—¿Todo bien? —volvió a preguntarle Clay, apretando los dientes.

Ella le sonrió, consciente de la intimidad del momento, admirada y deseosa de completar lo que había empezado.

—Demuéstrame lo que vales, vaquero.

Clay soltó una carcajada medio estrangulada y se retiró con lentitud. Cuando empujó de nuevo, Charlie arqueó las caderas hacia delante para recibirlo más profundamente. Lo oyó soltar el aliento con un siseo. Los brazos habían empezado a temblarle.

Percibió que se contenía, esforzándose por ser tierno. Le tocó los hombros.

—No estoy asustada. Todo va bien. Hazme lo que quieras —vio que negaba con la cabeza y le apretó los tensos músculos—. Hablo en serio. Estoy perfectamente. ¿Realmente quieres que informe al pueblo entero de que tu actuación ha resultado decepcionante?

Aquello le arrancó otra carcajada.

—Está bien —asintió—. Iremos a por ello, pero si te sientes incómoda, dímelo y me detendré.

Él también, pensó Charlie, cerraría los ojos para disfrutar mejor de las sensaciones. O se detendría y empezaría de nuevo tantas veces como ella se lo pidiera. Sufriría y se sacrificaría para que ella se sintiera segura.

Probablemente habría más cosas buenas que podía pensar de él, pero justo en ese momento, Clay empezó a moverse y ella se quedó demasiada distraída por las sensaciones para hacer otra cosa que sentir.

Hizo lo que ella le había pedido y comenzó a moverse más rápidamente, empujando hacia dentro y hacia fuera. Ganó cada vez más velocidad hasta que se tensó de pronto y gruñó. Charlie enredó las piernas en torno a sus caderas, apretándolo contra sí y paladeando su orgasmo.

Incluso al final se mostró tierno. No descargó su peso sobre ella, probablemente para que no se sintiera atrapada, agobiada. Rodó a un lado, arrastrándola consigo. Quedaron frente a frente.

—No está mal para una novata —le comentó él.

Charlie se lo quedó mirando fijamente y se echó a reír. La risa se presentó acompañada de una sensación que le abrigó el alma. Aquella fría y rabiosa herida había quedado finalmente curada.

Capítulo 13

Dominique pasó media taza de azúcar moreno a May, que lo vertió en el cuenco para disolverlo en la mezcla.
—No entiendo —dijo—. Yo creía que la visita estaba yendo bien. Solo estaba intentando ayudarla. Salvarla.
May rompió un huevo sobre la masa y recogió el cucharón de madera.
—¿Diciéndole que Clay es demasiado bueno para ella? Yo, que soy su madre, me habría sentido ofendida.
Dominique se puso a pasear de un lado a otro de la pequeña y anticuada cocina. Aquella casa necesitaba una buena reforma. El mobiliario del salón era horrible. A pesar de ello, no dejaba de resultar extrañamente hogareña. No se parecía en nada a ninguna de sus residencias, espléndidamente decoradas, pero allí latía algo que trascendía las apariencias.
—Yo quería ayudarla —insistió Dominique, preguntándose por qué a los demás les costaba tanto entender su posición. Había dicho la verdad. ¿Por qué tenía que ser ella la mala de la película?
—Las buenas intenciones no excusan los malos comportamientos —le espetó May, brusca—. Ha herido los sentimientos de Charlie. Fue cruel e irreflexiva con ella.
Dominique reaccionó indignada.
—¿Cómo puede decirme eso?

–Disculpe, solo estaba intentando ayudarla, como usted misma acaba de decirme.
Dominique abrió la boca y volvió a cerrarla.
–No ha sido una lección muy sutil.
–No pretendía ser sutil. Por cierto, que por lo que se refiere a las relaciones personales, creo que a usted le pasan desapercibidos los detalles más sutiles –su expresión se suavizó–. Piense en cómo debieron de sonarle sus palabras a Charlie. Ella no percibió su preocupación. Lo único que percibió fue su crítica. Usted es su madre. Se supone que debería estar de su lado. Y sin embargo usted va y le suelta que no es ni lo suficientemente bonita ni lo suficientemente especial. A mí me gusta mucho Charlie. Por lo que a mí respecta, Clay sería un hombre muy afortunado de tenerla en su vida.
–Pero está tan rara con ese pelo tan corto... No se maquilla y preferiría morir antes que ponerse un vestido.
May se echó a reír.
–¿Y? Es leal y cariñosa. Arriesga cada día su vida en su trabajo. Si hace eso por desconocidos, imagínese lo que haría por su marido o por sus hijos. ¿Por qué no habría de desear esa misma lealtad y esa devoción para mi hijo y para mis nietos?
¿El carácter por encima del aspecto? Dominique reflexionó sobre el concepto.
–Está diciendo que no le importa que no sea bella.
May alcanzó la taza de medir llena de mantequilla de cacahuete.
–Estoy diciendo que Charlie es bella en aspectos que me importan mucho más.
–Mi criterio es más sencillo –replicó Dominique.
May volvió a echarse a reír.
–Estoy segura, pero eso no la ayudará en su relación con su hija.
Eso era cierto. Dominique pensó en las furiosas palabras que Chantal le había dirigido a gritos. Sobre la violación. Sus acusaciones le habían hecho sentirse incómoda,

como si hubiera estado equivocada, pero, al mismo tiempo, aquel chico de la universidad había sido tan claro en sus explicaciones... Había dicho que Chantal lo había estado siguiendo por el campus, como si hubiera tenido un flechazo con él. Eso había tenido mucho más sentido que lo contrario. Pero si realmente se había equivocado, la conclusión era que había abandonado a su hija precisamente cuando más la había necesitado ella.

–Hay un antiguo lema de la medicina que creo que es perfectamente aplicable a la vida –le dijo May–. Primero que nada, no hacer daño. Creo que podría ser un buen lugar por donde empezar.

–¿No herir sus sentimientos? –inquirió Dominique, sabiendo ya la respuesta a su pregunta–. Puedo intentarlo. ¿Qué más?

May señaló el cuenco.

–A mí no me gustan las galletas de mantequilla de cacahuete. Pero a Shane y a Clay sí. Por eso las hago. Porque es una manera que tengo de demostrar a mis hijos lo mucho que los quiero. Si quiere usted recuperar a Charlie, necesita ofrecerle algo. Una relación que sea positiva para ella. Todos queremos tener gente a nuestro alrededor que nos haga sentirnos bien con nosotros mismos.

–¿Pero no debería ser ella la que hiciera eso por mí? Yo soy su madre.

–Es usted la que quiere volver a conectar con ella.

Dominique quiso señalarle que aquello no era justo, pero sospechaba que May no se dejaría impresionar por su argumento.

Desvió la mirada hacia la ventana y vio una camioneta blanca entrando en la propiedad. El vehículo no se detuvo ante la casa.

–¿Quiénes son? –inquirió, señalándolo.

May alzó la vista.

–Arqueólogos. Resulta que tenemos un antiguo cementerio Máa-zib en la propiedad. Todo un descubrimiento.

Los huesos antiguos no le interesaban a Dominique. Ella tenía problemas más actuales.
—No sé qué hacer —admitió—. Durante toda mi vida solo me he preocupado de mí misma. Y de Dan. Lo amaba —pero había sido él quien la había cuidado a ella.
—Sospecho que le va a costar menos de lo que se imagina.

Charlie estaba monitoreando la carrera de obstáculos que había preparado. Aunque no formaba parte de la prueba CPAT, desarrollaba la agilidad y la resistencia, dos cualidades que necesitarían adquirir los futuros bomberos. Con un cronómetro en una mano, dio la orden al siguiente voluntario para que avanzara.
Habitualmente disfrutaba con la carrera de obstáculos. Podía disponerlos de maneras distintas, para que presentaran desafíos diferentes. Todo el mundo luchaba contra el tiempo para superarse a sí mismo. Pero ese día no parecía capaz de concentrarse. No con Clay cerca.
Era la primera vez que lo veía desde que hicieron el amor. Era demasiado consciente de él y, peor aún: temía que cada persona en un radio de quince kilómetros a la redonda supiera lo que habían hecho.
Decirse a sí misma que solo se estaba imaginando cosas no la ayudaba en nada. Lógicamente sabía que Clay se estaba comportando como siempre y que incluso aunque ella fuera la única en sentirse extraña, los voluntarios estaban más preocupados por hacer bien la prueba que por los tics o las subrepticias miradas que pudiera lanzar.
Aun así, no sabía qué hacer. ¿Debería mirarlo? Incluso el hecho de estar allí de pie, soplando el silbato, le hacía sentirse demasiado consciente de sí misma.
—¡Siguiente! —gritó.
Clay esperaba en la línea de salida. Llevaba un pantalón corto y una camiseta que dejaba al descubierto sus perfec-

tos abdominales. Charlie recordaba bien el contacto de aquella piel bajo sus dedos. Y también la sensación de Clay llenándola con cada profundo y apasionado embate de su...

–¿Charlie?

–¿Eh? Ah –sopló el silbato y Clay salió disparado. Maldijo para sus adentros.

Se las arregló para pulsar el cronómetro. Antes de que pudiera decidir si observarlo o no, sonó su móvil. Se lo sacó del bolsillo y miró la pantalla.

Su madre.

Dominique la había estado llamando todos los días. Charlie había estado evitando las llamadas. Esa vez no iba a ser distinto y pulsó el botón correspondiente antes de volver a guardarse el móvil en el bolsillo. Sonó de nuevo.

–Dadme un momento –masculló, mirando la pantalla. Esa vez no era el número de su madre. Era el de la centralita del 911–. ¿Sí? –ladró, sabiendo que no la habrían llamado a no ser que hubiera surgido algún problema.

–Fuego de campo al norte del pueblo –informó la operadora–. La dotación ya está en la zona. ¿Puedes acercarte?

Charlie pensó en lo que tardaría en volver al cuartel a por su equipo y llegar luego a la zona.

–Veinticinco minutos –respondió mientras indicaba a los voluntarios que se acercaran–. Hay un incendio. Tengo que irme –les dijo–. Si queréis acompañarme, podéis hacerlo, pero tendréis que respetar las reglas. Primero: quitaos de en medio para no entorpecer a nadie... –fue recitando el resto de las normas mientras se dirigía a su camioneta–. Si alguien rompe una sola, quedará fuera de la selección.

Subió a su camioneta y ya había salido del aparcamiento antes de que los demás hubieran tenido tiempo de sacar las llaves de sus vehículos. Mientras conducía, pensó en llamar a Clay. Pero su promesa de ayudarlo no había ido más allá de garantizarle un trato justo y equitativo. Y no iba a hacer nada que eso. No a no ser que estuviera dispuesta a hacer lo mismo por todos los demás.

Lo que más sorprendió a Clay del incendio fue el sonido. Había esperado el calor y el humo, pero no el sonido, el fragor. Los crujidos de los árboles al romperse, el propio rugido de las llamas. El siseo del agua, los gritos de los bomberos. El rumor de las bombas, el ruido metálico de las bocas de las mangueras. Un caos controlado reinando en un infierno de ruidos.

Se hallaba con los demás voluntarios detrás de los tres camiones autobomba. Siguiendo las órdenes de Charlie, lo observaban todo sin entorpecer los trabajos. Clay había estado haciendo sus deberes y fue capaz de reconocer a los bomberos de las diferentes brigadas del pueblo por sus números. A pesar del equipo que llevaban, reconoció incluso personalmente a unos cuantos. Con Charlie no le costó nada. Era la más alta y no paraba de ladrar órdenes a los demás.

Volvió a concentrar su atención en el fuego, consciente de que el humo había cambiado de negro a gris, señal de que los bomberos lo estaban controlando. Cuando el frente de combate se adelantó, los voluntarios también se movieron, cuidando de no cruzarse en el camino de nadie.

La capitana Fargo pidió a gritos una manguera de cinco centímetros. Clay estaba al lado del carro del camión y se la entregó a la bombera que acudió corriendo a recogerlo, antes de hacerse a un lado.

La tarde era cálida y despejada, el cielo azul resplandecía por encima de la columna de humo. A su izquierda, un árbol estalló de pronto proyectando chispas en todas direcciones. La hierba que había junto a una mesa de picnic se incendió.

–¡Palas! –grito Clay, agarrando dos con cada mano y pasándoselas a los demás–. ¡Por allí!

Se dirigió a la hierba y empezó a palear tierra sobre las llamas. Los demás lo siguieron, imitándolo. En menos de un minuto, el fuego estaba apagado.

–Mirad alrededor a ver si hay más zonas calientes –les dijo–. Pero manteneos alejados.

Los voluntarios revisaron la zona en un círculo cada vez más amplio y cubrieron con tierra algunas hojas que todavía ardían. Una vez que comprobaron que el resto de la zona era seguro, recogieron todas las palas y volvieron al camión.

La capitana Fargo se acercó entonces a él y lo agarró del brazo.

–¿Qué diablos crees que estás haciendo?

–Había un fuego de pasto –señaló el carbonizado tronco del árbol y le explicó lo que había sucedido–. Lo apagamos. Barrimos luego una zona de diez metros a la redonda en busca de brasas. Localizamos algunas hojas ardiendo y las cubrimos con tierra. Ahora estoy devolviendo las palas a su sitio para que estén disponibles en caso necesario.

La capitana se lo quedó mirando fijamente.

–Buen trabajo –dijo al fin–. Y ahora quítate de en medio.

–A la orden.

La capitana enarcó las cejas. Luego sacudió la cabeza y se alejó.

En el cuartel de bomberos, Charlie rodeó el camión autobomba revisando que todo estuviera en su lugar. Michelle Banfield se le acercó.

–Ya sabes que este no es tu turno

–Sigue siendo mi camión.

–No cuando estás trabajando.

–Minucias.

Olivia Fargo se acercó también.

–Fantástico. Las primeras investigaciones indican que unos despistados causaron el incendio.

Michelle soltó un gruñido.

–Déjame adivinar... Se marcharon sin dejar bien apagado su fuego de campamento.

Olivia se encogió de hombros.

–Eso es lo que parece. Sabremos más dentro de unos días –se volvió hacia Charlie–. Gracias por venir. Necesitábamos ayuda. Trajiste a los voluntarios.

–Estaba trabajando con ellos. Pensé que podría ser una buena oportunidad de que nos vieran trabajar. Les dejé claras las reglas.

Se preparó para lo que seguiría a continuación. Ya se había enterado de que Clay había estado organizando a los demás para combatir un pequeño fuego de pasto. Aunque al parecer había hecho todo como había que hacerlo y había devuelto el equipo a su lugar, no estaba segura de que la capitana lo viera de la misma forma. Todo el mundo sabía que la regla más importante era mantenerse fuera de peligro. Y eso era algo que no había hecho Clay.

–¿Te enteraste de lo del fuego de pasto? –le preguntó Olivia.

Charlie asintió con la cabeza.

–Ya le dije que había hecho un buen trabajo. Permaneció tranquilo... y se hizo cargo de la situación. Se aseguró de que su gente no corriera riesgos y luego volvió a dejar el equipo en su sitio –sonrió–. Estaba equivocada con él, Charlie. Tú te empeñaste en darle una oportunidad y tenías razón.

–Gracias –se cuidó muy mucho de mantener una expresión neutral, indiferente. Nadie necesitaba saber que estaba bailando de alegría por dentro.

–Creo que será uno de los mejores del equipo –continuó Olivia.

Michelle se volvió de repente hacia un lado.

–Ah, ahí está. La señal. Clay se dirige hacia las duchas. Quiero disfrutar del espectáculo.

Charlie sintió que se le encogía el estómago. Pero antes

de que pudiera reaccionar, la capitana se plantó frente a Michelle. Frunció el ceño y la fulminó con la mirada.

—Debo de haberte entendido mal, Michelle. Porque estoy segura de que tú habrías puesto el grito en el cielo si a un hombre se le hubiera ocurrido espiarte en la ducha. Clay Stryker es ahora uno de los nuestros. Le demostrarás pues el mismo respeto que demuestras a cualquiera de nuestros compañeros y compañeras. O a cualquier miembro de la comunidad, ya puestos. ¿Te ha quedado claro?

Michelle se ruborizó y agachó la cabeza.

—Perfectamente claro.

Olivia suspiró.

—Bien. Voy a asegurarme de que nadie más haya tenido tu brillante idea.

Charlie soltó el aire que había estado conteniendo.

Michelle esperó a que la capitana se hubiera marchado para quejarse, con las manos en las caderas:

—Yo solo quería mirar...

—Creo que eso es ilegal en los cincuenta estados de este país.

—Pero es que es tan perfecto...

Charlie evocó sus caricias, sus besos. El placer que le había hecho sentir.

—Efectivamente lo es.

El viaje de regreso fue para Clay una especie de anticlímax. Ciertamente no iba a postularse para superhéroe, con derecho a capa voladora y todo. Pero tenía la sensación de que se merecía algo parecido.

Había sido un día estupendo. Observar a los bomberos trabajando lo había llenado de euforia. Y ser capaz de hacer algo al respecto y de ayudar había sido todavía mejor. Pero lo mejor de todo había venido cuando la capitana le dijo que había hecho un buen trabajo.

Estaba acostumbrado a que lo halagaran. Sin embargo,

todos los elogios que había recibido se habían limitado a su aspecto: algo de lo que él no había sido responsable. Claro que había hecho deporte y se había cuidado, pero su aspecto era simplemente un fruto del azar. El azar le había regalado unos determinados genes, nada más. Pero apagar aquel fuego de pasto, hacerse cargo de la situación y resolver bien el problema tenía que ver con la persona que era por dentro.

Aparcó en el rancho. Mientras bajaba de la camioneta, vio a Nate entrando en el establo. Aunque no era nada inusual, no le gustó la mirada que lanzó hacia atrás, como si estuviera escondiendo algo.

Clay entró en el establo. Sus ojos tardaron un segundo en acostumbrarse a la oscuridad. Cuando lo hicieron, casi se arrepintió de ello.

Nate estaba con una chica colgada de su cuello. A Clay no le importaba que su director de granja tuviera amigas. El problema era la edad de la amiga en cuestión. Más que una chica, parecía una niña. Dudaba que tuviera edad suficiente para conducir.

—Buenas tardes.

La pareja se separó de golpe. Nate se volvió hacia él y tragó saliva.

—Hola jefe....

—Soy Clay Stryker —se acercó a ellos, presentándose a la chica.

La joven, una preciosa rubia de grandes ojos azules, sonrió tímida.

—Hola, soy Candee.

—Encantado de conocerte, Candee. Necesito hablar un momento con Nate. ¿Querrás disculparnos?

Candee asintió con una risita. Clay agarró a Nate del brazo y se lo llevó al otro extremo del granero.

—No voy a entrar en el hecho de que deberías estar trabajando —gruñó—. ¿Qué diablos estás haciendo con una chica tan joven?

Nate reaccionó indignado.
—Tiene más de dieciocho años.
—¿Estás seguro?
—Ella me juró que sí.
—¿Te molestaste en confirmarlo?
Nate liberó su brazo de un tirón.
—Es de mi vida personal de lo que estamos hablando. Yo dirijo tu granja. Con quien salga o deje de salir es asunto mío.
—No en horas de trabajo —se interrumpió para recordarse que enfadándose no contribuiría a arreglar la situación—. Este es un pueblo pequeño, Nate. Eres nuevo aquí. Si no quieres acabar linchado por una multitud de furiosas madres armadas con horcas o algo peor, necesitas tener un poco de cabeza. Buscarte a alguien de tu edad. O al menos que haya acabado el instituto —se volvió para lanzar una mirada a la chica—. Si tiene menos de dieciocho, date por despedido.
Nate se quedó pálido.
—No, jefe. No me diga eso. Estoy seguro de que no es una menor. Necesito realmente este trabajo.
—Pues debiste haber actuado en consecuencia.
Nate asintió.
—Tiene usted razón. No volveré a verla.
Clay volvió entonces al lado de Candee.
—Necesito ver tu licencia de conducir.
La chica parpadeó extrañada.
—¿Por qué?
—Hazme el favor.
Candee abrió su bolso y extrajo su cartera. Clay se inclinó para leer la fecha. Evidentemente la suerte estaba de parte de Nate: Candee había cumplido los dieciocho justo el mes anterior.
—Lo dicho. Encantado de haberte conocido, Candee.
—Lo mismo digo —se lo quedó mirando—. ¿Es usted quien dicen que es? ¿El modelo?

—Ya no.
Lanzó una rápida mirada a Nate. Luego volvió a mirar a Clay y bajó la voz.
—¿Quiere mi número?
—Estoy con alguien.
—¿Es más bonita que yo?
La pregunta fácil del día. Pensó en Charlie ataviada con su equipo, gritando instrucciones y combatiendo un incendio. Asintió con la cabeza.
—Es espectacular.
—Si cambia de idea, trabajo a tiempo parcial en la panadería.
—Bueno es saberlo.
Acto seguido, sintiéndose varias décadas mayor que sus treinta y un años, se alejó. Una vez fuera, se volvió hacia el establo y se preguntó si la decisión de contratar a Nate no terminaría volviéndose contra él para morderlo en el trasero.
Una frase de lo más apropiada.

Capítulo 14

Dominique subió con esfuerzo las maletas vacías encima de la cama. Justice, su guardaespaldas, se había ausentado por unas semanas. En realidad lo había dejado marchar porque ambos sabían que no tenía nada que hacer allí. Cuando regresara de su misión, ella se vería obligada a enfrentarse a la verdad sobre su carrera. Que ya no era famosa. Que no tenía admiradores, y que si había alguien que la recordara, probablemente sería algún octogenario que difícilmente podría representar una amenaza para su seguridad.

Se le llenaron los ojos de lágrimas, que se enjugó furiosa. Había llorado más durante aquellos últimos meses que en toda la década pasada, y ya era hora de terminar con aquella indecorosa exhibición de debilidad. Había sobrevivido a un cáncer y sobreviviría al rechazo de su hija. La gente podía pensar que las bailarinas de ballet eran criaturas delicadas, pero Dominique estaba en el secreto: detrás de su aspecto había puro acero, y además ella había sido la mejor.

Retomaría su vida y encontraría alguna manera de sentirse menos sola. Quizá se metería a voluntaria o leería cuentos a los huerfanitos. O tomaría un amante. Aunque, en verdad, no quería relacionarse con ningún hombre. Dan había sido el único amor de su vida y, cuando murió, su corazón había muerto también con él.

«Haré amigos entonces», se dijo mientras trasportaba el contenido de los cajones de los armarios a las maletas. Incluso un mono tenía amigos. De algún modo aprendería a hacerlo. Estaba obligada a ello; de lo contrario, moriría sola. Sola de verdad.

Alguien llamó de pronto a la puerta de la suite.

Dominique atravesó el salón y abrió la puerta para encontrarse con la alcaldesa y con otra mujer a la que no conocía.

–Hola –la saludó Marsha Tilson, entrando en la suite–. Dominique, te presento a Denise Hendrix. Vive aquí, en Fool's Gold.

–Encantada de conocerla –pronunció Denise con una cariñosa sonrisa.

Dominique asintió. Denise debía de tener unos cincuenta y tantos años. Bastante bonita, de una belleza natural, nada sofisticada. Vestía de manera informal: vaqueros y blusa de manga larga, pero de una sencillez elegante, que le sentaba muy bien.

–¿En qué puedo ayudarlas? –inquirió mientras se preguntaba a qué habrían venido y cuánto tiempo se quedarían. Tenía que hacer el equipaje y le esperaba un largo trayecto en limusina hasta el aeropuerto de Sacramento. Desde allí volaría a Nueva York, a lamer sus heridas.

–Parece que está usted pensando en marcharse –empezó Marsha, tomando a Dominique de la mano y llevándola hasta el sofá.

Dominique se sentó, mirándola asombrada.

–¿Cómo se ha enterado? Apenas hace unas horas que he tomado una decisión.

–Soy muy intuitiva. Sé que su relación con Charlie está siendo muy difícil.

Denise tomó asiento en un sillón mientras las contemplaba en silencio. Dominique ignoraba por qué la alcaldesa se había traído consigo a su amiga, pero decidió continuar con la conversación a la espera de que se marcharan.

—Peor que difícil –la corrigió–. Imposible. Por eso me marcho.

Desde la última discusión, su hija había estado ignorando sus llamadas. Dominique se había pasado por su casa dos veces. Aunque tenía la camioneta aparcada delante, Chantal se había negado a abrirle la puerta.

Dominique se había visto obligada a retirarse. Solo ahora se daba cuenta de que había descuidado su relación durante demasiado tiempo. No tenían nada en común. Aunque no acababa de entender todo lo que le había dicho May, estaba ya convencida de que había sido al menos parcialmente responsable del abismo que se había abierto entre su hija y ella. Sabía también que se había equivocado con lo de la violación. Cuando más había necesitado Chantal de su amor y de su apoyo, lo único que ella le había ofrecido habían sido críticas.

—Yo tenía una hija –le confesó de pronto Marsha–. Una niña dulce a la que terminé alejando de mi lado por culpa de la absurda disciplina y las excesivamente estrictas reglas que yo le impuse. Tuvo una adolescencia difícil, por decirlo de una manera delicada. La cosa se complicó, ella se marchó de casa y se negó a verme más. La perdí por lo muy estúpida que fui.

Dominique la miraba de hito en hito.

—¿Cómo es posible? Usted no es así.

—Fue hace mucho tiempo –admitió Marsha con una triste sonrisa–. La dejé marchar y para cuando me di cuenta de que la había perdido, ella ya no quería tener nada que ver conmigo. Murió joven y yo nunca llegué a tener esa segunda oportunidad –desvió la mirada y suspiró profundamente, antes de volverse de nuevo hacia Dominique–. Usted todavía tiene a Charlie. Está aquí. No se rinda. Porque una nunca sabe lo que terminará deparándole la vida.

Dominique pensó en el cáncer que había vencido y en lo muy asustada que se había sentido. Sabía que el diagnóstico habría podido resultar negativo. Chantal tenía un trabajo peligroso. ¿Y si algo le sucedía...?

Denise se inclinó entonces hacia Dominique.

—Sé que usted no sabe nada sobre mí —sonrió—. Pero tengo la sensación de que la alcaldesa Marsha quería que yo la acompañara en esta visita porque tengo seis hijos. Si me hubiera conocido cuando era más joven, lo mismo le habría suplicado que se quedara con unos cuantos... Al menos por un fin de semana.

Dominique parpadeó sorprendida.

—¿Seis hijos? ¿Conscientemente?

Denise se echó a reír.

—No exactamente. Los últimos fueron trillizas. Fue algo... inesperado, por decirlo de alguna forma. Pero maravilloso.

¿Seis? Dominique no podía ni imaginarse lo que debió de haber sido eso. Aquella mujer no tuvo que haber disfrutado de un solo momento de tranquilidad. Aunque tenía que admitir que durante sus últimos años había habido demasiada tranquilidad en su vida...

—Yo no le caigo bien a Chantal —declaró rotunda, sabiendo que carecía de sentido eludir la verdad—. Piensa que soy egoísta y cruel.

—¿Lo es? —le preguntó Marsha con tono suave.

Dominique se tensó. Estaba a punto de protestar cuando se dio cuenta de que era inútil. Estaba ya a punto de marcharse. ¿Para qué preocuparse de lo que esas mujeres pudieran pensar de ella?

—Quizá un poco —admitió—. Egoísta sí que soy. Soy una artista. Mi carrera es lo primero. Aunque, evidentemente, ya ha terminado.

—Podría empezar por llamarla Charlie —le sugirió Denise—. Es así como se llama ella y como le gusta que la llamen.

—Ya me lo dijo. Charlie es un nombre horrible.

—Ella diría lo mismo de Chantal.

Dominique apretó los labios. La tal Denise se estaba pasando de la raya.

—Yo lo que puedo decirle sobre tener hijos —suspiró Denise— es que una madre siempre recibe mucho más de lo que da. Sé que ahora mismo su relación con Charlie es difícil, pero ella es una mujer maravillosa, generosa, con un gran corazón. No creo que le cueste mucho hacerle cambiar de idea. Dígale que se equivocó y que lo siente. Pídale una segunda oportunidad. Si la quiere de verdad, si es sincera, ella se la dará.

Dominique quiso señalarle que Chantal también necesitaba disculparse. Después de todo, había sido Chantal quien se había alejado de su lado. Pero ya había ensayado antes ese argumento y a nadie parecía importarle las injusticias que se cometían contra ella.

Pensó en lo que May le había dicho. Su consejo había sido que cuidara a Chantal. Eso era lo mismo que le estaba diciendo Denise, también. Sus años de experiencia como bailarina le habían enseñado que si más de una persona le hacía la misma crítica, debería escucharla y rectificar. Quizá debería aplicar la lección a su situación actual.

Marsha le tocó la mano.

—¿Qué tiene que perder, Dominique?

Pensó en el silencio y se dio cuenta de que solo había una respuesta.

—Nada.

—Llevas el mejor caballo —le dijo Clay.

Charlie se echó a reír.

—Es que soy mejor jinete. Reconócelo, chico guapo. No eres el mejor en todo.

—Yo nunca dije que lo fuera.

—Está implícito. En la manera de que tienes de contonearte cuando caminas, por ejemplo.

Clay sonrió.

—Te gusta mi contoneo.

La habitualmente competente y pragmática Charlie Dixon volvió la cabeza, pero no antes de que él viera su rubor. Clay se rio entre dientes. La había pillado. No quería admitirlo, pero él lo sabía y ella también. Y lo mejor de todo era que ella también lo tenía pillado a él.

Guiaba su caballo al lado del de Charlie, por el sendero que recorría la valla del rancho. El día era cálido, con algunas nubes blancas atravesando el cielo azul. Arriba, en las montañas, las primeras hojas de los árboles empezaban a amarillear. El otoño se acercaba con rapidez.

—Esta semana tendremos ya plantada la alfalfa de otoño.

Lo miró.

—Tu primera cosecha.

—Será buena. Las previsiones meteorológicas hablan de un retraso en las heladas, así que incluso aunque tuviéramos que volver a arar, nos daría tiempo. Para sobrevivir, la planta necesita seis semanas de crecimiento antes de que llegue la primera helada.

—Se ve que te has documentado bien.

—Quiero saber lo que estoy haciendo. Nate es el profesional, pero yo tomo las decisiones.

Su director de granja no era un tema que quisiera abordar. La situación con Candee todavía le molestaba. Pero Nate le había jurado que no volvería a frecuentar a la adolescente. Clay había aceptado darle otra oportunidad y se atendría a su palabra. El problema era que su estómago seguía diciéndole otra cosa.

—Pronto te convertirás en el rey de la alfalfa de Fool's Gold —se burló ella—. No tendrás tiempo para hacer de bombero voluntario.

—Sacaré tiempo. Mi compromiso es serio, Charlie.

Vio que ella dejaba de sonreír.

—Lo sé. No estaba diciendo que no lo fueras a cumplir. Te portaste muy bien en el incendio, Clay. Todo el mundo se dio cuenta. Seguiste las instrucciones, te hiciste cargo de la situación y luego te retiraste.

Su elogio lo agradó.

–Escucho lo que me dicen.

–Una rara calidad en un hombre.

Continuaron cabalgando durante cerca de un kilómetro, hasta que Charlie frenó su montura.

–¿Te apetece un descanso?

–Claro.

Desmontaron y dejaron los caballos a la sombra. Clay se sentó en la hierba frente a ella, para poder verla bien mientras hablaban.

La leve brisa le despeinaba el corto cabello. Descubrió un par de pecas en sus mejillas y un brillo de diversión en sus ojos azules. No era bella en el sentido convencional del término, pero cuanto más tiempo pasaba con ella, más atractiva la encontraba. Y más sexy.

–Te has quedado mirándome –le dijo ella.

–Me gusta la vista.

Charlie estiró una mano y lo golpeó en el brazo. El golpe fue lo suficientemente fuerte como para llamar su atención.

–Deja de hacerlo –insistió ella–. Te estás poniendo muy tonto.

–No puedes soportar que te trate como una chica en vez de como un chico.

–Tal vez.

Su reconocimiento lo sorprendió.

–¿Secuelas de la violación?

–No. Desde que tenía catorce años me negué a ser una ñoña.

–Hay una diferencia entre ser ñoña y ser femenina.

–No tanta.

–Tú eres una mujer fuerte, Charlie. No necesitas estar siempre a la defensiva. Está bien exhibir las otras facetas de tu personalidad de cuando en cuando.

Charlie arrancó una aguja de hierba del suelo y se la arrojó.

—No pienso ponerme un vestido.
—Nadie te lo está pidiendo. Yo prefiero que no lleves nada en absoluto —le agarró la muñeca para atraerla hacia sí.

Había imaginado que se resistiría, pero, en vez de ello, se inclinó hacia él. Tiró un poco más hasta que le hizo perder el equilibrio, momento que aprovechó para tumbarse y arrastrarla consigo.

Quedó tumbada encima de él, con su mirada engarzada con la suya. Todo en Charlie le atraía, pero esa vez no pensaba llevar la iniciativa. Iba a dejar que la tomara ella.

—Puedes besarme.

Charlie enarcó las cejas.

—¿Puedo?

—Claro —abrió los brazos y juntó las manos detrás de la cabeza—. No pienso moverme de aquí.

—También te puedo dar una paliza.

—Tú sueñas —sonrió—. Aunque, si estuvieras desnuda, sí que funcionaría. Me dejaría pegar.

—Eres un hombre extraño.

—No. La mayoría de los hombres piensan en mujeres desnudas. Sobre todo cuando se trata de las mujeres con las que quieren tener sexo —necesitaba tocarla, pero se contenía.

Charlie lo fulminó con la mirada.

—Seguro que tú nunca has pensado en mí desnuda.

—Claro que sí. Y en mis imágenes mentales estabas estupenda, por cierto.

Masculló algo que Clay no logró oír antes de suspirar profundamente.

—Me vuelves loca.

—Bien. Ahora cállate y bésame.

Lo sorprendió al hacer justamente eso. Inclinándose, presionó los labios contra su boca.

Sus labios eran cálidos, invitadores. Empezó a besarlo lentamente, como si estuviera buscando el camino. Hasta entonces había sido siempre él quien había llevado la iniciativa, quien había dado los pasos necesarios.

Permaneció inmóvil, incluso cuando empezó a sentir un cosquilleo en los dedos de las ganas que tenía de sentir su piel. Ansiaba deslizar las manos arriba y abajo por su espalda, encontrar lugares todavía más interesantes y detenerse en ellos. Pero, en lugar de ello, se obligó a relajarse, a dejar que ella dominara la situación.

Continuó besándolo con ternura en la boca, y prosiguió luego por su mandíbula hasta llegar al cuello. Le desabrochó los botones de la camisa y exploró su pecho con los labios y la lengua. La sensación de sus dientes en el pezón le provocó una descarga eléctrica por todo el cuerpo. La sangre ya se estaba concentrando a toda velocidad en su entrepierna.

Charlie le sacó la camisa de los vaqueros y acto seguido se sentó sobre sus talones para contemplarlo.

–¿Vas a quedarte ahí tumbado? –le preguntó.

–Ajá.

Ella ladeó la cabeza y apoyó una mano sobre su erección.

–¿Puedo hacer lo que quiera?

–Aunque me mates.

Ella rio entre dientes.

–No te quiero muerto.

–¿Qué quieres?

El color tiñó las mejillas de Charlie, pero no desvió la vista.

–¿Has tenido la buena idea de traer preservativos?

–Oh, sí. Están en el bolsillo delantero de la camisa.

Estiró la otra mano hacia su bolsillo y extrajo los dos sobres.

–Eres ambicioso.

–Soy optimista.

–Estamos al aire libre –miró a su alrededor–. Cualquiera podría vernos.

–No hay nadie por aquí. Además, te gustará.
Charlie volvió a concentrar su atención en él.
–¿Y de verdad que no vas a hacer nada?
–Voy a entrar dentro de ti, Charlie. Contigo encima.

Pensó que aquellas palabras suyas ofrecían dos posibilidades sobre el desarrollo de aquella tarde. Si Charlie aún seguía luchando contra sus demonios, aquella imagen verbal podía ahuyentarla. Pero la mujer que conocía y admiraba era dura y resistente. Tenía un lado sexual que había reprimido durante una década. Contaba por ello con que su cuerpo ganara finalmente la batalla. Si llevaba razón, podía prepararse para una buena cabalgada.

Ella se lo quedó mirando fijamente durante un buen rato. Al fin, se encogió de hombros.

–Está bien.

Dicho eso, se sacó la camisa por la cabeza y se desabrochó el sujetador. Antes de que Clay pudiera pestañear, se había quitado las botas. Los vaqueros y la braga siguieron el mismo camino. Finalmente se irguió ante él, bella y desnuda, con el sol dorando su piel.

El miembro de Clay latía de puro deseo. Maldijo por lo bajo, pero no se movió. Las reglas eran las reglas: quien mandaba era ella.

Volvió a arrodillarse junto a él y estiró una mano hacia su cinturón. Cuando terminó de soltárselo, trabajó con el botón del pantalón. Clay contemplaba sus movimientos, deseoso de sentir sus manos sobre su cuerpo. Luego ella cambió de posición para quitarle las botas.

–Vas a tener que ayudarme un poco –le dijo mientras empezaba a tirarle de las perneras del pantalón.

«Las reglas son las reglas. Pero también están hechas para romperse», se dijo Clay mientras se bajaba los vaqueros y el calzoncillo, se los quitaba y los arrojaba a un lado. Acto seguido volvió a quedar nuevamente tendido sobre la hierba, con las manos detrás de la cabeza, inmóvil.

Charlie se quedó mirando su erección.

—Bueno, ¿qué hago ahora?
—Abre las piernas, colócate encima y déjate caer.
Clay era consciente de que los dos estaban desnudos. De que sus senos estaban al alcance de sus manos y de que en cualquier momento sus dedos podían tocar su sexo. Evocó su sabor y la manera en que se había entregado a él. Su miembro se erguía, vibrante. La necesidad pulsaba en su entrepierna.

Quería que lo tocara. Que lo frotara y acariciara, chupara y lamiera. Quería desahogarse, pero primero quería oírla gritar de placer. Se tragó el nudo que le subía por la garganta mientras se decía que si aquello terminaba matándolo, sería una estupenda manera de morir.

Charlie se arrodilló a su lado.
—¿Así que soy yo la que tengo que hacerlo todo?
—Ajá.
Un brillo de diversión asomó a sus ojos azules.
—¿Y tú harás todo lo que te diga?
—Sí, pero no dejes que se te suba a la cabeza, ¿eh?
—No es mi cabeza lo que me preocupa.
Se inclinó hacia él. Por un segundo, Clay pensó que iba a besarlo, pero en el último momento cambió de dirección y dio un rápido lametazo a la punta de su miembro.

Clay maldijo por lo bajo.
Ella volvió a apartarse y sonrió.
—Estoy sintiendo el poder.
—No me sorprende.
—No sé muy bien qué hacer primero...
—No tienes por qué hacerlo todo a la vez. Puedo prometerte un bis.
Charlie enarcó las cejas.
—¿Conmigo arriba y al mando?
—Ajá —«tantas veces como quieras», añadió en silencio mientras su cuerpo empezaba a suplicar por dentro–. ¿Todavía no lo captas? Te deseo, Charlie. ¿Acaso no está claro?

—Es obvio —recorrió su erección con la mirada.

—Entonces sé una buena chica y ahórranos a los dos este sufrimiento. Podemos volverlo a hacer todo después.

—¿Como cuando vas a un restaurante y pides un *tupperware* para llevarte la comida que te sobra?

Él soltó una risa estrangulada.

—Claro.

—Eso me gusta.

Esa vez, cuando volvió a inclinarse, sí que lo besó. Clay cedió a la necesidad y la envolvió en sus brazos, atrayéndola hacia sí.

La sensación de su piel contra la suya era maravillosa. «Perfecta», pensó mientras deslizaba la lengua en el dulce interior de su boca. Ella lo besó a su vez, deseosa.

Lo que realmente quería hacer era darle la vuelta y entrar en ella. Pero de nuevo se recordó las reglas. Reglas que servían a un propósito. Que Charlie lo montara era algo que justificaba plenamente la espera.

—Está bien —susurró Charlie mientras se apartaba—. Veamos cómo funciona esto.

Clay alcanzó el preservativo y se lo puso. Ella se cernió encima de él, a cuatro patas.

—Tú estás al mando —le recordó mientras afirmaba las manos sobre sus caderas, mirándola a los ojos—. Dime lo que quieres.

Vio que asentía con una expresión expectante y también ligeramente aprensiva.

Ambos contuvieron el aliento cuando entraron en contacto. La punta de su miembro quedó acunada contra su cálido y húmedo calor. La necesidad de empujar, de llenar, de bombear parecía gritar en su cabeza. Tuvo que recurrir a toda su capacidad de control y esperar.

Un brillo de humor asomó en los ojos de Charlie.

—Te veo un poquito tenso.

—Es que lo estoy.

—¿Porque quieres entrar dentro?

—Quiero muchas cosas.
Ella movió levemente las caderas, introduciéndolo apenas un centímetro. Luego se detuvo.
—¿Qué tal?
—Haz lo que quieras conmigo —alzó una mano para acariciarle una mejilla—. Estaré bien.
La diversión desapareció de los ojos de Charlie y algo mucho más tierno apareció en su lugar.
—Confío en ti, Clay.
—Lo sé. Confías lo suficiente para jugar. Es un maravilloso cumplido. Me está matando, pero es un maravilloso cumplido.
Mirándolo a los ojos, ella le tomó las manos y se las guio hacia sus senos. Él se dejó hacer, deseoso, desesperado por sentir su piel fina y suave.
Los acunó en sus palmas y le acarició los pezones con los dedos. Frotó las duras puntas, viendo cómo cerraba los ojos y empezaba a jadear. En un movimiento inconsciente y espontáneo, Charlie se echó hacia atrás para recibirlo dentro, todo él.
Clay se quedó congelado, sin saber si había querido hacerlo intencionadamente o si se había asustado. Pero así era Charlie. Su sensual naturaleza podía haber estado dormida, pero lo que resultaba evidente era que no había sido irrevocablemente dañada. Se encajó firmemente sobre él, hundiéndose aún más. Sintió cómo su cuerpo se tensaba sobre el suyo.
Acomodó mejor la postura, para que ella pudiera moverse con mayor facilidad. Charlie abrió los ojos y se lo quedó mirando fijamente.
—Estoy preparada —susurró, y empezó a moverse.
Él mantuvo las manos sobre sus senos, tanto porque le encantaba tocarla como por proporcionarse una distracción. Porque lo que le estaba sucediendo al resto de su cuerpo era casi irresistible.
Alcanzó un ritmo constante, implacable, deslizándose

hacia atrás y hacia delante, envolviéndolo en su líquido calor. Con cada movimiento lo recibía más y más profundamente, hasta que Clay tuvo la seguridad de que le faltaban unos pocos segundos para perder el control.

«La alfalfa», pensó frenético, consciente de su aliento, de la manera en que susurraba su nombre, de la creciente presión en la base de su miembro. Había distintos tipos de alfalfa. Necesitaba documentarse más sobre las diferentes variedades que podía plantar. Las cabras de Heidi podían resultarle útiles. Tendría que alquilar algún tipo de remolque para llevarlas todas allí. Podría encontrar uno en...

Charlie se incorporó en ese momento, devolviéndolo a la realidad. Con la mirada todavía engarzada con la suya, volvió a dejarse caer sobre él y empezó a moverse hacia arriba y hacia abajo, frenéticamente, acercándose al orgasmo... Se puso a jadear, balanceando los senos, toda acalorada... Era tan bella como una diosa pagana.

Su propio clímax volvió a amenazarlo, pero se contuvo, decidido a que la experiencia le resultara lo más placentera posible. Subió la mano derecha por su muslo y deslizó el pulgar entre sus cuerpos. Cuando encontró su húmedo e inflamado clítoris, se dedicó a frotarlo mientras seguía hundiéndose profundamente en su cuerpo, hasta el fondo. Lo rodeó con el dedo y, al momento siguiente, ella soltó un grito.

Continuaba moviéndose hacia arriba y hacia abajo, con tanta rapidez que su figura parecía desdibujarse. Su cuerpo temblaba y se convulsionaba. Clay no pudo esperar ya más y tuvo que ceder a su invitación. Empujó hacia arriba con las caderas, perdiéndose en la explosión de su orgasmo.

Después de lo que le pareció una eternidad, Charlie empezó a aflojar el ritmo. Su vista volvió a aclararse y lo miró fijamente. El color de sus mejillas se profundizó, como si fuera a echarse a llorar, y Clay supo que habían alcanzado un momento crítico de su relación.

–No –le dijo, sentándose y envolviéndola en sus bra-

zos–. No te atrevas a... Maldita sea Charlie, esto ha sido increíble... No lo dudes.
Vio que se mordía el labio.
–Tengo miedo de haberme... entregado demasiado.
Clay rio entre dientes.
–Bueno, a todo hombre le gusta que le digan eso...
–No quiero asustarte.
–¿Te parezco asustado?
–No, pero...
La besó.
–Nada de peros. Solo prométeme que volveremos a hacerlo. Pronto.
Charlie asintió y tragó saliva.
–¿Cómo es que tengo ganas de llorar? Yo nunca tengo ganas de llorar.
–Podría decirte unas cuantas tonterías acerca del funcionamiento del sistema nervioso simpático y el desahogo emocional, pero la verdad es esta: soy tan condenadamente atractivo que ahora mismo estás sollozando de gratitud.
Vio que echaba la cabeza hacia atrás y estallaba en carcajadas. Él rio también, pero en seguida la tumbó de espaldas para empezar a besarla de nuevo. A la sombra de un árbol cercano, los dos caballos parecieron cruzar una mirada y resoplar. Todo apuntaba a que iban a quedarse durante un buen rato más allí.

–Gracias por haber aceptado reunirse con nosotras, señor Stryker –dijo la alcaldesa Marsha con tono formal, sentada detrás de su impresionante escritorio en su despacho del ayuntamiento.
–Llámeme Clay, por favor.
–Eso es lo que quiero que me diga a mí –murmuró Gladys, que había tomado asiento al lado de la alcaldesa.
La alcaldesa suspiró.
–Si pudiéramos concentrarnos en el negocio que tene-

mos entre manos... –dijo, volviéndose hacia Gladys–. No quiero oírte. ¿Entendido?
 –Me portaré bien –alzó las manos–. Te lo prometo.
 Clay le hizo un guiño a Gladys. Estaba demasiado contento para hacerse el ofendido. Su tarde con Charlie había sido legendaria. Se habían quedado una hora más en la pradera, utilizando el segundo preservativo. Esa segunda vez, él había participado más, pero ella había seguido llevando la iniciativa: el papel para el que parecía haber nacido, pensó encantado. No podía esperar para ver lo que sucedería a continuación.
 –Clay –empezó la alcaldesa de nuevo–, te hemos pedido que vengas hoy porque varias empresas de la localidad nos han hecho llegar algunas ofertas. La gente ha oído hablar de tu proyecto de agroturismo y está interesada.
 Repartió unas carpetas entre los presentes. Clay abrió la suya y vio una lista de restaurantes, tiendas y locales recreativos.
 –Hay algunas que están interesadas en colocación de productos, descuentos y noches temáticas –continuó ella–. Por ejemplo, cada jueves podría haber bailes folklóricos. Un monitor enseñaría a los turistas, pero los residentes también podrían asistir pagando una pequeña tasa. Dos o tres restaurantes del pueblo se encargarían de las comidas. La tienda de artesanía del pueblo también quiere ofrecer clases de bordado. Las clases serían gratis y cualquiera que asistiera recibiría un cupón de descuento por cada compra que hiciera. Ese tipo de cosas.
 –Todo esto encaja muy bien con mi proyecto –dijo Clay–. Me gusta. Cuántas más actividades ofrezcamos, más disfrutarán nuestros huéspedes. Estoy convencido de que Fool's Gold es un destino turístico de primera.
 –Exactamente –sonrió la alcaldesa–. Todos podemos salir beneficiados.
 –A mí me gustaría ver...
 –Gladys... –le advirtió la alcaldesa.

–Perdón.

–Quiero revisar unas cuantas cosas contigo, Clay –prosiguió la alcaldesa– antes de convocar una reunión con la cámara de comercio y con nuestro consejo de desarrollo local. Si estás de acuerdo, te enviaré un correo electrónico sugiriendo algunas fechas.

–Perfecto.

–Si hay algo más que podamos hacer para ayudarte, solo tienes que decirlo.

Se preguntó si alguna de aquellas viejas damas podría ayudarlo a convencer a Nate de que dejara en paz a las adolescentes del pueblo. Intimidándolo, por supuesto. Hasta el momento, su director de granja se había comportado. Pero no sabía si eso se debía a un cambio sincero de actitud por parte de Nate o, simplemente, a que estaba siendo más discreto.

Estrechó la mano de la alcaldesa, se despidió también de Gladys y se marchó. De camino a su camioneta, apretó la carpeta de contactos contra su pecho. Las empresas del pueblo creían en su proyecto. No podía fallarles. Fool's Gold era ahora su hogar. Quería formar parte de su historia y de su vida. Su negocio iba a ser un éxito... costara lo que costara.

Capítulo 15

Charlie esperaba incómoda en la suite de su madre. Sus intentos por evitarla habían concluido cuando Dominique le dejó un mensaje diciendo que pensaba comprarse un saco de dormir y acampar a la puerta del cuartel de bomberos... a la espera de que se dignara hablar con ella. Cosa que no haría si ella se presentaba en su hotel al día siguiente.

Charlie había elegido la segunda opción.

En ese momento, mirando a la mujer que la había traído al mundo, no podía dejar de admirar, aunque a regañadientes, la táctica empleada por Dominique. Había imaginado que, en un combate de voluntades, sería ella la que se impondría. Pero su madre era igual de terca. Un rasgo que parecían compartir las dos.

Dominique se sentó en un extremo del sofá del salón y juntó las manos sobre el regazo.

–Quiero disculparme –empezó.

Charlie siguió esperando sin decir nada. Con Dominique, una nunca podía fiarse. La siguiente frase podía ser algo así como «por haber tenido la idea de visitarte» o «por haber pensado que merecías contar con mi atención».

Su madre tragó saliva y la miró.

–Debí haberte ayudado más cuando sufriste aquel ataque en la universidad –alzó la barbilla–. No. No sufriste simplemente un ataque. La frase disimula la gravedad de la situación. Fuiste violada y yo no te creí –los ojos se le llenaron de lágrimas y la boca empezó a temblarle–. Yo nunca imaginé... –soltó un tembloroso suspiro–. Supuse que... –se aclaró la garganta–. Me pareció un chico tan guapo y encantador... Lo conocí en la comisaría de policía del campus. Se presentó para decirme que lamentaba que tú te hubieras hecho una idea equivocada sobre él. Pero quería que supiera que no te había hecho daño, ni te había hecho nada que tú misma no hubieras querido.

Charlie sintió que se tensaba. La irritación se convirtió en rabia y quiso dar caza al canalla que la había agredido tan brutalmente para luego mentir a todo el mundo. Ella lo había hecho todo bien, reflexionó triste. Había denunciado el delito y luego se había sometido al humillante protocolo de la violación. Pero nada de eso había importado. A quien habían creído era a él. Porque había sido un tipo guapo y popular, un estudiante brillante que nunca se había metido en problemas.

–Me equivoqué –continuó Dominique en voz baja–. Me equivoqué gravemente. Eres mi hija y debí haberme puesto de tu lado, fueran cuales fueran las circunstancias. Debí haber confiado en ti. Lo siento.

Charlie no dijo nada en un primer momento, asimilando las palabras. Llegaba tarde, y tampoco estaba del todo segura de que fueran sinceras, pero el simple hecho de escucharlas la ayudaba.

–Gracias.

–No, no basta con pedir disculpas y lamentarlo –dijo su madre–. Ahora me doy cuenta de ello. Quiero que seamos amigas. ¿Es mucho pedir? ¿Es demasiado tarde? ¿Te he perdido para siempre, como la alcaldesa Marsha perdió a su hija? ¿Te morirás sin habernos concedido a las dos otra oportunidad?

Algo había oído Charlie sobre el pasado de la alcaldesa, así que podía hacerse una idea de la tragedia que había sufrido su familia.

–Creo que es un poco temprano para hablar de mi muerte...

–Sí, pero si te mueres, yo me quedaría completamente sola.

Charlie no sabía si ponerse a reír o a gritar.

–Al final siempre se trata de ti, ¿verdad?

–Te echaría mucho de menos.

–Y estarías sola.

–Sí –los ojos volvieron a llenársele de lágrimas.

Su madre era quien siempre había sido. Podía hacer pequeños cambios e intentar actuar de manera diferente, pero en el fondo siempre sería la *prima ballerina* de su juventud. Famosa en todo el mundo, una mujer a envidiar. Una estrella que había bailado para reinas, presidentes y primeros ministros.

Charlie sabía que siempre podría echarle en cara un millar de recuerdos horribles. Ocasiones en que su madre la había despreciado o ignorado. Podía recordarla, por ejemplo, diciéndole a Dan que enviar a su hija a un internado no era una idea tan mala. Pero también recordaba a los hombres apelotonándose ante su puerta para mendigar unas migajas de atención. Dominique siempre les había contestado que su corazón pertenecía a un único hombre. Y eso siempre había sido así.

–Te quiero –susurró Dominique.

Las palabras tomaron desprevenida a Charlie. Intentó acorazarse contra ellas, decirse que no le importaban, pero esa simple frase pareció atravesar sus defensas para alcanzar su herido y sediento corazón.

Un inesperado anhelo la hizo removerse en su asiento. A pesar de todo, no podía ignorar a su madre ni las palabras que le había dirigido. No podía decirle que había acabado con ella y que se volviera por donde había venido.

–Puedo hacerlo mejor –continuó Dominique, suplicándola con la mirada–. Puedo cambiar.

–No sé si creerme eso –reconoció Charlie–. Pero aceptaré tu... afecto – «amor», añadió para sus adentros. Todavía no estaba preparada para aceptar la palabra. «Afecto» era algo más fácil.

–Créetelo. Quiero que nuestra relación funcione. Quiero que nos ayudemos mutuamente.

–¡Qué alegría me das!

O no captó Dominique el sarcasmo o prefirió ignorarlo.

–¿Sabías que hay una escuela de danza aquí, en Fool's Gold?

–Sí, pero... ¿qué tiene eso que ver con nada? –una sensación de horror la recorrió–. No –dijo apresurada, alzando ambas manos–. Ni hablar. No puedes...

Su madre la miraba con expresión radiante.

–Ya lo he hecho. La he comprado.

–¿Cuándo?

–Presenté una oferta a la propietaria esta misma mañana. Es muy generosa, así que estoy segura de que aceptará. Ella se quedará como directora, pero le pondremos academia de baile Dominique Guérin. Yo colaboraría en la dirección artística.

Charlie reprimió un gruñido.

–¿Desde, er... Nueva York?

Su madre sonrió.

–Eso no sería muy práctico, ¿no te parece? No, viviré aquí parte del año. Conservaré las casas de Nueva York y Londres, pero venderé la de Los Ángeles. Esta será mi residencia en la Costa Oeste.

–¿Fool's Gold? –Charlie estaba tan impresionada que apenas podía hablar, de la opresión que sentía en el pecho.

–Sí. Será maravilloso. Yo no enseñaré, claro. ¿Me imaginas con una clase de alumnas principiantes? Las intimidaría demasiado. Aunque quizá pueda dar algunas clases magistrales a las más avanzadas. A las que prometan. Yo podría ayudarlas.

–El simple hecho de tenerte cerca les servirá de inspiración –repuso Charlie, casi convencida de lo que estaba diciendo. Estaba segura de que para alguna chiquilla entusiasmada con el ballet, Dominique sería lo máximo.

—Eso espero. Mientras esté en el pueblo, podemos pasar tiempo juntas. Lo he dicho en serio, Charlie. Quiero que lleguemos a conocernos mejor. Cada una somos la única familia que nos queda.

Una sensación de inevitabilidad flotaba sobre la situación, reflexionó Charlie. El hecho de que su madre la hubiera llamado como quería que la llamaran representaba una concesión enorme. Quizá pudiera dejar por fin de luchar y aceptarla sin más. Dominique nunca sería una madre cariñosa y efusiva: más bien alguien lo suficientemente caprichoso como para volverla loca. Pero Dan las había querido a las dos y las dos habían querido a Dan. Eso era ya un principio, un lugar por donde empezar.

Charlie se levantó e indicó a su madre que hiciera lo mismo. Dominique así lo hizo. Durante un segundo permanecieron mirándose fijamente, hasta que Charlie abrió los brazos. Su diminuta y delicada madre se lanzó hacia ella y la abrazó con fuerza. Charlie hizo lo mismo. Y por un instante tuvo la sensación de que ya nunca más volverían a separarse.

Clay contemplaba los rectos y cuidados surcos en los que crecería su cosecha de alfalfa. La siembra estaba hecha y ahora solo quedaba esperar.

—Yo diría que es como tener un bebé —le dijo Shane—. Pero más limpio.

Clay rio entre dientes.

—Y sin que grite nadie.

Su hermano esbozó una mueca.

—Con eso no bromees. No con Annabelle estando embarazada.

—Todo saldrá bien.

—No quiero ni imaginármela sufriendo.

Eso formaba parte del nacimiento, pensó Clay. El ciclo de la vida y todo eso. Pero dudaba que su hermano estuviera de un humor muy filosófico.

—Ahora no le está doliendo nada —dijo Clay.

—Cierto. Esta mañana recibí noticias de Rafe.

—Yo también. No creo que Heidi y él vayan a volver pronto —hasta el momento, los recién casados habían postergado su regreso dos veces.

—En algún momento empezará Heidi a echar de menos a sus cabras —dijo Shane—. Porque conmigo no tardarán en acabar. Atenea tiene una mirada rara. Creo que está planeando fugarse.

El pequeño rebaño de Heidi era muy dócil. Pero, de cuando en cuando, Atenea organizaba una excursión al campo.

—Siempre y cuando no libere también a Priscilla... —repuso Clay—. No creo que Fool's Gold esté preparado para recibir a un elefante suelto.

Los dos hermanos se dirigieron a la camioneta.

—¿Qué tal marcha la casa? —le preguntó Clay.

—Casi terminada. Acabaremos para mediados de octubre —Shane sacudió la cabeza—. Annabelle tiene ganas de venirse a vivir conmigo, pero sigue insistiendo en esperar hasta el año que viene para casarse conmigo —masculló algo por lo bajo que sonó a un «maldita y terca mujer», pero se cuidó mucho de pronunciarlo en voz alta.

—La amas —le recordó Clay, abriendo la puerta de la camioneta y sentándose al volante.

Shane subió a su lado.

—Lo sé, pero... ¿por qué tiene que ser siempre tan testaruda? ¿Por qué habría de importarle a nadie que esté embarazada o el aspecto que tenga? Es verdad que la boda quedaría poco convencional, ¿pero y qué? Nos amamos. Queremos pasar el resto de nuestras vidas juntos. ¿No podemos empezar ahora? Pues no. Tenemos que esperar a que ella pueda lucirse como la novia perfecta.

—Quiere fabricarse una bonita colección de recuerdos.
—Quiere volverme loco.
—Eso es un efecto colateral. Acéptalo, hermanito. A partir de ahora, es ella la que gobernará tu vida.

Shane sonrió.
—Te aseguro que no habría preferido lo contrario.
—Eres un hombre de suerte.

Clay arrancó el motor y emprendió el regreso a la casa del rancho.
—Annabelle no es la única testaruda que conozco –dijo–. Charlie insistió en cambiar el lavaplatos ella sola, pese a que ese es un trabajo para dos personas. Cuando me presenté en su casa a ayudarla, se había quedado atrapada entre el mostrador y el lavaplatos –miró a su hermano–. Así que no eres el único.

—No creo que eso me sirva de consuelo.

Clay sonrió mientras conducía por la polvorienta pista. Hicieron el trayecto en un cómodo silencio. Sus pensamientos volvían una y otra vez a Charlie. Porque le gustaba y porque la respetaba. Era divertida, inteligente y una de las mujeres más sexys que había conocido nunca. Una combinación letal.

Sabía que no se trataba de amor. El amor era algo dramático, trascendental. Era mirar a alguien a los ojos por primera vez y saber que uno quería estar con esa persona para siempre. Pero, aun así, lo que sentía por Charlie era importante. Ella era la primera mujer por la que se había interesado en años. La primera cuya compañía había querido frecuentar. Eran amigos y amantes. No era amor, pero seguía siendo algo bueno. Algo que quería conservar.

—¿Qué vas a hacer cuando Rafe y Heidi vuelvan por fin a casa? –le preguntó Shane.

Clay se sonrió.
—¿Insinúas que no querré vivir con los recién casados?
—Eso es cosa tuya.
—Ya se me ocurrirá algo. Mamá y Glen se trasladarán la

semana que viene. Así que me quedaré en la casa del rancho hasta que regresen Heidi y Rafe. Quizá alquile una casa en el pueblo –se preguntó lo que diría Charlie sobre tener un compañero de casa.

Charlie alzó al niño para que pudiera tocar con sus gordezuelos dedos la manguera.
—Está fresquita, ¿a que sí?
El niño, de unos cuatro años, asintió con los ojos muy abiertos.
Charlie se echó a reír y lo bajó al suelo.
—¿Estás pensando en hacerte bombero cuando seas mayor?
Otro asentimiento de cabeza.
—Gracias –dijo su madre–. Perdona que esté tan tímido. Esta mañana no paraba de hablar de ir a ver el gran camión rojo de los bomberos.
—No te preocupes. Me encanta que los chicos fuertes como él se pasen por aquí –hizo un guiño al niño–. Estoy aquí todo el día. Vuelve a verme.
Se despidió con la mano mientras se alejaban. Hacer que los niños y niñas se entusiasmaran con la brigada de bomberos formaba parte del trabajo. Tradicionalmente, el festival de otoño era una de las ocasiones en que el equipo se desplegaba en el pueblo para que todo el mundo lo contemplara y aprendiera cosas de su funcionamiento. Aunque Charlie se consideraba una persona huraña, le gustaba el contacto con el público.
Especialmente con aquellos pequeños que la miraban con los ojos tan abiertos y fascinados...
—Aquí estás.
Clay se acercó para entregarle un gran vaso de limonada del puesto del parque.
—Gracias. Me encanta la limonada y no me importa que utilicen azúcar de verdad.

–Yo he probado la mía cuando venía hacia aquí y estoy de acuerdo contigo –levantó su vaso–. Es la mejor que he probado nunca.

Como todavía no se había convertido en bombero, su presencia allí era formalmente la de un civil, pero Charlie no tenía empacho en admitir que le gustaba tenerlo cerca. Era una buena compañía. «Demasiado buena», se recordó, consciente de que no era tan inmune a él como le habría gustado.

En realidad, su trato debería haber terminado. Después de lo que había sucedido cuando salieron juntos a montar, estaba perfectamente curada. La actitud que había mostrado la capitana desde el último incendio demostraba que Clay estaba recibiendo un trato justo y equitativo. Ambos habían conseguido sus objetivos. Así que ella necesitaba distanciarse. Aunque no quisiera.

–¿Qué es lo que viene ahora?

Charlie se lo quedó mirando fijamente, preguntándose cómo había podido averiguar lo que estaba pensando. Hasta que vio que estaba señalando el calendario fijado a la pared.

–Tengo una charla sobre seguridad contra incendios a las once –dijo–. Para niños de siete a doce años, así que más que una conferencia, será una serie de demostraciones divertidas con contenido pedagógico.

–Para que interioricen el mensaje desde la más tierna infancia.

–Exacto. Las vacaciones terminarán antes de que nos demos cuenta y será la temporada alta de los incendios domésticos. La gente puede llegar a ser muy estúpida.

–Ay, mi delicada florecilla –sonrió Clay–. Tienes que aprender a abrirte y a compartir tus sentimientos...

–Cállate.

–¡Vaya! No me has amenazado con pegarme. Debes de estar ablandándote –le hizo un guiño y bajó la voz–. Como premio, tengo una idea de lo que podríamos hacer después.

Charlie sintió que se le cerraba el pecho mientras un calor interior se abría paso hacia el centro de su cuerpo. El deseo lo siguió de cerca, debilitándole las rodillas. Aquel hombre sabía cómo afectarla, pensó, incapaz de lamentarse de aquel hecho.

Dos mujeres jóvenes pasaron a su lado. Descubrieron a Clay y se volvieron dos veces para mirarlo. Una de ellas dio un codazo a la otra y le hizo un comentario que Charlie se alegró de no poder oír.

Era algo que sucedía todo el tiempo. Allá donde iba Clay, las mujeres se fijaban en él. Suponía que debían de ofrecerle teléfonos e invitaciones sexuales a diario. ¿Se sentiría tentado o le cansaría? Casi temía preguntárselo.

Por lo que él mismo le había dicho, nunca le había sido infiel a Diane. No parecía interesado en tontear con mujeres. Quizá había quedado vacunado contra ello cuando era más joven. Una vez le había mencionado sus «tiempos de juerga», antes de que conociera a Diane.

–Te has puesto seria –le dijo–. ¿Qué ha pasado?

Señaló con la cabeza a las chicas que se alejaban.

–Tienes admiradoras.

No se molestó en mirarlas.

–Eso no significa nada.

–¿No te aburre, ni te enfada?

–No.

–¿Así de sencillo?

–Tengo lo que quiero. ¿Por qué habría de buscar otra cosa?

¿Se estaría refiriendo a ella? No podía ser. Ellos no estaban comprometidos. No en el sentido tradicional del término.

–Sospecho que estar contigo no es tan fácil como parece –admitió ella–. Ahora estoy empezando a entenderlo.

–Pero merezco la pena –repuso él con una sonrisa.

Pensó en cómo se sentía cuando estaba con él. No solo en lo sexual, sino también en lo mucho que disfrutaba con su compañía. Con Clay no había juegos. Era una sensación de conexión.

Se dio cuenta de que, efectivamente, merecía la pena. Clay era alguien con quien ella quería estar. Lo que iba a hacer mucho más difícil su despedida.

Hacia las cuatro, Charlie había perdido la energía. Estaba cansada, le dolían los pies y el interminable desfile de niños haciéndole las mismas preguntas una y otra vez había perdido su encanto. Se recordó que la culpa era suya por haber aceptado doble turno en el festival. Michelle aparecería en cualquier momento para relevarla. Entonces podría irse a casa, abrir una botella de vino y meterse en la bañera. Quizá para no volver a salir nunca.

Quince minutos después había entregado las riendas, por así decirlo, y estaba a punto de dirigirse a su casa. Clay apareció de pronto a su lado.

—Hey —le dijo—. ¿Por fin has acabado?

Estaban de pie al lado del escenario reservado para la banda municipal, que empezaría a tocar dentro de un par de horas. El camión de bomberos se hallaba enfrente, aparcado al otro lado de la calle. Las aceras estaban llenas, había mucho bullicio y el sol de media tarde calentaba bastante. A su alrededor había hombres perfectamente normales, algunos de los cuales eran incluso guapos. Pensó que su vida habría sido mucho más fácil si simplemente se hubiera visto atraída por uno de ellos.

—¿Charlie?

Lo agarró de la mano para alejarlo del torrente de transeúntes y refugiarse a un lado del escenario. Aquel parecía el lugar más tranquilo, o el menos bullicioso, de todo el festival.

Tenía que decirle la verdad. Su honor la empujaba a aclarar las cosas con Clay y cortar la relación. Sería un error aprovecharse de él. La tentación era fuerte, por supuesto. La necesidad, los cosquilleos: todo eso eran razones para seguir como hasta ahora. Pero ella siempre se había enorgullecido de su fuerza de carácter. Podía tener defectos, pero la insinceridad no era uno de ellos.

–Necesitamos hablar –le dijo, permitiéndose perderse por un momento en sus ojos oscuros.

Vio que una comisura de su boca perfecta se plegaba en una sonrisa.

–Sabes que los hombres detestamos escuchar esa frase, ¿verdad?

–Quizá, pero es cierta. Te lo pondré fácil. Yo hablaré, tú me escucharás y daremos por zanjado el asunto. ¿Qué te parece?

–Depende de lo que tengas que decirme.

–Qué precavido.

–He estado casado. Sé que hay trampas ocultas.

A Charlie le entraron ganas de reírse, al menos sonreír. Pero en ese momento le costaba hasta respirar. En un periodo de tiempo muy corto, Clay había llegado a ser muy importante para ella. No importante a nivel amoroso: no era una completa imbécil. Pero sí que era alguien con quien le gustaba estar. Lo echaría de menos.

Suponía que la buena noticia era que su curación entrañaba la perspectiva de una relación normal con un hombre. Solo que lamentablemente no estaba interesada en ningún otro. Lo que la convertía en una especie de protagonista de una mala película de adolescentes.

Se recordó que hacer lo justo y adecuado podría doler en un primer momento, pero que a largo plazo se sentiría mejor. Inspiró profundo y se lanzó de cabeza.

–Quiero darte las gracias por haberme ayudado. Por ser paciente y divertido y divino conmigo.

Pensó que sonreiría al escuchar eso, pero su expresión permaneció seria.

–Sé adónde quieres llegar.

–Quizá sí, pero soy yo la que está hablando, ¿recuerdas?

–Adelante.
Juntó las manos detrás de la espalda y luego las dejó caer a los costados.
–Fuiste estupendo conmigo. Mejor de lo que tenías que ser. El caso es que al final tú has recibido un trato justo en la brigada de bomberos y yo estoy curada. Así que, técnicamente, hemos cumplido.
Se lo quedó mirando fijamente, intentando averiguar qué era lo que estaba pensando. No veía ninguna evidente señal de alivio, algo de lo cual se alegró. Un estruendoso «¡gracias a Dios!» habría resultado humillante.
–O sea, que ya no hay trato –confirmo él.
Charlie asintió con la cabeza.
–Ni obligaciones.
–Eso es.
–Bueno es saberlo. Entonces ahora podremos empezar a salir juntos –le puso las manos en la cintura y la atrajo hacia sí.
–¿Qué? –lo miró de hito en hito.
–Salir. Ya sabes, vernos –se inclinó para susurrarle al oído–: Tener sexo cada vez que nos apetezca.
Charlie se estremeció de expectación, pero aun así lo apartó para quedárselo mirando fijamente.
–¿Me estás diciendo que quieres que salgamos juntos?
–Te estoy diciendo que quiero que seamos una pareja. Cerrada. No me gustan las relaciones frívolas. Son demasiado engorrosas.
Charlie se sentía como si estuviera burbujeando por dentro. Casi ñoña. Pero antes quería asegurarse de que lo había entendido bien.
–Saldremos juntos de manera exclusiva durante un período indefinido.
Clay le lanzó una sonrisa lenta y sexy. Luego le tomó una mano y entrelazó los dedos con los suyos.
–Ajá. ¿Qué dices, Charlie?
–Digo que sí.

Capítulo 16

–Esto es un bar –dijo Dominique mirando el cartel de la puerta–. ¿Estás segura?
–¿De que es un bar o de que deberíamos estar aquí?
–Ambas cosas.
–Mamá, tienes que confiar en mí. Como aquí todo el tiempo. Te encantará.
Dominique desvió la mirada del cartel que informaba de que estaban a punto de entrar en el bar de Jo para posarla en su hija.
–Muy bien.
Aquella era su primera salida juntas. Dominique la había invitado a comer y Charlie había aceptado. Sería más corto que si fuera una cena, pero tendrían más tiempo que si quedaban solamente a tomar un café. Tampoco era que Charlie estuviera buscando pasar más tiempo con ella. Pero era un buen compromiso, para ir empezando.
Entraron en el bar y Dominique se detuvo, mirando a su alrededor. Charlie intentó mirar el local desde la mundana y elegante perspectiva de su madre.
Las paredes eran de un precioso color malva y la iluminación no demasiado intensa, lo justo para que no pareciera un sitio lúgubre. Las grandes pantallas de televisión estaban sintonizadas con un canal de moda y la clientela era exclusivamente femenina.

—Muy bonito –sentenció al fin–. Me gusta.
—Me alegro –Charlie le señaló una mesa en un lateral–. ¿Quieres que nos sentemos allí?
—Sí. Gracias.
—Hey, Charlie.
Desvió la mirada hacia la barra y saludó a su amiga.
—Hola, Jo –una vez que estuvieron sentadas, se volvió hacia su madre–. Las hamburguesas son estupendas. Y tengo entendido que las ensaladas también son magníficas.
—Ah, lo que yo daría por volver a ser joven y no tener que preocuparme de mi peso...
—Mamá, tienes un aspecto fantástico. En serio. De hecho, estás demasiado flaca. Relájate un poco y pide una hamburguesa.
—¿Es comida ecológica?
Charlie puso los ojos en blanco.
—Entiendo que eso es un no –murmuró Dominique.
Jo se les acercó con un par de cartas.
—Señoras –empezó–, hoy tenemos de plato especial ensalada de pollo a la barbacoa. También puedo servirla en fajitas. Y en honor a que se está acercando el otoño, hoy servimos boniatos fritos.
Charlie gimió.
—Me encantan los boniatos. Er... Jo, te presento a mi madre. Dominique...
—Dixon –completó ella, interrumpiéndola–. Dominique Dixon –le tendió la mano.
—Jo Trellis. Encantada de conocerla.
—Lo mismo digo.
—Así que tienes una madre –comentó Jo, enarcando las cejas.
—No nací por generación espontánea –bromeó Charlie–. Yo tomaré un refresco *light*.
—Una copa de chardonnay para mí –dijo Dominique–. O no, pensándolo mejor, una coronita con lima.
Ambas mujeres la miraron sorprendidas.

—¿Cerveza? —le preguntó a su madre cuando Jo se hubo marchado. Antes de aquel momento, había dado por supuesto que su madre desconocía lo que era la cerveza.
—Irá mejor con mi hamburguesa no-ecológica. Y con los boniatos fritos.
—Impresionante.
—Puedo llegar a ser hasta divertida —afirmó Dominique.
—Al parecer sí.
Annabelle y Patience entraron en el bar. Cuando vieron a Charlie la saludaron con la mano, pero no se acercaron. En lugar de ello se sumaron a una mesa en la que ya estaban sentadas Nevada Janack y Liz Hendrix.
—¿Amigas tuyas? —inquirió Dominique.
—Sí. Annabelle trabaja en la biblioteca. Está comprometida con Shane —la mención del hermano de Clay le recordó cierta conversación que necesitaba tener con su madre. Ya la tendría cuando llegara el momento—. A Patience ya la conoces: trabaja en una de las peluquerías del pueblo. Divorciada. Su marido fue un verdadero canalla, pero tiene una niña maravillosa, Lillie. Nevada... Charlie la señaló discretamente con el dedo— es trilliza.
Dominique la miró.
—Conozco a su madre, Denise. Es una mujer muy amable.
—Liz se casó con el Hendrix mayor, Ethan. Es autora de novelas de misterio.
—He visto sus obras en la librería. Es un local fantástico. Ya sé que pronto llevaremos libros implantados en nuestro cerebro, pero yo disfruto teniendo un libro de papel en las manos.
—¿El libro de papel por encima del electrónico? —inquirió Charlie.
—Sin duda.
Jo regresó con sus bebidas. Mientras Charlie la observaba, su madre exprimió con habilidad la lima en el vaso helado y se sirvió la cerveza.

—Veo que has hecho esto antes —comentó, no sabiendo si sentirse admirada o impresionada.
—Más de una vez —Dominique bebió un sorbo y luego sonrió a Jo—. Tomaré la hamburguesa. Mediana, con los boniatos fritos.
—A la orden —miró a Charlie y arqueó las cejas—. ¿Lo mismo para ti?
—Lo mismo.
Cuando Jo se hubo marchado, Charlie bebió un largo trago de refresco y cuadró los hombros.
—¿Mamá?
—Conozco ese tono —suspiró Dominique—. Vas a decirme algo que no me va a gustar.
«Premio», pensó Charlie.
—Voy a decirte que estoy saliendo con Clay.
Su madre ladeó la cabeza.
—Ya lo sabía.
«Doble premio», pronunció para sus adentros.
—Er... ahora somos pareja formal —se apresuró a decirle, consciente de que se llevaría la verdad a la tumba. Por nada del mundo se pondría a discutir de su prolongada disfunción sexual con Dominique—. La idea fue suya —añadió a la defensiva, pero también orgullosa.
Dominique recogió su servilleta y se limpió los labios. Luego asintió lentamente.
—Me parece estupendo. Si vas a ir en serio con él, creo que yo debería conocerlo mejor. Es el paso siguiente en el procedimiento tradicional, ¿no?
Charlie se dio cuenta de que se había quedado con la boca abierta. Tuvo que cerrarla a conciencia.
—¿Quieres hablar con Clay?
—Sí, pero no te preocupes. No pienso hacerle ninguna pregunta embarazosa. Solo quiero conocerlo mejor. Es tu novio y por tanto parte importante de tu vida.
Charlie no había pensado en Clay como en un «novio». Encontraba un tanto alarmante la palabra.

—Está bien —murmuró, consciente de que se esforzaría todo lo posible por postergar aquel encuentro.

—Perfecto —Dominique bebió otro sorbo de cerveza—. Espero que funcione vuestra relación. Enamorarse es tan maravilloso...

Si Charlie hubiera estado bebiendo en ese momento, se habría atragantado.

—Nadie está enamorado.

—Nadie empieza así, por supuesto, pero quién sabe lo que puede suceder... El amor es un milagro. Todavía recuerdo cuando me enamoré de tu padre. Entró en mi vida por sorpresa y lo cambió todo —sonrió con expresión soñadora—. Hacía frío fuera. Recuerdo que cuando entró se formó corriente. Yo estaba a punto de quejarme cuando el sonrió y ya no pude hablar. Llevaba un ridículo abrigo de cuadros escoceses, que yo detestaba. Lo dejó caer al suelo y resultó que debajo también llevaba una camisa escocesa. Yo odio las telas a cuadros. Pero estaba guapísimo. Mientras lo miraba, solo podía pensar en que deseaba que me envolviera en aquellos fuertes brazos y no me soltara nunca... —Dominique se interrumpió de ponto, bajando la mirada—. Perdona.

—No. No te disculpes. Es bonito oírte hablar de papá. Sé que lo quisiste mucho.

—Así es. Él lo era todo para mí. En un mundo en el que no podía estar segura de nadie, él era la roca a la que me aferraba —miró a Charlie—. Habría sido capaz de renunciar a todo por él.

—Dan no habría querido eso. Él sabía que tu carrera te hacía feliz.

—Él me hizo feliz. Fui tan afortunada de tenerlo, aunque solo fuera por aquellos cortos años... Siempre lo amaré —estiró una mano por encima de la mesa y tomó la de Charlie—. Espero que tú encuentres esa clase de amor. Con Clay o con quien sea. Espero que sepas lo que es estar con la única persona del mundo que verdaderamente te ama y te respeta.

Charlie podía percibir la sinceridad de sus palabras.
–Gracias, mamá. A mí también me gustaría.
–Tu padre me veía tal como era realmente, y aun así me amó. Eran tan pocos los que estaban interesados en mí como persona... Querían que fuera la estrella, la bailarina. Dan amaba a la mujer que yo era, con defectos y todo. Y eso era muy potente.

Dominique se echó hacia atrás y se quedó mirando su vaso.

Su tristeza resultaba tangible. Charlie echaba de menos a su padre, pero tenía la sensación de que la tristeza de Dominique era de una naturaleza diferente. Su madre se había quedado destrozada. Era una desgracia que las dos hubieran sido incapaces de conectar y buscar consuelo mutuo. Pero quizá podrían cambiar eso ahora. Recuperar el contacto. Charlie no buscaba una madre de serie televisiva que horneara galletas y soñara con tener nietos. Pero no le importaría tener a su lado al único familiar que le quedaba.

Annabelle estaba estirada en una de las tumbonas del jardín trasero de Charlie. Tenía un sombrero de paja echado sobre los ojos y los pies en alto.

–No pienses ni por un momento que voy a marcharme sin obtener una respuesta. Os han visto a los dos por todo el pueblo besuqueándoos como quinceañeros. Me considero amiga íntima tuya, así que quiero la verdad –alzándose su sombrero, entrecerró los ojos–. ¿Dudas acaso de mi determinación?

Charlie se echó a reír.
–Ni por un segundo.
–Bien. Empecemos por el principio. Lo último que había oído era que te estabas viendo con Clay para tener sexo. Algo que respeto totalmente, por cierto.
–Lo sé. Es por eso por lo que somos amigos.
–¿Y?

Charlie se alegraba de que a Annabelle le importara tanto su delicado cutis, porque eso significaba que estaba más ocupada tapándose la cara que observando su expresión. Y dado que estaba sonriendo como una boba, no tenía por qué sentirse avergonzada. Podía regodearse en su felicidad sin despertar sospechas.

–Clay y yo nos hemos estado acostando juntos. Y ha ido muy bien.

–Me alegro. Dentro de poco entraré a formar parte de su familia. Detestaría tener que avergonzarme del comportamiento de mi cuñado en la cama.

–Puedes quedarte tranquila. Es espectacular.

Annabelle gruñó.

–Eso ya es demasiada información...

–Perdona. De todas formas, como ya había decidido que estaba, er... curada, se lo dije.

Annabelle se quitó el sombrero.

–¿Así, de golpe?

–Pensé que tenía que hacerlo.

–Eres una mujer de principios. ¿Qué pasó?

–Clay me escuchó y se mostró de acuerdo. Nuestro trato ya estaba cumplido –se esforzó por no sonreír de oreja a oreja–. Entonces me dijo que quería que nos siguiéramos viendo. En plan pareja. Cerrada. Así que estamos saliendo.

Annabelle se echó a reír.

–De modo que tienes novio.

–Algo así.

–Patience me dijo que os vio entrar en el cine de la mano. Eso es muy dulce.

–No me obligues a hacerte daño.

–Vamos, divirtámonos un poco. Estás con un tipo increíble. La gente humilde también tiene derecho a encontrar la felicidad.

–Búrlate todo lo que quieras.

–Pienso hacerlo –de repente abrió mucho los ojos–. Si te casas con Clay, seremos cuñadas...

Charlie se sorprendió de la punzada de anhelo que la atravesó por dentro.

–Cálmate. Nadie va a casarse.

–Sabía que dirías eso –volvió a ponerse el sombrero y suspiró–. Esto me gusta. Estamos todas enamoradas. Excepto Patience. Necesitamos buscarle un hombre. ¿Sabes de algún soltero?

Charlie reflexionó por un momento.

–Está el tipo nuevo del pueblo.

Annabelle volvió a quitarse el sombrero de paja.

–¿Qué tipo nuevo?

–Gideon. Gabriel. Algo así.

–¿Qué? ¿Cómo es que no me he enterado? ¿Quién es?

–Compró la cadena de radio local. La alcaldesa Marsha me lo contó hace unas semanas. Todo eso es muy misterioso.

–¿Lo has visto? ¿Es guapo?

–No lo he visto y no me importa cómo sea. Yo solo tengo ojos para Clay.

–Así me gusta –Annabelle se interrumpió y volvió a protegerse la cara–. Iba a hacerte más preguntas sobre el tipo de la radio, pero me has distraído. En cuanto a Clay... ¿debería preocuparme?

–Como te dije antes, no estoy enamorada de él.

El sombrero se movió y Charlie vio que uno de sus ojos verdes la estaba mirando. Sacudió la cabeza.

–No lo estoy.

–¿Estás segura? –le preguntó Annabelle–. El amor es traicionero.

–Clay dice que el amor es algo que surge a primera vista.

–Quizá así sea para él. Para mí no lo fue. Por supuesto, yo tuve una infancia apestosa. La suya fue mejor.

Charlie nunca había estado enamorada. Se había sentido amada por su padre, pero eso había sido distinto.

–Tu amor por Shane... ¿es muy diferente de la relación que tenías con tu primer marido? –le preguntó de pronto.

–Me siento diferente –admitió, quitándose de nuevo el sombrero–. Ahora soy más fuerte, más segura. Con Lewis, estaba tan desesperada por que alguien me quisiera que dejaba que me juzgara a cada momento. Con Shane, veo amor en sus palabras y en su comportamiento –arrugó la nariz–. Sé que suena anticuado, pero ambas cosas son importantes. Necesito escuchar las palabras, pero son sus actos lo que hace que me sienta especial.

–¿Como el hecho de que no quiera esperar a casarse? ¿O que haya construido la casa que a ti te gusta?

–Algo así –sonrió Annabelle–. Él se entrega con todo su corazón. Eso nunca me había pasado antes. Amarlo me convierte en una mejor persona. Ser amada por Shane me hace sentirme segura. Es como si cada uno compitiera por dar más al otro.

Eso Charlie podía comprenderlo. Clay no daba nunca nada por seguro con ella, ni desdeñaba los rasgos de los que se sentía más orgullosa. Y ella sentía lo mismo por él. Conocía sus defectos y los aceptaba.

–Clay también es un gran tipo –dijo.

–Sí que lo es.

Charlie esperó, pero Annabelle no parecía tener nada más que decir

–¿No vas a aconsejarme que lleve cuidado? –le preguntó.

Annabelle se sentó en la tumbona y se la quedó mirando.

–No.

–Pero hace cerca de una década que no estoy con un hombre. En realidad, Clay es mi primera relación adulta. Sería fácil que acabara enamorándome de él. Ha estado casado. Ha amado y perdido a la mujer de su vida, y no está buscando otra. Eso me coloca en desventaja. Podría resultar herida.

Annabelle se inclinó hacia ella y le palmeó un brazo.

–Mi pequeña está creciendo tan rápido... Estoy tan orgullosa...

Charlie le dio un manotazo.

–Cállate.

Annabelle dejó de sonreír.

–No me necesitas para que te avise de las posibles trampas. Ya las sabes. Además, creo que Clay se está arriesgando tanto como tú.

–Ya. Porque yo soy un auténtico tesoro –repuso Charlie, burlona, estirándose en su tumbona.

–Exactamente.

Charlie se preguntó si Annabelle sería consciente de que había estado hablando por hablar. Por lo que se refería a Clay, se sentía tan ilusionada como espantada. Estar con él era algo increíble. Por lo que había visto hasta ahora, él era todo lo que deseaba en un hombre. Pero también era alguien que había tenido un gran amor y que no estaba buscando otro. Clay había dicho que el amor era como un relámpago, y hasta el momento no había asomado ninguno en el cielo.

Planeaba disfrutar a fondo su experiencia con él, a la vez que proteger su corazón todo lo posible. Si resultaba herida, se recuperaría. Seguiría adelante. Costara lo que costara, merecería la pena. Clay le había hecho sentirse una mujer completa y, sucediera lo que sucediera, había salido ganando con haberlo conocido.

Clay estaba sacando a Khatar del corral. El semental blanco de raza árabe le acarició el cogote con el hocico, juguetón.

–Hey, que yo no soy Annabelle –gruñó, apartándolo–. Ella llegará luego. Mientras tanto, compórtate.

El majestuoso animal resopló, como si se estuviera riendo. Pese a su enorme tamaño y a su impresionante fortaleza, era uno de los caballos más dóciles de la cuadra de Shane. «Suerte para él», pensó Clay. Shane había conseguido a precio reducido aquel ejemplar actualmente valorado en un millón dólares, debido a un supuesto carácter difícil y potencialmente asesino. Lo cual había resultado ser el efecto de un pésimo entrenamiento, con maltrato incluido.

Desde su llegada a Fool's Gold, el antaño agresivo caballo se había convertido en una especie de mimoso gatito equino. La semana anterior, Khatar se había escapado del corral para incorporarse a una de las clases de equitación que impartía Shane. Parecía haber decidido que, después de su amada Annabelle, adoraba a cierta niña llamada Kalinda. La chiquilla había sufrido graves quemaduras el pasado verano y todavía le quedaban varias operaciones antes de que curara del todo. Había empezado a montar un poni, pero Khatar se había encargado de dejar muy claro que, cuando estuviera preparada para subirse a un caballo, él planeaba ser el elegido.

Durante la clase, mientras los niños daban vueltas al corral a lomos de los caballos de picadero, Khatar se había mantenido al lado de Kalinda y de su poni. Y se había quedado cerca cuando desmontó, como interponiéndose entre la niña y los demás mansos.

—Eres un bobalicón, ¿lo sabías? —le dijo Clay mientras lo palmeaba cariñoso—. ¿Listo para una larga cabalgada?

Khatar aguzó las orejas ante la mención de la palabra. Cuando Shane le comentó que tendría que dedicar la tarde entera a resolver el papeleo final de su casa, Clay se ofreció a ejercitar los caballos. Con su cosecha de alfalfa en camino y a falta de cita alguna programada con cierta bombera, disponía del tiempo necesario para ello.

Había terminado de ensillar a Khatar cuando una desconocida camioneta aparcó junto a la casa. Clay vio bajar a un tipo. De unos treinta y tantos años, llevaba una camisa que decía «Gil» y el nombre de una ferretería de la localidad.

Clay dejó a Khatar y se acercó a recibir al hombre.

—¿En qué puedo ayudarlo?

—Estoy buscando a Nate.

Gil tenía aspecto de tipo normal. No demasiado alto, con más barriga que músculo. Pero sus ojos castaños tenían una mirada extraviada, rabiosa. Segundos después, una adolescente bajó del asiento delantero. Tenía los ojos enrojecidos y le temblaba el labio inferior.

–Papi, no... –lloró.

No tardó mucho Clay en adivinar lo que había sucedido. Se le hizo un nudo en el estómago cuando se dio cuenta de que su director de granja había seguido haciendo lo que le había prometido no hacer.

–¿Su hija? –inquirió, señalando a la adolescente que sollozaba.

Gil asintió enérgicamente con la cabeza.

–¿Sabe dónde está?

Clay sacó un móvil y pulsó un botón.

–Nate, ¿puedes pasarte por la casa?

–Claro, jefe.

Gil clavó la mirada en Clay.

–¿Lo ha llamado?

–Sí, y siento todo esto.

–De poco me sirve a mí.

Nate apareció poco después en la puerta de los establos y contempló la escena. Clay pudo ver que la indecisión nublaba su mirada.

–No lo empeores echando a correr –le advirtió Clay–. Ven a enfrentarte con lo que has hecho.

Nate asintió lentamente y se aproximó.

Clay estaba dispuesto a no intervenir. Si Gil quería hacer picadillo a Nate, él no se opondría. Y si la chica tenía menos de dieciocho, sería el primero en llamar a la policía.

Nate cerró por fin la distancia que los separaba y alzó las manos con las palmas hacia arriba. Clay aún no había decidido si iba a pegarlo o no. Suponía que Gil iba primero.

–No es lo que usted piensa –empezó, mirando a un lado y otro con sus ojos de comadreja–. Tiene más de dieciocho.

—Tiene diecisiete —dijo Gil con un gruñido—. Es mi pequeña. ¿En qué diablos estaba pensando?

Clay podía sentir la rabia del otro hombre. Sabía que no podía alcanzar a imaginar lo que aquel padre debía de estar sintiendo. Pensó en Charlie y en lo que le había sucedido, y supo luego que no podía tocar a Nate. Porque una vez que empezara con él, no sería capaz de parar.

—¡Papi, no! —la chica agarró a su padre del brazo, con el rostro bañado en lágrimas—. No pasó nada. Ya te lo dije...

—Sube al coche —le dijo Gil antes de dirigirse hacia Nate.

—¡Papi, quieto! Papi, nosotros no hicimos... —se quedó sin aliento—. Papi, todavía soy virgen. No llegamos a hacerlo.

Gil se detuvo. Se volvió para mirar a su hija, que seguía llorando, toda colorada.

—¿Lo juras?

—Podemos ir a ver a la doctora Galloway, si quieres. Yo no haría eso. No con él.

Gil miró a uno y a otra.

—Está bien.

Clay se acercó a él y le dijo en voz baja.

—Lo siento, señor. Nate trabajaba para mí y yo me siento responsable de alguna forma.

—¿Trabajaba?

Clay asintió.

—Se lo dejó a usted, entonces.

Ordenó con un gesto a su hija que subiera al coche. Él también subió y se alejaron. Clay vio que Khatar se soltaba para acercarse. El gigantesco semental ignoró olímpicamente a Nate y se aproximó a Clay como para dejar claro dónde estaban sus lealtades.

Nate arrastró los pies y hundió las manos en los bolsillos traseros de sus vaqueros.

—Yo no le hice nada.

—Saliste con ella.

–Eso no es asunto suyo.
–Lo es. Este es un pueblo pequeño. No has demostrado ningún respeto ni al pueblo ni a mí. Voy a firmarte un cheque por el dinero que te debo, más dos semanas más. Si vuelvo a verte por aquí, yo mismo te escoltaré fuera del término municipal. ¿Está claro?

Nate asintió y dio un paso hacia el establo.

–Voy a recoger mis cosas.
–Eso, hazlo.

Desembarazarse de Nate solo resolvía un problema, reflexionó Clay. Lo que le molestaba tanto no era que se hubiera equivocado de hombre: era el hecho de que no hubiese hecho caso a su intuición. Ahora tendría que descubrir qué otros errores había cometido y averiguar la manera de arreglarlos.

Capítulo 17

Charlie se sentó sobre los tobillos en el sofá.
–Estás dejando que todo esto te afecte demasiado.
Clay, normalmente relajado y optimista, desvió la mirada. Apretaba los labios y su expresión era sombría.
–Metí bien la pata. Fui yo quien contrató a Nate. Yo vi a las dos chicas. Quién sabe con cuántas más habrá estado...
Charlie quiso señalarle que las jóvenes en cuestión tenían más de dieciséis años: si no lo hizo fue porque sabía que eso no le serviría de consuelo. Las chicas podrían haber estado deseosas, pero seguían siendo demasiado jóvenes.
–Hablé con la jefe de policía –le dijo él–. Me aseguró que Nate se había marchado. La última vez que lo vio, se dirigía hacia las montañas.
–Que se vaya con viento fresco.
–No es suficiente. Maldita sea, Charlie, ¿por qué tuve que escogerlo a él?
–Porque pensabas que estaba haciendo lo correcto. Porque él tenía experiencia y porque, cuando revisaste sus antecedentes, estaba limpio.
–Sigue estando limpio –masculló Clay–. No rompió la ley y no es ilegal ser un canalla.
–Lástima –Charlie se estiró para tomarle una mano–. Cometiste un error. Ahora aprenderás de ello.

—¿Y ya está? Me habría sentido mejor si al menos me hubieras gritado.

—Perdona. No estoy de humor para gritar a nadie. Todo el mundo mete la pata alguna vez. Tú descubriste la verdad sobre Nate y le despediste. Era lo que tenías que hacer. La próxima vez lo harás mejor.

—Debería haber hecho caso a mi estómago. Pero me decanté por la experiencia porque no confié lo suficiente en mí mismo. Lo que significa que cometí dos errores.

—Podemos hacer una lista entera de ellos, si quieres. ¿Te servirá eso de ayuda?

Clay esbozó una leve sonrisa.

—¿Usando la lógica contra mí? Eso es un golpe bajo.

—Yo siempre golpeo donde puedo.

—Gracias por escucharme —entrelazó los dedos con los suyos—. Y por darme alguna que otra coz cuando estoy bajo de forma. Eso me ayuda a mantener las cosas en perspectiva —inspiró hondo—. Quizá pueda hacer esto, después de todo.

—Puedes.

Se inclinó y lo besó. A pesar de todo lo que había pasado, su boca estaba receptiva, deseosa. Cálida y dispuesta a reclamar la suya. Una cualidad que había descubierto que le gustaba en un hombre. Alzó los brazos y los apoyó sobre sus hombros.

—Se me ocurren unas cuantas cosas que harían que te sintieras mejor —le dijo, apoyando la frente contra la de él.

—¿De veras? ¿Como cuáles?

—Podría desnudarte entero y...

Alguien llamó en ese momento a la puerta.

Charlie alzó la mirada y juró entre dientes.

—Si es mi madre, la despacharé de vuelta a Nueva York. En serio. Pagaré el envío en mensajería urgente.

Clay rio por lo bajo.

Charlie se levantó para dirigirse a la puerta. Pero cuando la abrió, se encontró a un desconocido en el umbral. Iba vestido con una camisa de trabajo y vaqueros, pero portaba un maletín.

—Soy Miles Tessler —se presentó—. Estoy buscando a Clay Stryker. Su hermano me dijo que podría encontrarlo aquí.

Clay apareció a su lado.

—Yo soy.

Miles le tendió una tarjeta. Era de una empresa que comercializaba semillas.

—Si pudiera dedicarme unos minutos de su tiempo, señor Stryker...

Charlie lo hizo pasar al salón. Miles no dejaba de mirar a su alrededor: parecía nervioso y asustado. Todo lo cual no presagiaba buenas noticias.

—Tengo entendido que ya ha sembrado usted su cosecha de alfalfa —empezó.

—La semana pasada.

—Por desgracia, la semilla que le enviamos ha desarrollado un problema. Es una cuestión técnica algo complicada, así que no entraré en detalles ahora mismo. Baste con decirle que está envenenada.

Charlie parpadeó sorprendida.

—¿Qué?

Miles mantenía la mirada fija en la expresión de Clay, repentinamente fría e inescrutable.

—Tiene que destruirla, señor Stryker. Tan pronto como germine. Y no solo la semilla: el suelo también, ya que ha quedado contaminado. He traído instrucciones concretas, así como la información referente a su seguro. Cubriremos, por supuesto, el coste de la destrucción y todos los gastos en los que incurra hasta devolver a su granja a su condición original. Todo saldrá bien. Solo nos llevará algo de tiempo.

Charlie se apoyó en el respaldo del sofá.

—¿Tiene que destruirse todo? —inquirió.

—Sí —respondió Miles—. Y un grosor de quince centímetros de suelo. Lo lamento mucho.

Clay no había pronunciado una palabra. Permanecía de pie, sin moverse. «Asimilando la noticia», pensó Charlie, triste. Viendo cómo su sueño quedaba destruido antes de haber empezado siquiera. Primero el cementerio indígena, luego Nate y ahora eso. Debía de pensar que su proyecto de agroturismo estaba maldito.

–Deme lo que tenga que darme.

Miles le entregó los papeles y Clay lo acompañó hasta la puerta. Cuando el hombre se hubo marchado, se volvió hacia Charlie.

–Necesito estudiar todo esto.

–¿Estás bien? ¿Cómo puedo ayudarte? Quiero hacer algo.

–Estaré bien –pronunció lentamente. Parecía resignado–. Arreglaremos esto y luego plantaré otra cosecha para la próxima primavera. No es importante. Al fin y al cabo, no iba a dar de comer a la gente…

–Clay, no… Tuviste una gran idea. Tu proyecto de agroturismo saldrá adelante. Esto es solo un contratiempo.

–Un infierno de contratiempo –masculló. Inclinándose, la besó en una mejilla–. Estaremos en contacto.

Se marchó. Charlie ni siquiera intentó detenerlo; no sabía si debía hacerlo. Aunque sabía que ofrecerle consuelo formaba parte de la relación de pareja, era demasiado lo que ignoraba al respecto. ¿Debería haberle insistido en que se quedara para hablar? ¿Forzarlo a verbalizar lo que estaba sintiendo? Estaba descubriendo su papel de compañera de pareja sobre la marcha. Y no estaba haciendo un buen trabajo, pensó sombría.

Sabía que Clay estaba recibiendo demasiados golpes y demasiado rápido, con lo que podría dejarlo en una muy mala posición. Lo que no sabía era cómo reaccionaría llegado ese momento. O si eso cambiaría su relación entre ambos.

–Nunca había conocido a nadie que viviera en un hotel –comentó May–. Es tan decadente…

Dominique sirvió el té en las tazas y dejó la tetera a un lado.

—Si comprara una casa, necesitaría servicio. Alguien que hiciera la limpieza y cocinara. Y también alguien que trabajara el jardín. Esta solución parece más fácil.

May le sonrió.

—¿No cocinas?

—No me gusta cocinar. La comida de aquí es buena, ¿por qué no dejar que se ocupen ellos de los detalles? Viviendo en una suite, tengo todo lo que necesito. Me suben la comida y el servicio se encarga de todo lo demás.

Estaban sentadas en la suite de Dominique en el Ronan's Lodge. Había pedido té para ella y para su invitada: el té de la tarde. «No es ningún lujo», pensó con un suspiro mientras le pasaba a May un plato con bocaditos de pepino. «Pero sí una fase necesaria en la batalla de la civilización contra el caos».

—No quiero pecar de curiosa, pero... ¿no es muy caro vivir en un hotel?

Dominique eligió un bocadito y lo dejó en su plato, frente a ella. El hotel tenía un precioso servicio de té, de porcelana fina. Tradicional y lo suficientemente coqueto como para resultar femenino.

—El dinero no es un problema —explicó con tono suave—. Gané mucho durante mi carrera y además he tenido mucha suerte con mis inversiones. Podría vivir en hoteles durante tres vidas seguidas. Pero, como estoy segura de que habrás descubierto hace mucho tiempo, el dinero puede comprar la seguridad, pero no las relaciones personales. Pienso además que viviendo en un hotel ayudo a Charlie. Hace que mi estancia aquí parezca menos permanente, y por tanto se sienta menos amenazada por el hecho de que haya comprado el estudio de danza.

—Impresionante —dijo May, y bebió un sorbo de té—. Mirándolo desde tu punto de vista.

Dominique había descubierto que todavía le quedaba

un largo trecho por lo que se refería a la dinámica madre-hija. Pero ya había hecho algunos progresos. Charlie aceptaba ya sus llamadas y había reaccionado favorablemente cuando ella le sugirió que salieran juntas. Transcurriría todavía algún tiempo antes de que llegaran a convertirse en amigas, pero Dominique estaba deseosa de hacer el esfuerzo. Cuando estaba con su hija, experimentaba una sensación de pertenencia que no había vuelto a experimentar desde la muerte de Dan. Lo único que lamentaba eran los años que había desperdiciado siendo tan egoísta y viviendo tan centrada en sí misma.

–Lo estás haciendo muy bien –le dijo May.

–Eso espero. Una vez que empecé a entender lo que estaba haciendo mal, pude hacer algún progreso –sonrió–. Aunque echo de menos hablar de mí misma.

Dominique se echó a reír.

–Es por eso por lo que tienes amigas que te escuchen, como yo.

Dominique sonrió y alcanzó un bocadito, pero los dedos le temblaron un poco. ¿Eran entonces amigas?, se preguntó. Eso sería bonito. No recordaba la última vez que había tenido una amiga de verdad. Alguien que se preocupara por ella más allá de los compromisos del trabajo.

–Rafe y Heidi están ya en camino –le dijo May–. Su avión llegará el viernes. Estoy pensando en organizar una reunión de fútbol el domingo.

Dominique ladeó la cabeza.

–¿Qué es eso?

–Pues gente que se reúne en casa a ver un partido de fútbol.

–¿A propósito?

–Claro, a propósito –May pronunció las palabras con una sonrisa–. Los tres chicos míos estarán allí. Heidi por supuesto, y Annabelle. Sospecho que Clay querrá invitar a Charlie. Glen no se lo perdería. ¿Por qué no vienes? No creas que porque haya fútbol no te divertirás. Habrá mucha comida y podrás conversar con Charlie tranquilamente.

A Dominique le encantó la idea.

—Gracias. Me gustaría traer algo —sonrió maliciosa—. He conocido al cocinero jefe del restaurante. Su hermana era una gran admiradora mía y bailó durante varios años, así que tenemos eso en común. Estoy segura de que podría preparar algo sabroso para la ocasión.

May se echó a reír.

—Trae entonces el postre. Yo me encargaré de todo lo demás. Será comida más bien fácil de preparar. Nachos, alas de pollo, aperitivos...

—Perfecto —dijo Dominique, imaginándose a todo el mundo sentado viendo un partido de fútbol por la televisión—. Comida fácil, conversación fácil. Y fluida. Entiendo el objetivo. Muy inteligente.

May se inclinó para palmearle un brazo.

—No has tenido trato con muchas familias, ¿verdad?

—No. Siempre he estado viajando o ensayando o recibiendo clases. El mundo de la danza es exigente. Cuando estaba de viaje, la compañía tenía instructores que nos acompañaban para que no perdiéramos práctica —sonrió—. Cuando te conozca mejor, te enseñaré mis pies. Los pies de las bailarinas no son bonitos. Entre las fracturas de dedo, los moratones y los años de maltrato, terminamos con los pies retorcidos y machacados —estiró una pierna, mostrándole el calzado que llevaba—. ¿Ves? Todo debidamente disimulado debajo de la piel más cara.

—Te sacrificaste mucho por el éxito.

—Así es. El esfuerzo fue lo más fácil. Las ausencias de casa fueron duras. Mientras estuve casada, eché terriblemente de menos a Dan. Tras su muerte, nunca logré acostumbrarme a que no estuviera en casa esperándome.

—De eso hace ya mucho tiempo.

—Nunca dejé de amarlo.

—Conozco la sensación. Yo también perdí a mi marido.

Tardé cerca de veinte años en encontrar a Glen –los ojos de May se humedecieron por las lágrimas–. Nunca imaginé que volvería a enamorarme, y menos aún a esta edad. Pero él apareció y no pude resistirme.

Dominique había oído que las viudas podían volver a enamorarse. Ella no las envidiaba. Nadie podría sustituir nunca a Dan, y echarlo de menos sería siempre mejor que amar a otro.

–Supongo que no estás dispuesta a volver a salir con nadie –le dijo May con una dulce sonrisa–. ¿De verdad no quieres que te presente a alguno de los amigos de Glen?

–No, gracias. En alguna ocasión tomé algún amante, pero nunca llegué a disfrutar de la experiencia. Para mí solamente existió Dan. Tenerlo en mi vida fue una bendición. En realidad, Dios me ha bendecido de muchas maneras. Mi carrera, por ejemplo, y ahora además tengo una segunda oportunidad con mi hija. Eso es más que suficiente para cualquiera.

Clay ayudó a Rafe a colocar los sofás delante del gran aparato de televisión. Su hermano mayor se irguió para mirar la gran pantalla montada en la pared.

–Estupendo –dijo–. Justo a tiempo para la temporada.

–Ves siempre mucho fútbol, ¿no?

–Podría ver mucho más. A Heidi le gusta, y Dante y yo solíamos ver los partidos juntos. Necesito mantener la tradición.

–¿Así que tu socio no siempre está refunfuñando?

Rafe se sonrió.

–Dante nunca reconocería que refunfuña.

–Debí haberle sacado una foto mientras estuviste fuera. No puede decirse que esté muy contento.

–Ya lo deduje por sus correos electrónicos.

Cambiaron de posición la mesa del salón y llevaron la mesa de la cocina para colocarla contra la pared. Cuando terminaron, Rafe contempló la gran habitación, ya preparada.

—¿Sabes? Es bueno estar de vuelta.

—¿No te encantó París?

—Me encantó estar con Heidi —sonrió—. La ciudad no fue tan interesante. Pero a ella le gustó.

Clay pudo haberse burlado diciéndole que Heidi lo tenía bien agarrado de la nariz, o de otra cosa, pero lo cierto era que lo envidiaba. Mientras estuvo casado con Diane, él se había comportado de la misma manera. Había ido a ver los espectáculos de Broadway porque a ella le habían encantado. Habían salido de compras, visitado museos... Todo eso con tal de ver cómo sus ojos se iluminaban de alegría.

Charlie era diferente, pensó con una sonrisa. Ella encontraba placer en las carreras de coches y en el senderismo. Dudaba que pudiera aguantar un ballet entero o una ópera sin que le entraran ganas de matar a alguien. Cualidades que él, por cierto, encontraba encantadoras.

—Me enteré de lo que pasó con la semilla de alfalfa y con Nate —le dijo Rafe mientras extendía el mantel sobre la mesa de la cocina—. ¿Estás bien?

El buen humor de Clay se evaporó.

—No. Estoy furioso y perplejo. Primero las tumbas, luego Nate y después la semilla. Admito que lo de la semilla y las tumbas solo fueron golpes de mala suerte, pero fui yo quien escogió a Nate. Hice más caso a su experiencia que a mi estómago y me equivoqué. Lo que me fastidia es que estuvo haciendo de las suyas en el pueblo. Yo pretendo establecerme aquí por mucho tiempo. No quiero que las familias se enfaden conmigo porque a mi director de granja le guste ir con adolescentes.

—Pero manejaste bien el asunto. Nate se marchó. La situación está resuelta.

—Sigo sintiéndome como un imbécil.

—La próxima vez harás caso a tu estómago.

—Cierto. Y sigo esperando los otros problemas que puedan surgir. Con la semilla, no me queda más remedio que esperar. Tiene que germinar antes de que pueda arrancarla. Se trata de algo relacionado con su toxicidad. Mi calendario se ha retrasado, cosa que no me gusta, pero tengo que aguantarme.

—¿Falló la alfalfa? —inquirió Rafe, bromista, haciendo un juego de palabras.

Clay hizo amago de darle un puñetazo.

—Cállate.

—Solo quería acompañarte en el sentimiento.

—Ya, claro —se dijo que tenía que animarse. Al fin y al cabo, iba a ver a Charlie.

—Hey, pensaba mandarte flores...

—¿Ya os estáis peleando? —gritó su madre desde la cocina.

—¿Quién, nosotros? —gritó Rafe a su vez.

—Portaos bien, ¿me habéis oído? Charlie y su madre van a venir y quiero dar una buena impresión.

Clay pensó en la última noche que había pasado con Charlie. Ella había querido volver a llevar la iniciativa: una circunstancia que él disfrutaba enormemente. Estaba aprendiendo cada vez más sobre lo que le gustaba y sobre lo que podían hacer juntos. Se alegraba de ejercitarse regularmente, ya que de lo contrario su energía lo habría matado.

—Charlie, ¿eh? ¿Cuándo empezaste a verla? —le preguntó de pronto Rafe.

—Mientas tú estuviste fuera.

—Es una gran chica —su hermano mayor frunció el ceño—. No le hagas daño.

Clay sabía que Rafe hablaba en serio. Le gustó que Charlie tuviera gente que se preocupara de ella.

—Charlie me importa —le confesó, sonriendo—. Y, por lo visto, ella no se cansa de mí.

—Entonces eres un hombre de suerte.

—Soy consciente de ello.

–Ya ni me acuerdo de la última vez que trajiste una chica a casa.

–Era todavía un adolescente cuando me marché a Nueva York –le recordó Clay.

–A todos nos gustaba mucho Diane, pero me alegro de que mires hacia el futuro.

Clay asintió. Con Charlie, sentía una conexión emocional cada vez más fuerte. La conocía y la respetaba. La deseaba, pero eso era bien fácil. Estaban muy bien juntos. No era amor, pero era mucho más de lo que había esperado nunca.

Terminaron de preparar la mesa y entraron en la cocina. Shane y Annabelle estaban recopilando ingredientes para los nachos. Glen, a cargo de la barbacoa, ya había empezado con las alitas de pollo. May acababa de meter una gran bandeja de champiñones rellenos en el horno.

La anticuada cocina estaba atestada de gente. El bullicio era grande; aun así, el ambiente era entrañable y Clay comprendió que había hecho bien en volver a casa y establecerse allí. Efectivamente, lo de Nate había sido un error, pero estaba en vías de solución. Ya había concertado una entrevista con Ty para tratar del puesto de dirección de la granja.

Oyó acercarse una camioneta por el sendero de entrada.

–Ya están aquí –gritó y salió a saludar a sus invitadas.

Hizo un guiño a Charlie, pero rodeó el morro para abrir primero la puerta del pasajero.

–Hola, Dominique –la saludó, tendiéndole la mano.

–Clay –se volvió para sacar algo del asiento trasero–. He traído tarta.

–Me encanta la tarta.

–Pues procura seguir yendo al gimnasio después de probar esta. Mi hija se merece un novio que esté en forma.

–¡A la orden! –dijo, recibiendo las cajas–. Mi madre está en la cocina.

–Conozco el camino.

Dominique se dirigió hacia la casa. Charlie, que acababa de bajar también, esbozó una mueca.

–Ese comentario ha sido un poco patoso por su parte –le dijo–. Disculpa. El rol de madre es un poco nuevo para ella y todavía se está acostumbrando.

Clay se sonrió.

–Te mereces efectivamente un novio en forma.

–Tú no corres peligro de perderla.

–Podría engordar.

–No si quieres convertirte en bombero voluntario, hombretón. Evaluaremos tus condiciones cada año.

Clay se inclinó para besarla.

–¿Dentro o fuera del cuartel?

Charlie se apoyó en él, buscando su boca.

–Creo que diseñaré algunas actividades específicas para ello.

–Ya las estoy esperando ansioso...

Sujetó las cajas con la mano derecha mientras la tomaba de la nuca. Charlie empezó a besarlo de manera insistente, y él le mordisqueó el labio inferior antes de deslizar la lengua dentro de su boca. El calor le abrasaba las entrañas, inflamándolo de deseo. Ella tuvo que agarrarse a sus bíceps, como si estuviera en peligro de caerse.

–¿Cómo lo haces? –le preguntó Charlie en un susurro–. Hacerme desearte con una simple mirada o un contacto, quiero decir...

–Magia.

–Estoy empezando a pensar... –apoyó la frente contra la de él mientras intentaba controlar su respiración– que es efectivamente eso.

Irguiéndose, él le acarició el rostro.

–Tenemos buena química y tú tienes... –vaciló como para escoger la expresión adecuada.

–¿Un gran sex–appeal? –sugirió ella en voz baja–. ¿Es normal lo que me pasa? ¿Que te desee todo el tiempo?

–Diablos, sí.

Charlie soltó una carcajada medio ahogada.
—Estoy hablando en serio.
—Yo también. Eres una mujer joven y sana. Disfrutar del sexo es algo natural. Desde mi punto de vista, eres inteligente, divertida y tienes un cuerpo despampanante. ¿Debo deprimirme porque quieras hacer el amor conmigo de manera regular?
—Cuando lo dices así... —repuso, desviando la mirada hacia la casa y mirándolo luego a él—. ¿Crees que será por todo el tiempo que he estado sin hacerlo?
—Puede, pero si solo fuera eso, deberías haber aflojado un poco más a estas alturas. Tienes un deseo sexual muy activo —suspiró mientras le rodeaba los hombros con un brazo—. Y yo estoy tomando vitaminas. Todo debería salir bien. Sabes hacer reanimación cardiorrespiratoria, ¿verdad?
—Podría pegarte ahora mismo en el estómago.
—Podrías. O también podrías castigarme después.
Vio que sus ojos azules relampagueaban ante la idea.
—Me gusta eso. Una pequeña tortura. Tú completamente desnudo y obligado a quedarte inmóvil mientras yo te someto a lametadas.
Clay dejó repentinamente de reír. La imagen mental lo hizo detenerse en seco y le costó respirar.
Charlie enarcó las cejas.
—Vaya. El poder de la sugestión.
—Es que eres irresistible.
Ella se volvió para mirarlo.
—Tú también.
Le tomó la mano y le apretó los dedos, antes de invitarla a entrar en la casa. Todavía tenían que ver el partido, pero después se encargaría de recordarle su prometida «tortura». Era exactamente de esa manera como le encantaría finalizar la jornada.

Una hora después estaban ya todos instalados para ver

el partido. Los Stallions de Los Ángeles eran favoritos contra los Bears. Clay se hallaba sentado en el suelo, delante de Charlie, con la espalda apoyada en el sofá. Las largas piernas de Charlie estaban extendidas y en contacto con las suyas, con sus pies descalzos presionando contra su cadera. Clay miró a su alrededor y descubrió que, a excepción de Dominique, todo el mundo se había emparejado.

Los equipos se alinearon, preparados para empezar el partido. Les tocó sacar a los Stallions. El balón fue lanzado al aire, subiendo cada vez más para terminar cayendo cerca de la banda lateral. Demasiado cerca. Los jugadores echaron a correr y las animadoras de los Stallions se apresuraron a quitarse de en medio.

Una de las jóvenes no se apartó con la suficiente rapidez y fue violentamente derribada por un jugador de los Stallions. En lugar de seguir la jugada, la cámara se concentró en la animadora, tendida en el césped con la pierna doblada en un ángulo extraño y los ojos cerrados.

–Eso ha tenido que doler –dijo Charlie–. Espero que no le haya pasado nada.

Nadie más habló. La cámara se acercó y un primer plano de la animadora llenó la pantalla. Rafe soltó una maldición, Shane se levantó de un salto y May se llevó una mano al cuello. Clay miraba fijamente la pantalla, incapaz de dar crédito a lo que estaba viendo.

–¿Qué pasa? –inquirió Dominique–. ¿Es que conocéis a esa mujer?

–Es mi hija.

Capítulo 18

Todo el mundo estaba hablando a la vez. A Dominique, la presión de los cuerpos y el frenesí de las conversaciones le recordaron los minutos inmediatamente anteriores a una salida a escena. Se sintió extrañamente reconfortada por la trepidante energía, pero tuvo el tacto suficiente de no demostrarlo. En lugar de ello se acercó a May, deseosa de ayudarla, pero sin saber cómo.

Vio a Charlie hablando con Clay. Clay sacudió la cabeza y se acercó a May. Dominique se apresuró a reunirse con su hija.

—Todo esto es muy angustioso —le dijo—. Para la familia —añadió—. Yo no la conocía.

—Yo tampoco —admitió Charlie mientras veía a Clay hablar con su madre, que tenía ya el teléfono en la mano. Volviéndose hacia Dominique, bajó la voz—. Evie, Evangeline, es varios años menor que sus hermanos. No puede decirse que esté muy encariñada con su madre.

Dominique se giró para quedarse mirando a May.

—Ahora que lo dices, no recuerdo que ella me mencionara a su hija... Pero eso no es posible. May es la madre perfecta —frunció el ceño.

Charlie la sorprendió entonces rodeándole los hombros con un brazo.

—No con Evie. No sé gran cosa excepto que se marchó

de casa cuando todavía era una adolescente y desde entonces no ha vuelto. Sé que Clay y Shane se han mantenido en contacto con ella, pero ni siquiera ellos sabían que trabajaba de animadora.

Dominique asimiló la información. Si alguien tan bueno y comprensivo como May podía cometer errores, entonces todo el mundo tenía esperanzas.

Pareció como si May fuera a sufrir un desmayo. Glen se apresuró a sujetarla mientras Rafe le quitaba el teléfono de la mano y se lo llevaba a la oreja.

Por lo que Dominique había visto, Evie había abandonado el campo en camilla. No había abierto los ojos; ni siquiera se había movido. El golpe había sido muy duro. Podía haberle sucedido cualquier cosa.

—Los Ángeles no está tan lejos —dijo Dominique—. Alguien podría tomar un avión en Sacramento y estar allí en un par de horas.

—Estoy segura de que eso es lo que va a suceder —comentó Charlie.

May se disculpó antes de retirarse. Dominique vaciló por un segundo, pero luego la siguió hasta la habitación de invitados de la planta baja.

—Lo siento —le dijo mientras se acercaba—. Debes de sentirte fatal.

May asintió, abrazándose.

—No puedo creer lo que ha sucedido. No se movía. ¿Tú la has visto moverse?

Dominique se acercó todavía más y la abrazó con fuerza.

—Enterémonos primero de lo que dicen los médicos antes de ponernos en lo peor. Déjame decirte que he visto centenares de lesiones en mis tiempos de bailarina. La medicina moderna es milagrosa. Estoy segura de que se pondrá bien.

May inspiró profundo. Temblaba de pies a cabeza.

—Yo no lo sabía —musitó—. Yo no sabía lo que estaba haciendo mi propia hija. Hace años que no hablo con ella. A veces me permito olvidarla porque, cuando la recuerdo, sé que lo hice mal, que me porté mal. Y no sé cómo arreglarlo –se le llenaron los ojos de lágrimas–. Era por eso por lo que quise ayudarte con Charlie. Al menos una de nosotras debía arreglar las cosas.

–Tú también puedes arreglar las cosas con Evie –dijo Dominique, disfrutando con la sensación de ser ella la que proporcionaba consuelo, en lugar de recibirlo–. Ella te necesitará ahora más que nunca.

–¿De qué estás hablando?

–Está herida. Necesita a su familia.

Dominique recordó una ocasión en que un imbécil había chocado contra ella cuando estaba haciendo un *grand jeté*, derribándola. La caída había sido terrible, como si se hubiera roto varios huesos. En aquel momento solo había pensado en una cosa: en lo mucho que quería a Dan. Él, por supuesto, había estado con Charlie. Dominique se había encontrado de gira en Londres, dolorosamente lejos de casa. Se había recuperado. Al final solamente se había perdido tres actuaciones. Pero la sensación de vulnerabilidad no la había abandonado nunca. Si Evie estaba gravemente herida, querría estar en compañía de sus seres queridos.

–¿Crees que debería ir a buscarla? –le preguntó May.

–Por supuesto.

May sacudió la cabeza, retrocediendo un paso.

–No. Ella no me quiere. Mandaré a sus hermanos. Con ellos se lleva bien.

–Tú eres su madre.

–Tú no sabes lo que hice. Eso no lo puedo cambiar.

–Fuera lo que fuese, yo me porté mucho peor y Charlie me ha perdonado. Ella te necesita, May. Esta es tu oportunidad de estar a su lado.

Clay entró en ese momento en la habitación.

–Acabo de telefonear a la agencia de vuelos chárter del pueblo. Finn puede llevarnos a Los Ángeles ahora mismo.

Nos estará esperando en el aeropuerto de Fool's Gold dentro de quince minutos. El trayecto durará cerca de una hora. Annabelle y Heidi se encargarán de los teléfonos y se mantendrán en contacto con la oficina de Finn. Desde allí le transmitirán por radio el hospital de destino de Evie para que podamos aterrizar lo más cerca posible –Clay entrecerró los ojos–. ¿Vendrás, mamá?

–Por supuesto que sí –se adelantó Dominique, dándole un pequeño empujón hacia la puerta. Vamos. Los demás nos ocuparemos de la casa. Asegúrate de llamarnos en algún momento para informarnos.

May miró a una y a otro.

–De acuerdo. Sí, yo iré también. Tienes razón. Necesito estar con ella.

Salió al pasillo. Dominique esperó que Clay la siguiera de inmediato, pero él la sorprendió al acercarse para abrazarla.

–Veo un gran potencial en usted, señora Dixon –le dijo, y le plantó un beso en una mejilla.

Cinco minutos después, May y sus hijos ya se habían marchado. Glen los había llevado al aeropuerto. Heidi y Annabelle no paraban de hacer llamadas, intentando averiguar dónde estaba Evie. Charlie se acercó a su madre.

–Esto ha sido algo completamente inesperado –dijo–. Espero que Evie se encuentre bien.

–Yo también –Dominique miró a su hija–. ¿Sabes? Me gusta mucho tu hombre.

Charlie se sonrió.

–Y a mí.

–Yo no lo haría si fuera tú –dijo Shane.

Clay se detuvo en el pasillo.

–¿Tienes miedo de una niña?

–No es una niña. Es nuestra hermana, y sí, tengo miedo –Shane se volvió para mirar la habitación de invitados de la planta baja–. Si crees que tú puedes hacerlo mejor, adelante.

Evie llevaba dos días en casa. Al final, los que habían volado en busca de Evie habían sido Rafe, May y Shane. Clay se había quedado para preparar la habitación con vistas a la instalación del equipo médico que fuera necesario. May y Shane habían regresado con ella mientras que Rafe se había quedado en Los Ángeles para ultimar trámites.

Evie había pasado las primeras veinticuatro horas dormida por la medicación. El médico les había asegurado que era lo mejor. Pero en ese momento estaba despierta y acababa de mandar a Shane a tomar viento.

–Vergüenza me das –le dijo Clay a su hermano mientras lo hacía a un lado.

–Ya veremos cuánto te dura esta actitud de gallito tuya –le gritó mientras lo veía alejarse–. Le servirás de desayuno, hermanito.

–Son las dos de la tarde.

Clay llamó a la puerta entornada antes de entrar.

Evie yacía en la cama de hospital que Clay había alquilado, con la pierna en alto. Una escayola le cubría la pierna derecha desde el tobillo hasta medio muslo. Estaba pálida y delgada. Su largo cabello rubio oscuro se derramaba sobre la almohada. No se molestó en mirarlo cuando entró, pero Clay supo que, cuando lo hiciera, vería sus ojos verdes. Diferentes de los de sus hermanos y su madre: un recordatorio del misterioso desconocido que era su padre.

–Has logrado asustar a Shane –le dijo a manera de saludo–. Impresionante.

–Vete.

–Perdona, pero no. Yo soy la parte divertida de tu estancia aquí.

La habitación de invitados estaba bañada por el sol. Grandes ventanas dejaban pasar la luz, que hacía brillar el suelo de madera. La cama había sido desplazada para dejar sitio a la nueva. También había un carrito de hospital. Y unas muletas apoyadas contra la pared, aunque por lo que sabía Clay, su hermana estaba haciendo todo lo posible por evitar levantarse. Y eso incluía comer y beber. La comida intacta seguía en la bandeja.

Se sentó en la silla junto a la cama y le tomó una mano. Tenía los dedos largos. Tenía un cuerpo de bailarina, de huesos finos, esbelto y elegante. Pero desde la última vez que la había visto, había enflaquecido mucho.

–¿No vas a comer nada? –le preguntó.

–Hoy no.

«Y últimamente tampoco», pensó Clay.

–Estás hablando conmigo, Evie. ¿Qué pasa?

Volvió la cabeza para mirarlo. La absoluta falta de sentimiento de sus ojos le dolió más que su furia.

–Vete al infierno.

–¿Te duele?

–¿Necesito que me duela algo para no querer estar aquí? –retiró la mano y giró la cabeza hacia el otro lado.

–¿Eres consciente de que te lesionaron, verdad? –le preguntó, deseoso de hacerle comprender lo que había pasado.

–La escayola de mi pierna me da una buena pista, pero gracias por la clarificación.

–Estás en Fool's Gold. En la casa de Rafe.

Aquello hizo que lo mirara de nuevo. En ese momento la irritación relampagueó en sus ojos verdes. Clay pensó que eso era mejor que nada.

–Tengo una pierna fracturada, no una lesión cerebral. Sé dónde estoy. A lo que me opongo es a estar precisamente aquí. No teníais ningún derecho a traerme a este lugar sin haberme preguntado siquiera.

Quiso recordarle que técnicamente no había formado parte del equipo de rescate, pero sabía que eso no facilitaría la comunicación.

–Estás herida. Debías estar con tu familia.

–¿Y tú te incluyes?

—Claro. Tú y yo hablamos —sabía que él había permanecido en contacto con ella más que nadie—. ¿Por qué la estás tomando conmigo? Yo ni siquiera sabía que trabajabas de animadora. ¿Por qué no me lo dijiste?
—¿Cuándo se suponía que iba a hacerlo?
—Hablamos cada par de semanas.
—Cierto. Esas llamadas tan largas... «Hey, hermanita, soy yo. ¿Cómo estás? ¿Necesitas dinero? Estupendo. Tengo que dejarte. Te quiero» —torció el gesto—. No es una gran oportunidad de compartir esos detalles personales en los que ahora pareces tan interesado.

Clay quiso decirle que no era así. Solo que sabía que efectivamente llevaba razón. Cuando se acordaba de llamar a Evie, la comunicación siempre era breve. Desde la perspectiva de Evie, irrelevante. Una llamada motivada por el sentido del deber.

—Háblame de tu trabajo como animadora —le pidió—. Quiero saber.

Ella señaló su pierna.

—¿Importa acaso? No parece que vaya a poder reincorporarme pronto al equipo.
—Lo siento.
—Yo también.

Clay no sabía cómo ayudarla ni qué decirle.

—Evie, eres mi hermana. Me preocupo por ti.
—Entonces sácame de aquí. Llévame a cualquier otra parte donde no esté cerca de mamá o de cualquier otra persona que conozca. Así me recuperaré tranquilamente.
—Vas a necesitar ayuda. La fractura no es grave, pero es traicionera. Tendrás que hacer rehabilitación. Mamá quiere ayudarte.
—Preferiría no volver a caminar nunca.

El instinto lo impulsaba a defender a May, pero se contuvo. La relación de May con Evie siempre había sido difícil. No solo por la clásica relación madre-hija, sino porque May se sentía culpable de la aventura de una sola noche que vivió poco después de la muerte de su bienamado marido. Evie había sido el resultado de aquella noche.

Clay había sido demasiado joven en aquel entonces para comprender lo que había pasado. De repente, un día había tenido una hermanita pequeña. Como el menor que era de sus hermanos, había sido el más cercano a Evie. Lo triste de la situación había sido precisamente lo mucho que los demás la habían ignorado.

Sabía que no era aquel el momento adecuado para decirle que Rafe y May habían empaquetado prácticamente todo el contenido de su apartamento para llevárselo a Fool's Gold. Evie tenía para un par de meses y todo el mundo había decidido que lo mejor era que estuviera cerca. Sabía que no apreciaría la decisión.

—Lo siento —dijo, consciente de que la disculpa era, como poco, pobre. Y, como mucho, insultante.

—Típico de los hombres —suspiró su hermana—. No puedes evitarlo. Echo de menos a Diane.

—¿A mi Diane?

Evie asintió.

—Ella sí que me llamaba mucho. Hablábamos. Se acordaba de mi cumpleaños y me mandaba regalos. Regalos tontos, pero era bonito —su expresión se suavizó momentáneamente—. No te la merecías.

—Lo sé. Nunca entendí lo que vio en mí.

—Te quería un montón.

—Yo también la quería mucho a ella. Fui muy afortunado de conocerla —se arriesgó a volver a tomarle la mano—. Hablando de otras personas significativas, ¿hay alguien a quien quieras llamar? ¿Alguien que vaya a echarte de menos o se preocupe por ti?

—No. No hay nadie.

Se le encogió el estómago al escuchar la cruda soledad que despedían aquellas palabras. Evie tenía veinticinco años. Debería estar divirtiéndose con amigos, enamorándose y desenamorándose. No debería sentirse sola, ni mostrarse cínica. No debería odiar a su familia ni desear estar en cualquier parte que no fuera con ellos.

Clay maldijo entre dientes.

–Lo siento –dijo–. ¿Qué diablos sucedió entre nosotros?

Lenta, deliberadamente, Evie volvió a retirar la mano.

–Tú no me quisiste. Ninguno de vosotros me quiso. Yo nunca formé parte de esta familia y todos os asegurasteis de dejármelo claro. Así que no te hagas el sorprendido y el indignado de que no quiera tener nada que ver con vosotros.

Clay quiso decirle que estaba equivocada, solo que no lo estaba. No lo estaba en nada de lo que acababa de decir. Los cuatro habían formado una unidad y Evie había sido la extraña, la oveja negra.

–Yo te quiero, Evie.

Cerró los ojos.

–Ahora me gustaría dormir.

No era la discusión a gritos que había tenido con Shane, pensó Clay mientras se levantaba. Pero había sido igual de destructiva. Evie lo había derrotado con nada más que con la desagradable verdad.

Caminó hasta la puerta y se detuvo. Consciente de que no había nada más que pudiera decir, se marchó.

Sinceramente, Charlie no sabía adónde mirar. La habían llamado para ayudar en accidentes verdaderamente horribles, había sacado cadáveres de edificios en llamas e incluso había ayudado en el parto de un bebé. Nada de lo cual la había preparado para la sesión fotográfica del calendario de la brigada de bomberos de Fool's Gold.

Había tipos guapos por todas partes. Doce en total, en diversos estados de desnudez, bien maquillados y, er... bien untados de aceite. Sí, una mujer excesivamente depilada de unos cuarenta años se paseaba entre los modelos con un frasco de aceite para untarlo en la piel desnuda de los modelos. Y era mucha la piel desnuda que había.

Charlie no sabía si debía disfrutar de la vista o escapar. Se suponía que Clay debía reunirse con ella, pero había telefoneado para avisarla de que se retrasaría y de que fuera poniéndose cómoda. Algo que no creía que fuera posible.

Un estrado bajo se alzaba al fondo de un granero. Por todas partes había focos con sombrillas boca abajo para matizar la luz. Había un ventilador, focos también en el suelo y varios objetos de *atrezzo*, incluido un caballo ensillado. No podía encontrar el mejor lugar donde situarse, y mucho menos adónde mirar. Estaba sacando las llaves de la camioneta del bolsillo cuando se abrió la puerta trasera del granero y entró Clay. Charlie se dirigió apresurada hacia él, deseosa de recibir alguna pequeña dosis de consuelo o incluso de protección.

—Gracias a Dios que ya estás aquí. Esto es una pesadilla.

Clay le sonrió. La atrajo luego hacia sí y le dio un beso.

—¿Me echabas de menos?

—Sí. No puede decirse que aquí me encuentre muy cómoda.

Miró a su alrededor y después la miró a ella.

—¿Preferirías estar en un incendio?

—Por supuesto. Al fuego lo entiendo. Esto es una locura.

—Es una sesión fotográfica.

—Dices eso como si yo hubiese estado en veinte.

—Esta es mi chica —le pasó un brazo por los hombros—. Diciendo siempre lo que le pasa por el cerebro.

—Es el único que tengo. ¿Cómo estás? ¿Evie se está recuperando bien?

El buen humor de Clay desapareció.

—La verdad es que no está nada contenta.

—Tiene dolores. Eso tiene que poner de mal humor.

—Creo que está más enfadada con nosotros que por su pierna rota.

Charlie sabía poco de dinámicas familiares.

—Ya se le irá pasando.

—No estoy tan seguro. Todos somos culpables de no habernos esforzado lo suficiente. Debí haber estado más con ella —sacudió la cabeza—. Otro apartado en el que he fallado.

—No digas eso. Evie pudo haberse esforzado también.

—¿Por qué habría de haberse molestado?

—Porque, al final, todo el mundo quiere conectarse. Mírame a mí. Me estoy llevando bien con mi madre y... ¿quién habría imaginado que eso sería posible?

Clay le acarició el rostro mientras la miraba fijamente a los ojos.

—Tienes razón.

Charlie suspiró.

—Esas palabras nunca envejecen. ¿Quieres que hable yo con Evie? ¿Crees que eso podría ayudar?

—Quizá cuando se sienta algo mejor. Ahora mismo está enfadada con el mundo. Especialmente con los Stryker —miró a su alrededor—. De acuerdo, hablemos del motivo por el cual estamos aquí. ¿Tienes alguna pregunta que hacerme?

—¿Aparte de la de cuándo nos vamos a ir? No.

Clay se rio entre dientes.

—¿Quieres que te presente a alguno de los chicos?

—No, gracias. Yo ya tengo mi guapo supermodelo particular. Con uno me basta.

—Me alegro —le tomó la mano—. Porque te recuerdo que esta relación nuestra es cerrada.

Ella se lo quedó mirando fijamente.

—Estás de broma, ¿verdad? No estarás seriamente preocupado de que pueda atraer a alguien...

—¿Por qué no? Podría suceder.

—¿Te has mirado últimamente en el espejo?

—¿Qué tiene eso que ver con nada? Engañar no siempre tiene que ver con la apariencia. Se trata de cómo te sientes. ¿Eres feliz? ¿Tienes tus necesidades satisfechas? Hablaba en serio, Charlie. Para mí, esta relación es cerrada. Excluyente. Y espero que para ti también lo sea.

Charlie tuvo que mantener conscientemente la boca cerrada para que no se le abriera de asombro.

—¿Te preocupa que quiera ver a alguien más?

—Quiero asegurarme de que estamos al mismo nivel.

—Lo estamos —repuso ella, preguntándose si la situación con su hermana le estaría afectando más de lo que estaba dando a entender. Aunque Clay era más perceptivo que la mayoría de los hombres, seguía siendo un hombre. ¿Cómo podía pensar que ella querría estar con otro? Él era el único hombre que iluminaba sus días y que le hizo...

La verdad podía llegar a ser terrible, reflexionó de pronto, estupefacta. La razón por la que no estaba interesada en otro hombre no tenía nada que ver con la apariencia física, tal y como Clay había sugerido, y todo que ver con los sentimientos. Porque estaba salvaje, desesperada, locamente enamorada de él. En algún momento, en algún lugar entre las risas y los suspiros, le había entregado el corazón. Justo lo que sus amigas le habían advertido que podría suceder. Había sido una completa imbécil.

—¿Charlie?

—Estoy bien —dijo—. Solo estoy asimilando tu preocupación por mi fidelidad.

Se inclinó hacia ella.

—Sé lo salvaje que eres en la cama. Si la noticia corriera, tendrías a todos los hombres del pueblo de rodillas.

—Entonces no se lo diremos a nadie. Había pensado en publicar el anuncio en el periódico, pero creo que al final no lo haré.

—¡Estamos listos! —gritó el fotógrafo—. ¡Jeremy, tu turno!

Jeremy, un joven alto y bien formado, subió a la plataforma. El fotógrafo habló con él durante un par de segundos. Jeremy asintió. Sin previo aviso, se quitó los boxers y se los entregó a un ayudante.

Charlie por poco se ahogó mientras se apresuraba a desviar la mirada.

—¡Está desnudo!

Clay frunció el ceño.

—Claro. Las fotografías en sí serán aptas para todo tipo de públicos, pero para conseguir algunas de las poses sensuales, tienes que estar desnudo.

Charlie miró al suelo y luego los focos, antes de mirar directamente a los ojos del modelo.

—Esa información no hace que esté menos desnudo.

—Estás avergonzada.

—No lo conozco. No quiero ver su.... ya–sabes–qué. Es martes. Evito esas cosas en días laborables.

La atrajo hacia sí.

—Es un pene —susurró—. Puedes pronunciar la palabra.

—Cállate —lo empujó.

Clay se echó a reír y le tomó las manos entre las suyas. Ella lo miró a los ojos, consciente de que podría pasar de buena gana el resto de su vida perdida en aquella mirada. Perdido en él. Y no solo en sus rasgos, sino en el hombre que había dentro. En su corazón y en su alma.

A su derecha, vislumbró un flash. Charlie dio un respingo y se giró rápidamente. El fotógrafo bajó la cámara con que los había estado enfocando y se encogió de hombros.

—Perdón. Era una gran foto. No he podido evitarlo —a continuación se volvió hacia el modelo—. ¿Sabes qué? Ponte esa camisa de cuadros. Con el sombrero.

Alguien le entregó al modelo camisa y sombrero, que se puso. Aunque seguía sin los boxers.

—¿En serio? —inquirió Charlie—. ¿No quiere ponerle el pantalón?

En ese momento se abrió la puerta del estudio improvisado y entraron Gladys y Eddie. Las dos ancianas damas se dieron un buen festín visual con el modelo cuando este se volvió. Gladys se llevó una mano al pecho.

—Que alguien me traiga una silla —dijo—. Voy a desmayarme.

Charlie soltó un gruñido y fulminó a Clay con la mirada.

—Eso es cosa tuya, ¿verdad?

—Pensé que disfrutarían viendo la sesión. Y, francamente, todo esto supone para mí una gran distracción después de lo que ha estado pasando en la granja.

—Si una de las dos sufre un ataque al corazón por culpa de esto, te verás en graves problemas.

Él le dio un rápido beso.

—Voy a ocuparme de ellas. Ahora mismo vuelvo.

Charlie asintió. Una vez que Clay se hubo alejado, buscó al ayudante del fotógrafo.

—Acaba de sacarme una foto con Clay —le explicó en voz baja—. ¿Habría alguna manera de que pudiera conseguir una copia?

—Claro. No hay problema. Deme su dirección de correo electrónico y le enviaré un archivo.

—Gracias.

Quería tener la fotografía para después. En caso de que las cosas funcionaran... o no. La prueba fehaciente de que había encontrado algo especial con la persona adecuada. Sucediera lo que sucediera, siempre tendría el recuerdo de Clay.

Capítulo 19

—Sigues enfurruñado —dijo Shane con tono alegre entrando en la cocina.

Clay lo fulminó con la mirada por encima del borde de su taza de café.

—No estoy enfurruñado. Estoy evaluando mis opciones.

—Es verdad que has tenido algunos contratiempos con tu proyecto de agroturismo, pero estás progresando.

—Hoy no.

Su hermano le palmeó un hombro.

—A lo mejor quieres echar un vistazo a tu tierra.

Clay miró el reloj. Apenas eran las ocho de la mañana. Charlie lo había tenido ocupado la noche anterior y todavía iba por su primera taza de café.

—¿De que estás hablando?

Shane se apoyó sobre el mostrador y sonrió.

—No quiero estropearte la sorpresa. Extremo norte. Las hectáreas donde sembraste la alfalfa.

La alfalfa: algo en lo que no quería pensar, pero que tenía que enfrentar. Eso fue lo que pensó mientras recogía las llaves de la camioneta y abandonaba la casa. Condujo hasta el extremo septentrional de la propiedad para terminar descubriendo a un par de ancianos, alguna maquinaria agrícola y varios camiones de lo que parecía estiércol.

La última semana la alfalfa había germinado. La compañía de seguros se había ocupado de retirarla y de excavar los primeros quince centímetros de suelo. Clay había evitado visitar la zona desde entonces. La tierra había quedado como si le hubiera pasado una guerra por encima. No sabía muy bien cuál era el siguiente paso a dar y tampoco había tenido ánimo suficiente para molestarse en averiguarlo.

Aparcó y bajó de la camioneta. Uno de los ancianos lo saludó con la mano y se dirigió a él.

–Tú debes de ser Clay –dijo el hombre. Tendría unos ochenta años como poco, con el rostro todo arrugado y unos ojillos despiertos y brillantes. Su mono estaba deshilachado pero limpio. Sus botas eran probablemente tan viejas como Clay–. Yo soy Bernard. Y aquel es Ernie –sonrió mientras señalaba a su igualmente anciano amigo.

–Encantado de conocerles. ¿En qué puedo ayudarles?

Bernard se rio a carcajadas.

–Una bonita manera de preguntar qué diablos estamos haciendo aquí, ¿verdad? Bueno, yo tengo un nieto que vive en Bakersfield y el hijo pequeño de Ernie es de Stockton. Nos enteramos de lo que había pasado y nos pusimos en contacto –Bernard señaló los camiones–. Es el mejor mantillo que se puede comprar con dinero –le hizo un guiño–. La compañía de seguros salió ganando, aunque no se lo merece. Pero yo soy de la vieja escuela. Es lo que digo siempre: ¿por qué pagar un dólar por algo cuando puedes conseguirlo por diez centavos?

Clay miró los camiones.

–¿Me han traído estiércol?

–Mantillo –Bernard le dio tal palmada en la espalda que Clay casi salió proyectado. El viejo era más fuerte de lo que parecía–. Necesitarás plantar algo antes de que llegue el invierno, hijo. Ernie tiene un sobrante de leguminosas que podemos empezar a sembrar en seguida. Soportarán bien los meses fríos. Con la primavera, ara la tierra para que queden bien enterradas y luego déjala descansar. Para el otoño siguiente, siembra tu alfalfa. Todo esto te retrasará, pero créeme cuando te digo que tu tierra quedará como nueva.

Clay se había estado documentando algo y hablando con expertos en agricultura. Pero no había sido capaz de alquilar la maquinaria que necesitaba. El otoño era siempre una temporada muy ocupada en la comunidad de granjeros y no había podido hacer las gestiones.

–¿Ustedes trabajan para la compañía de seguros?

–Diablos, no –la boca de Bernard se tensó en un gesto desaprobador–. No hay suficiente dinero en el mundo para que yo trabaje para esos vampiros. Tengo unos huertos al otro lado de los viñedos y Ernie tiene la granja de la punta oeste del pueblo. Llevamos trabajando la tierra desde que Dios era pequeño –Bernard alzó la mirada al cielo despejado–. Se avecinan buenos días para trabajar. Confía en mí, hijo. Para finales de esta semana tendrás el campo arado y sembrado.

Bernard volvió a darle una fuerte palmada. Esa vez Clay tuvo tiempo de prepararse.

–Tú eres uno de nosotros. Vale, es verdad que ahora eres un chico fino de ciudad, pero eso se te quitará con el tiempo. En unos pocos años, serás capaz de responder a cualquiera que te pregunte que eres un granjero –le hizo un guiño–. Presentarte como granjero es algo que pone calientes a las chicas. Créeme, yo llevo años explotando esa frase.

–Bueno es saberlo –repuso Clay, algo desconcertado por Bernard y su sabiduría popular–. Pero, a ver si lo entiendo bien... ¿nadie les ha pedido que me ayuden? ¿Han venido aquí por propia voluntad?

–Claro, chico. Mira, no hay un solo tipo en toda la comarca que no haya tenido que lidiar con ese tipo de desastres. Saldrás adelante. Ernie y yo podemos responder cualquier pregunta o duda que tengas, si lo que quieres es crecer. Mientras tanto, ¿qué te parece si te enseño a manejar este cacharrito de aquí?

Señaló la enorme maquinaria agrícola. Era del tamaño de una casa pequeña y su funcionamiento parecía complicado. Clay se sonrió.

–No sé cómo se llama, pero quiero uno para mí.

–Ese es el espíritu –hizo una seña a Ernie–. Venga, vamos a hacer magia.

Nueve horas después, Clay caminaba hacia la casa. Estaba exhausto. Bernard y Ernie lo habían agotado. Ellos todavía se mantenían fuertes, hablaban de películas de televisión, bromeaban continuamente y se sabían canciones sorprendentemente obscenas. Cuando tuviera ochenta años, quería ser como ellos.

Se detuvo al pie de la puerta trasera y se sacó las botas. Se había hundido hasta media pantorrilla en el barro mientras aprendía las técnicas y los trucos de la preparación y siembra de un campo.

En calcetines, entró en la cocina para encontrarse con la alcaldesa Marsha, con Dominique y con un par de ancianas damas del consejo municipal. Había pasteles y tartas sobre los mostradores, una cafetera haciéndose y muchas risas que cesaron de golpe cuando lo vieron aparecer.

Su madre le saludó con un rápido abrazo.

–Se presentaron justo después de la comida –le explicó en un susurro–. Tenemos la nevera y el congelador llenos de los *tupperwares* que han traído. Hay un tipo viendo las noticias en el salón que quiere hablar contigo.

Se disponía a decirle que no tenía idea de lo que estaba diciendo cuando la alcaldesa se acercó a ellos.

–Tengo algunos contactos que darte –le dijo, entregándole varias tarjetas de presentación y una hoja de papel–. Empresarios. Un hombre que hace trabajos de restauración y dos empresas para la piscina.

–¿Qué piscina?

La alcaldesa sonrió.

—Hemos estado pensando que estaría bien tener otra piscina comunitaria. Necesitaremos trabajar en los detalles, claro, pero podemos coordinar la construcción. Compartiremos gastos. Nosotros proporcionaremos los socorristas y el seguro, y tú, si quieres, podrás encargarte del mantenimiento. Ese tipo de cosas.

—¿Una piscina?

—Al lado de los alojamientos de vacaciones —explicó Marsha, como si esa información fuera a ayudarlo—. Para tus turistas y para la gente del pueblo.

—Está bien. Deberíamos fijar una reunión.

—Estoy de acuerdo —la alcaldesa señaló otra de las tarjetas de presentación—. Después de que hables con Milo sobre su donación, querrás conservar este número.

—¿Donación?

—Habla con Milo —lo empujó suavemente hacia el salón.

Clay se dijo que no tenía ni idea de quién era el tal Milo, pero si se parecía a Bernard y a Ernie, seguro que le gustaría. Asintió y entró en la habitación.

Un hombre de unos sesenta y tantos años se levantó al verlo.

—Usted debe de ser Milo.

—El mismo. He oído hablar de su negocio de agroturismo. Gran proyecto. Turistas con conciencia. Nos vendrán bien sus dólares —de prominente barriga y pelo cano, se balanceaba sobre sus talones—. Tengo un tiovivo de esos antiguos, con caballitos pintados. Hay que restaurarlo, pero antaño era una belleza. Si lo quiere, es suyo.

—¿Un tiovivo?

—Para los turistas. Lo único que tendrá que hacer es pagar el trasporte hasta aquí. Y la restauración.

—¿Porque antaño era una belleza?

—Exacto —repuso Milo, sonriente.

¿Un tiovivo? Tenía espacio suficiente y sería una interesante atracción. Bajó la mirada a las tarjetas que sostenía en la mano. Una de ellas era de un tipo que restauraba antigüedades. Ahora sabía por qué la alcaldesa se la había entregado.

–Nos gusta lo que está haciendo usted –le dijo el hombre–. Fool's Gold cuida de los suyos, y usted ahora es uno de los nuestros.

–Estoy empezando a darme cuenta.

De repente Milo olisqueó el aire.

–Alguien está calentando el chili de Eddie. Me comeré un plato antes de marcharme. ¿Viene?

–Ahora mismo.

Milo desapareció en la cocina. Clay se quedó mirando las tarjetas y pensó en la piscina y en el tiovivo. En la ayuda proporcionada. No podía haber surgido así de golpe. Alguien, en alguna parte, había contado algo. Tenía una sospecha.

Charlie.

–Tú eres la responsable –le dijo Clay.

Clay lo miró inquieta, sin saber si estaba enfadado o no. Eran cerca de las ocho de la tarde del sábado. Había hecho calor durante el día, pero ya empezaba a enfriar. Estaba a la mitad de su turno de veinticuatro horas y, normalmente, una visita de Clay habría sido como un toque de luz. En ese momento, sin embargo, no podía evitar preguntarse si no habría dado un paso en falso en su relación.

Salieron a sentarse al patio, detrás del cuartel. El resto de la brigada estaba dentro, viendo la televisión. Charlie aferraba su lata de soda *light*.

–Estaba preocupada por ti –admitió–. Primero los huesos, luego Nate, después la alfalfa. Era demasiado. Tu proyecto es estupendo y no quería que te desanimaras. Así que pude haber comentado algo con alguna gente...

–Más que algo –dijo Clay, tomando su mano libre.

–¿No estás enfadado?

Le sonrió.
—¿Por qué habría de estarlo?
—Porque me he entrometido en tu nuevo negocio.
Clay le alzó la mano y le besó ligeramente los nudillos.
—No. No estoy enfadado. Estoy un poco abrumado. ¿Sabes lo del tiovivo?
—Algo he oído. ¿Estás interesado?
—Quiero verlo primero, pero quizá sí. La alcaldesa Marsha me dio el contacto de un tipo que hace trabajos de restauración. Podría trabajar con él, para luego poder hacer yo mismo las reparaciones. Y la idea de la piscina es interesante.
—Aquí los veranos son calurosos. Los turistas agradecerían una piscina.
—Podríamos bañarnos en cueros.

Charlie viajó entre la imagen mental de Clay desnudo saliendo del agua y la idea de que la piscina todavía tardaría algún tiempo en construirse. Con lo que una invitación a bañarse en cueros en ella significaba que para entonces todavía seguirían juntos.

El amor era traicionero, reflexionó mientras el corazón le daba un vuelco de felicidad ante la perspectiva de pasar más tiempo con Clay. Porque si hubiera dependido de ella, estarían haciendo planes de seguir juntos para el próximo siglo. Tenía la sensación de que había heredado algo más que la resistencia física de su madre. También podía haber heredado un corazón diseñado para amar a un único hombre. Pero ese era un problema para otra ocasión.

Clay continuaba besándole los dedos. Aunque estaba de turno y había media docena de personas en el edificio al otro lado del muro, se permitió disfrutar de la sensación sin mayores expectativas. Aunque si él le sugería que se citaran en algún sitio después de que terminara su turno, aceptaría encantada. Lo cual, por supuesto, no podría ser hasta la mañana siguiente.

—Trajeron hasta *tupperwares* de comida —le dijo Clay mientras bajaba su mano hasta su regazo—. Decenas.

—A este pueblo le gusta dar de comer a la gente.
—El chili estaba muy bueno. Gracias. Sé que hablar con la gente fue una manera de decirme que creías en mí. Eso significa mucho.
—Estoy contenta de ayudar. Y tienes razón: creo en ti.
—Es bonito ser algo más que un trasero andante.
Charlie sonrió.
—Tú siempre has sido eso. Aunque muy bonito...
De repente sonó la alarma. Charlie saltó de la silla y se puso en marcha casi antes de que su cerebro registrara el sonido. Mientras entraba corriendo en el cuartel, oyó la dirección de destino por los altavoces. No había terminado de escucharla cuando ya estaba forcejeando con su equipo.
Olivia apareció a su lado. La capitana estaba lívida, con los ojos desorbitados.
—Es el almacén —explicó mientras ambas se ponían los cascos—. El de las afueras del pueblo. Mi hijo me dijo que los adolescentes solían ir allí. Es un lugar de diversión.
Corrieron hacia el camión.
—Yo le ordené que no fuera allí —añadió Olivia, sentándose a su derecha—. ¿Y si no me hizo caso?
Charlie no tenía una respuesta para eso. Rugió el motor. Antes de salir, vio a Clay y bajó el cristal de la ventanilla.
—Comunícate con centralita y que llamen a los voluntarios. Hazte cargo de ellos. No os pongáis en medio y ayudad en lo que podáis.
Vio que asentía antes de salir disparado hacia el teléfono. Conectó la sirena y se perdió en la noche.

Clay estaba de pie en la acera, momentáneamente paralizado por la violencia del fuego. El almacén era un bloque largo, de tres pisos de altura y estructura de madera con fachada de ladrillo. La mayor parte de las ventanas estaban tapiadas.

Había llamas por todas partes. Salían por el tejado, surgían por los pocos huecos que no habían quedado cerrados. El humo se alzaba hacia la noche. No pasaría mucho tiempo antes de que no resultara visible estrella alguna: solo el denso humo negro que consumía oxígeno y cegaba y asfixiaba a aquellos a los que lograba envolver.

Una vez más, el sonido lo impresionó. El rugido de la destrucción, los crujidos de las partes de la estructura que se desmoronaban. Chasquidos y gritos llenaban la noche mientras el edificio se resistía a lo inevitable.

—¡Montad el monitor allí! —gritó la capitana Fargo.

Clay quería ayudar, pero sabía que si lo intentaba, solamente conseguiría estorbar. Permaneció detrás de los camiones, sacando mangueras cuando se lo ordenaban y manteniendo a distancia a la creciente multitud de curiosos.

No sabía si la noticia había corrido por el pueblo o si la gente, desde allí, había visto y olido el enorme incendio. En cualquier caso, los dos primeros curiosos se habían convertido en un grupo de quince o veinte.

Una mujer corrió hacia él. Estaba frenética, con la mirada desencajada y las mejillas bañadas en lágrimas.

—¡Mi hija está allí! —chilló—. Estaba en la fiesta. ¡Tienen que ayudarla!

La capitana se volvió hacia Clay.

—Que no se acerque —gritó—. ¡Mantén a todo el mundo a distancia! —se dirigía hacia el edificio cuando se detuvo en seco para preguntarle a la mujer—: ¿Cuántos adolescentes?

La madre sollozó.

—No lo sé... Ocho. Quizá diez. Oh, Dios mío... Díganme que está bien...

Clay la agarró de la cintura para apartarla.

—Si los estorba, no podrán ayudarla.

La llevó medio a rastras hasta la acera. Los otros voluntarios aparecieron entonces y Clay los organizó para que mantuvieran apartados a los civiles del incendio.

Llegaron varios agentes de policía. Habló con la jefe Barns para informarle del tiempo que llevaba la brigada en el escenario del incendio. Aparecieron más equipos de bomberos mientras el nivel dos de alarma había subido a cuatro. Solo había cinco brigadas en Fool's Gold. Oyó comentar a un policía que habían pedido ayuda a las comunidades vecinas.

El humo y las chispas llenaban al aire. Llovían pavesas sobre la acera. Bomberos con hachas y bombonas de aire desaparecían en el edificio para reaparecer después. Al cabo de unos minutos salió un alto bombero acompañando a dos adolescentes. Los paramédicos se apresuraron a atenderlos.

Clay observó al bombero, reparando en el número familiar del casco. «Es Charlie», se dijo aliviado. Pero no bien estuvieron los adolescentes a salvo, se volvió y, junto con otro compañero, volvió a desaparecer en aquel infierno.

El tiempo se arrastraba lentamente. Más chicos aparecieron. Dos tuvieron que ser cargados en brazos. Clay seguía con la mirada clavada en el almacén, esperando a que Charlie reapareciera. Procuraba decirse que no estaba sola. Que todo saldría bien. Que ese era su oficio, lo que la convertía en la persona que era.

El suelo tembló entonces. Por un instante llegó a pensar que se trataba de un terremoto. A su espalda, oyó gritos. Volvió a mirar el almacén. El tejado pareció brillar y moverse hasta que, muy lentamente, se venció por la mitad. El muro occidental quedó desintegrado.

El humo, el polvo y los escombros se alzaron como si fueran una criatura viva. Los sonidos se apagaron de pronto hasta que solo quedó el retumbar de su propio corazón y un grito primario, primitivo:

—¡No!

Antes de que pudiera darse cuenta, estaba corriendo. Corriendo decidido. Porque Charlie estaba dentro del edificio. Charlie estaba en peligro y él tenía que salvarla.

Alguien gritó. Oyó palabras, pero no llegaron a penetrar en su conciencia. Alguien lo agarró, pero se liberó a empujones. Ya casi estaba allí. El calor lo abrasaba: no podía respirar, pero no le importaba. Lo rodearon más brazos, hasta que de repente dejó de correr. Lo habían inmovilizado.

Volvió a pensar con un mínimo de coherencia y, con el pensamiento, se presentó el miedo. Un helado terror que le nacía en los huesos y lo dejaba paralizado.

–Te juro por Dios que soy capaz de dejarte inconsciente de un puñetazo –le dijo la capitana–. ¡Quédate aquí!

Clay asintió porque no podía hablar. Miraba fijamente el edificio mientras por dentro intentaba hacer tratos con Dios, ofreciéndole todo lo que tenía: su vida, su alma. Todo a cambio de que Charlie se salvara.

Sobre su camisa llovían pavesas que atravesaban la tela y le quemaban la piel, pero no se movía. El agua continuaba cayendo sobre el edificio en llamas mientras el humo iba cambiando gradualmente de negro a gris. Los bomberos entraban y salían corriendo del almacén, oscuras siluetas que se recortaban en aquel infierno.

Entonces la vio. Tan pronto solo estaba viendo humo y llamas, cuando al momento siguiente apareció. El alivio lo inmovilizó tan firmemente como antes lo había inmovilizado el terror. La observó, agradecido y aterrado al mismo tiempo. Porque con saber que estaba viva no tenía suficiente. Tenía que encontrar una manera de mantenerla siempre a salvo. Ella era... Ella era...

Fue entonces cuando lo supo. Nunca se había molestado en protegerse de Charlie porque no había sentido la necesidad de hacerlo. Eran amigos. Amantes. Pero no enamorados.

Sin embargo, en algún momento de las últimas semanas, Charlie se las había arreglado para meterse dentro de su piel. Dentro de su corazón. Se había convertido en alguien fundamental. La amaba.

Charlie se acercó a los paramédicos y se quitó el casco. Supo instantáneamente que se encontraba bien. Captó retazos de conversación y la oyó asegurar con energía que no había corrido peligro alguno cuando se derrumbó el muro. Que estaba perfectamente. Nadie le hizo caso.

Volvió con la cada vez más numerosa multitud y ayudó a mantener el orden. Para la medianoche, el incendio estaba apagado. Hacia las dos de la madrugada el terreno estaba limpio. Los nueve adolescentes se habían salvado. Todos habían sido hospitalizados, pero con el diagnóstico de una completa recuperación. Eran cerca de las tres cuando condujo de regreso al rancho.

Aparcó, pero en lugar de entrar en la casa, se dirigió a los corrales y se quedó contemplando el cielo estrellado. Tenía frío, olía a humo. Probablemente tenía agujeros en la camisa debido a las cenizas. Quizá incluso algunas quemaduras.

Nada de eso le importaba. Lo que no acertaba a comprender era cómo había sucedido. ¿Cómo había vuelto a enamorarse? Había supuesto que Diana continuaría siendo el único amor de su vida. Se suponía que no tenía que haber nadie más. No podía volver a hacerlo. Dar todo su ser para luego perderlo. No era tan fuerte.

Lo que significaba que sabía bien lo que venía a continuación. Lo que tenía que hacer.

Charlie era una mujer resistente, reflexionó. Capaz. Al final, no podría hacerle daño. No realmente. Había sobrevivido a experiencias peores. Y él también.

Charlie aparcó en el sendero de entrada mientras se decía que tenía que bajar de la camioneta y caminar hasta la puerta. Una vez dentro, se derrumbaría. La cama la estaba esperando: ya se había duchado dos veces en el cuartel. Un buen día de sueño y estaría repuesta.

Había sido una noche infernal. El incendio, originado

por la fogata que habían encendido unos adolescentes en el almacén, había destruido la estructura, pero sin causar víctimas. Los chicos habían estado en el muro opuesto al que se había desmoronado. Aparentemente el viejo dicho se había revelado cierto: que Dios cuidaba de los niños y de los imbéciles. Lo último que había sabido era que el par de chicos hospitalizados recibirían pronto el alta. Los otros edificios habían sido protegidos. Lo que habría podido ser un desastre había terminado de la mejor manera posible.

Bajó de la camioneta y se dirigió hacia la puerta. Un movimiento en el porche llamó su atención. Vio a Clay levantarse y caminar hacia ella.

Instantáneamente, su agotamiento se desvaneció. Caminó apresurada a su encuentro, deseosa de verlo y de tocarlo. En ese momento ni siquiera le importaba que hicieran el amor o no. Solo quería sentir sus brazos en torno a su cuerpo y pasar algún tiempo en su compañía. Si eso terminaba con ambos en la cama, mejor todavía.

–Hey –dijo Charlie mientras se detenía frente a él–. Me dijeron que esta noche lo hiciste muy bien. Olivia me comentó que te preocupaste un poco cuando se hundió aquella sección del tejado, pero te encargaste de los curiosos y los mantuviste a distancia.

–Te mintió –repuso él con un tono extrañamente rotundo.

–¿Qué quieres decir?

–Creí que te había perdido.

Aquellas palabras habrían debido hacerla saltar de alegría, pero había algo raro en su voz. Algo que no había estado antes. No había pasión, ni energía. Era como si estuvieran hablando del tiempo o del lavado del coche.

–¿Qué pasa? –le preguntó con el estómago encogido por algo muy parecido al terror–. ¿Qué ha sucedido?

Esperó que se echara a reír y le asegurara que estaba bien. Que la atrajera hacia sí y la besara. Ella aceptaría aquella broma suya siempre y cuando le asegurara que todo estaba perfectamente. Que los dos estaban perfectamente.

–No quiero continuar con esto –le dijo él con expresión inescrutable, señalando el espacio que había entre ellos–. Me refiero a nosotros. Nuestra relación. Se ha acabado.

Charlie había pasado la mayor parte de su vida protegiéndose a sí misma, emocionalmente hablando. En ese momento, de manera automática, ese entrenamiento suyo se hizo cargo de la situación. Un crudo dolor la atravesó de parte a parte, pero no parpadeó, ni se inmutó, ni pronunció una palabra. Sintió que su rostro se tensaba, convirtiéndose en una especie de máscara sin expresión. Sus manos continuaron colgando a los costados, sus piernas continuaron sosteniéndola.

El único indicio exterior de que algo marchaba mal fue el gesto que tuvo al alzar ligeramente la barbilla.

–Está bien –dijo con voz tranquila.

–Te deseo lo mejor. Y lamento que esto pueda hacerte daño. Le diré a todo el mundo que me has dejado tú. Ya sabes, para que no haya preguntas.

Quiso señalarle que las preguntas no importaban. No cuando no tenía ninguna respuesta. Quiso gritarle que no entendía nada, y preguntarle luego por qué le estaba haciendo eso a ella. ¿Que era lo que había cambiado? ¿Porque ese día se mostraba tan diferente del anterior?

Por primera vez en su vida, le entraron ganas de suplicar.

Pero, en lugar de ello, inquirió:

–¿Algo más?

Clay negó con la cabeza y se marchó.

Lo observó alejarse. Esperó a que subiera a su camioneta y se perdiera en la noche. Cuando estuvo segura de que había desaparecido, de que no podía verla, cayó de rodillas y se hizo un ovillo. Estaba temblando, con el rostro apretado entre los muslos, las manos sobre el cemento del sendero de entrada. Las lágrimas le empaparon los vaqueros mientras se dejaba vencer por el dolor.

No supo cuánto tiempo permaneció allí, acuclillada y sufriendo. Al cabo de un rato, sintió unas manos acariciándole dulcemente la espalda. Heidi y Annabelle la urgieron a levantarse y la ayudaron luego a entrar en casa. No bien estuvo sentada en el sofá, se cubrió la cara con las manos y sollozó hasta que no le quedó nada. Nada salvo un futuro sin el hombre al que amaba.

Capítulo 20

–No tenías por qué volver –le dijo Dominique a su guardaespaldas–. Llamé a la agencia para liberarte de tu contrato. Eres libre para proteger a cualquiera que necesite verdaderamente de tus servicios.

Justice merodeaba por el salón de la suite como queriendo asegurarse de que no acechaba peligro alguno.

–Solo quería despedirme.

–Lo dudo –se rio Dominique–. No trabajamos juntos más que unos pocos días. Tú no estás aquí por mí –ladeó la cabeza–. Dime entonces, ¿qué es lo que te ha traído realmente a Fool's Gold?

Justice clavó la mirada en su rostro.

–Puede que quisiera ver a alguien.

–¿Alguien? ¿Una mujer?

–Una mujer –se detuvo en el centro de la habitación.

–Háblame de ella.

–No lo creo –respondió, esbozando una media sonrisa.

–Qué misterioso. Pero ella está aquí, ¿no? Esa mujer a la que pareces tener miedo de ver.

–Yo no tengo miedo.

–¿Cómo se llama? –quiso saber Dominique.

Dudó tanto que ella llegó a pensar que se negaría a responderle. Pero al final lo hizo:

–Patience McGraw.

Dominique enarcó las cejas.

–Trabaja de peluquera aquí, en el pueblo. Una chica encantadora. ¿Antigua novia tuya?

–No exactamente. La conocí hace mucho tiempo. Cuando era joven.

La historia se estaba volviendo cada vez más interesante, pensó Dominique.

–¿Tú te criaste aquí?

–Viví aquí durante un par de años, cuando era un chiquillo. Dudo que Patience se acuerde de mí.

–Tú no eres del tipo de hombres que una mujer olvide fácilmente.

–Yo no era un hombre en aquel entonces.

–Aun así. Eres un hombre que deja huella –se sonrió–. Estoy constatando un hecho, que no flirteando.

La expresión de Justice se relajó.

–Lo sé. Yo no soy su tipo.

–Así que has encontrado a tu amiga Patience. ¿Y ahora qué?

–Tengo que partir para una misión. Ella tiene una vida propia. No me gustaría molestarla.

–Dudo que te considerara una molestia. Deberías hablar con ella antes de marcharte.

–No –sacudió la cabeza–. Tengo que partir para Sudamérica. Por un trabajo.

Dominique se preguntó a qué estaría esperando entonces. ¿Miedo? ¿Expectación?

–Pero tú querías verla por última vez antes de marcharte, ¿no?

–Quizá –se encogió de hombros.

–Es decir, que sí. De modo que tú la has visto, pero ella no te ha visto a ti. Espero que no cambies de idea acerca de volver. Necesitas pasar algún tiempo en este pueblo. Eso te curará.

–¿Quién dice que necesito curarme?

–Cualquiera puede verlo en tus ojos.

—Me gustaba usted más antes de que se volviera tan perceptiva.
—Sé que estás mintiendo. Últimamente me he vuelto una mujer mucho más interesante. No sé por qué he tardado tanto en prestar atención a los demás. Son fascinantes. Tienen sus defectos, pero son tan decididos...

Justice se acercó entonces para darle un beso en la mejilla.

—Adiós, Dominique. Ha sido un placer.
—Espero volver a verte pronto.

Se limitó a asentir con la cabeza y se marchó.

Dominique se quedó al pie del sofá, pensando en lo que podría hacer con el resto de su día. Necesitaba hacer una visita a la escuela de baile. Estar con las alumnas era tan estimulante... Algunas de las chicas tenían mucho talento. Debería hablar con los padres y asegurarse de que sus hijas continuaran estudiando. También había un...

De repente llamaron a la puerta.

Se levantó y atravesó el salón.

—¿Has olvidado algo? —inquirió al tiempo que abría la puerta, esperando ver a Justice.

Pero era Charlie quien estaba allí. El rostro de su hija estaba lívido, con los ojos enrojecidos e inflamados. Parecía que había estado llorando. Peor aún: casi parecía pequeña, encogida.

Sin pensar, Dominique abrió los brazos.

Charlie dio un paso adelante y se dejó abrazar.

Charlie se ovilló todo lo que pudo en el sofá. A veces ser tan alta era un verdadero incordio. En aquel momento le habría gustado ser lo suficientemente pequeña para hacerse invisible y desaparecer. Forcejeaba contra la vergüenza, y también contra la sensación de estar irreparablemente rota.

Sabía que había sido una estúpida y que ella era la única culpable. Pero eso no le ahorraba el doloroso vacío que sentía por dentro. El dolor que sentía cada vez que respiraba. Un dolor tan grande que amenazaba con tragársela entera.

Dominique estaba sentada a su lado en el sofá, vuelta hacia ella. No le hablaba ni hacía preguntas. En lugar de ello, le pasaba pañuelos y le ofrecía whisky escocés de malta. Solo eran las once de la mañana y Charlie iba ya camino de emborracharse.

Después de que Heidi y Annabelle la hubieran ayudado a entrar en la casa, había estado llorando hasta que se quedó sin lágrimas. A mitad de su explicación sobre lo que había ocurrido, se había dado cuenta de que necesitaba ver a Dominique. Annabelle la había llevado con ella. La verdadera medida de una amiga, pensó. Hacer lo que era justo para la otra persona.

—Se trata de Clay —pronunció Charlie al fin, secándose los ojos con un pañuelo de papel arrugado. Habría dado lo que fuera por dejar de llorar.

Dominique le apretó una mano.

—Lo siento.

—No sé qué es lo que pasó. Yo creía que estábamos bien, pero de repente, esta misma mañana, él cortó. Me dijo que ya no quería que siguiéramos juntos. Que lo nuestro se había acabado —más lágrimas resbalaron por su rostro—. Yo no sé por qué...

En vano luchaba Charlie contra los sollozos. Se doblaba por la cintura, agarrándose el estómago, intentando aferrarse a lo poco que quedaba de su corazón.

—Yo lo amaba, mamá. Lo amaba tanto...

Dominique la abrazó con fuerza. No le dijo ninguna estupidez del tipo «te pondrás bien», o similares. En lugar de ello le ofreció simplemente consuelo físico, sin entrar a juzgarla.

Finalmente, Charlie fue capaz de recuperar el aliento y erguirse.

—Es culpa mía –susurró–. Amarlo estuvo mal. Yo no sé cómo son estas cosas. Lo de Clay era demasiado bonito para ser verdad. Demasiado perfecto.

—Nunca es malo amar a alguien –le dijo su madre–. Tú eres una mujer maravillosa. Él fue muy afortunado de estar contigo y un completo imbécil por dejarte marchar.

Aquellas inesperadas palabras hicieron sonreír a Charlie entre lágrimas.

—Gracias. Eso es muy bonito.

—De nada. Sabes que tengo razón. Pregúntaselo a cualquiera.

—No a Clay.

—¿Por qué querría pedir la opinión de un imbécil?

—Bien dicho –Charlie se sonó la nariz–. Tengo que decirte algo y necesito que no me juzgues, ¿de acuerdo?

Dominique asintió.

—Prometido.

Extrañamente, Charlie tuvo la sensación de que podía confiar plenamente en ella.

—Clay y yo no estuvimos saliendo desde el principio. Después de la violación, no podía imaginarme a mí misma acostándome con un hombre. Salí con algunos, pero nunca fui capaz de llegar con ellos a una situación de intimidad. Me resultaba más fácil evitar a los hombres, así que eso fue lo que hice.

Charlie le contó que había decidido tener un hijo y que su amiga, Dakota, le había sugerido que primero necesitaba curarse. Que para ser una buena madre necesitaría ser una mujer completa, sin traumas. Que aunque la terapia constituía una opción, ella no era tan paciente y que se había decantado por encontrar un hombre que la ayudara a superar su fobia a la intimidad física. Ese hombre había sido Clay.

—Me impresiona que tuvieras tanto coraje –le dijo su madre–. Seguir escondiéndote habría sido mucho más fácil.

–Dímelo a mí –replicó Charlie. Inspiró hondo y le hizo un rápido resumen de su relación física con Clay.
–Una vez que me... devolvió a la normalidad, yo pensé que la cosa se acabaría. Pero él me dijo que quería que nos siguiéramos viendo. Como si estuviéramos saliendo juntos. Yo creía que todo estaba marchando bien hasta esta misma mañana. Cuando me dijo...

El crudo dolor regresó, al igual que las lágrimas. Intentó controlar su respiración sin echarse a llorar y por poco tuvo éxito. Una vez más su madre la abrazó con ternura.

–Duele –musitó Charlie–. Duele tanto...
–Lo sé –repuso Dominique con tono suave.

Continuaron abrazadas. Charlie se esforzó por tranquilizarse. Aceptar que aquel nivel de dolor pertenecía a su nuevo ser. Otros habían sobrevivido a cosas mucho peores. ¿Acaso no tenía todo el mundo que superar un corazón destrozado?

Pero el pensamiento racional no la ayudaba y no tardó en llegar a la convicción de que bien podría amar a Clay para siempre. De la misma manera que su madre seguía amando a su padre más de una década después de su muerte.

–Podría hacer que Justice le diera una paliza –le ofreció Dominique.
–¿Quién?
–Justice. El guardaespaldas que contraté. Tengo su número. Podría llamarlo para que se encargara de Clay.

Charlie se las arregló para dejar de llorar el tiempo suficiente para sonreír.

–Gracias, mamá, pero paso.
–Quizá eso pudiera hacer que te sintieras mejor.
–Si pegar a Clay pudiera ayudarme, preferiría hacerlo yo misma.

Solo que no podía imaginarse deseando hacer otra cosa con Clay que no fuera abrazarlo. Volver a estar cerca de él, sentir su cuerpo contra el suyo.

No era solo eso, reflexionó. Quería hablarle. Oír su voz, reírse con sus bromas.

—Tiene un gran sentido del humor, ¿sabes? —dijo con voz ligeramente ahogada—. Cuando empezamos a hablar de tener sexo, se reía de las fotos que yo había visto de él. Dijo que habían aumentado su «paquete». Él es así. Sabe reírse de sí mismo. Pero cuando la conversación se pone seria, se compromete totalmente. Quiere tanto a los suyos, a su familia, a...

«A Diane», pensó, triste. «A la mujer que amó». ¿Era eso lo que había sucedido? ¿Habría adivinado lo que ella sentía por él y se había sentido molesto por esos sentimientos? Había existido un tácito entendimiento entre ellos. Habían estado saliendo juntos, algo que supuestamente no habría tenido por qué volverse serio.

—Él lo sabía —pronunció lentamente—. Descubrió que yo me había enamorado de él. Fue por eso por lo que me dejó.

Dominique le acunó el rostro entre las manos.

—No seas ridícula. Esa sería una razón muy estúpida para dejarte. Además, si Clay es todo lo que dices que es, y él hubiera pensado que estabas enamorada de él, habría sido mucho más suave y delicado a la hora de cortar. Si quieres saber mi opinión, lo que sea que esté sucediendo está ocurriendo únicamente dentro de su cabeza. Quizá haya empezado a quererte y esté sintiéndose culpable. O quizá no sea más que un canalla. En cualquier caso, no eres tú quien tiene la culpa. Tú no has hecho nada mal.

Charlie pensó que, fueran o no ciertas, aquellas palabras le hacían bien. La consolaban.

—Gracias, mamá.

—De nada. Y ahora espera aquí. Quiero traerte algo.

Dominique se levantó y fue al dormitorio. Charlie esperaba que no fuera a volver con un libro de autoayuda: en aquel momento era lo último que necesitaba. Pero en lugar de material de lectura, su madre volvió con una cadena de la que pendían unas llaves.

—Tengo un precioso apartamento con vistas a Central Park —le dijo, entregándoselas—. Te sugiero que vayas y lo veas por ti misma.

Charlie se la quedó mirando de hito en hito.

—¿Me estás mandando a Nueva York?

—A veces alejarse es la mejor solución. Así tendrás tiempo para pensar sin preocuparte de tropezarte con él. O de que la gente se compadezca de ti. Puedo asegurarte, por mi experiencia personal, que la compasión es lo peor.

Quiso responderle que su casa estaba allí, en Fool's Gold. Que sus amigas y su trabajo estaban allí. Solo que la idea de escapar poseía un cierto atractivo. No habría explicaciones. No tendría que hablar con nadie. Podría esconderse en un rincón y lamerse las heridas. Recuperar las fuerzas. Y luego volver a casa.

—Me deben días de vacaciones —dijo lentamente. «Semanas», pensó. Amaba demasiado su trabajo para negarse a dedicarle su tiempo libre. Estiró la mano para recibir las llaves—. Gracias —le dijo.

—De nada. Voy a llamar al portero para avisarle de que vas. Ahora métete en internet y compra un billete de avión. Aunque si vas a salir de Sacramento, no sé si habrá vuelos directos. Mmmm... Creo que llamaré a la compañía de vuelo chárter a la que recurrió May.

—Mamá, no voy a tomar un avión privado para volar a Nueva York.

—Averigüemos primero si se puede hacer. Si no, volaremos hasta San Francisco y allí podrás tomar un avión directo —Dominique le tocó un brazo—. Eres mi hija. Te quiero. Quiero cuidar de ti.

Charlie se levantó y la abrazó. El diminuto cuerpo de su madre casi se perdió entre sus brazos. Era tan pequeña que Charlie tuvo la sensación de que podía romperla, como si fuera una ramita. Y, sin embargo, había una gran fuerza en Dominique. Algo que Charlie confiaba en haber heredado.

–Lo conseguiste –dijo Shane, al pie de los campos recién sembrados.
–No fui yo –replicó Clay–. Bernard y Ernie hicieron todo el trabajo.
–¿Es cosa mía, o también a ti te recuerdan a Epi y Blas?
Clay rio entre dientes.
–También a mí. Supongo que ambos somos de la generación de Barrio Sésamo –contempló la tierra que tanto trabajo le había llevado–. Solucionado el desastre.
–Me enteré de lo del festival. ¿Vas a quedártelo?
–Todavía no lo he visto. Quizá. La idea me gusta –y lo más importante: a Charlie le había gustado.
Maldijo para sus adentros. La tenía en la cabeza. Cuando cortó la relación, no había sido consciente de ello. De haberlo sabido, tampoco habría cambiado de decisión, pero al menos habría estado más preparado. Pensaba constantemente en ella, la echaba de menos. La necesitaba.
–Rafe y yo hemos decidido que tienes que comerte todos los *tupperwares* que lleven atún.
Clay volvió a reír por lo bajo.
–Claro. No me importará. He comido cosas peores.
–Evie tiene mejor aspecto.
–Ya se ha levantado y da paseos.
Seguían sin hablar mucho y evitaba a su madre, pero se estaba curando.
–Rafe todavía no le ha dicho que cerró su apartamento –dijo Shane.
–Eso va a ser una explosión.
Shane inspiró hondo.
–¿Tú estás bien?
Había otras preguntas enterradas debajo de aquel par de palabras. Y una respuesta muy simple.

—No.
—¿Quieres hablar de ello?
—No.
—¿Así que debo dejar el tema?
—Ajá.
Shane enterró las manos en los bolsillos delanteros de sus vaqueros.
—Charlie es especial.
—¿Eso es dejar el tema?
—No puedo hacer eso. La echas de menos.
—Lo superaré.
—Yo no estoy tan seguro. La quieres.
Clay se volvió hacia su hermano.
—¿Cómo lo sabes?
—Te conozco —Shane se encogió de hombros—. Y yo he pasado por lo mismo. Mi error fue pensar que Annabelle no era la clase de mujer que yo pensaba que necesitaba. Resultó que estaba equivocado. Respecto a ella y respecto a lo que creía era lo mejor para mí. Creo que tú estás cometiendo el mismo error.
—No —replicó, rotundo—. Tú no lo entiendes. Tu primer matrimonio acabó en divorcio. La única razón por la que yo no estoy con Diane es porque ella murió. De lo contrario, aún estaríamos juntos.
—Pero ella murió —le recordó Shane—. Hace años. Ya es hora de mirar hacia el futuro, hermanito. No puedes quedarte a vivir en el pasado.
—No. No se trata de eso. Yo no quiero estar con Charlie.
—¿Por qué no?
En aquel momento, a Clay no se le ocurría una sola razón.
—Pensé que te arrepentirías al final —le dijo Shane—. Supongo que estaba equivocado. Su marcha ha sido para mejor.
Clay se lo quedó mirando fijamente.
—¿Su marcha, dices? ¿De qué estás hablando?

–Charlie se marchó ayer. Pensaba que lo sabías.
¿Charlie se había marchado?
–¿Adónde? –se dijo que ella no podía marcharse. Fool's Gold era su hogar. Su lugar en el mundo.
Su hermano se encogió de hombros.
–No lo sé. Annabelle no me lo dijo –frunció el ceño–. Estoy más que seguro de que tampoco te lo dirá a ti, así que no te molestes en preguntárselo.
Clay dio un paso adelante y se tambaleó. Mientras se enderezaba, comprendió que él tenía la culpa de la marcha de Charlie. Él la había echado de allí.
–Tengo que volver –dijo mientras echaba a andar hacia la casa. Medio esperó que Shane lo siguiera, pero no lo hizo.
No encontró paz alguna en aquella larga caminata de vuelta. Y cuando entró en la cocina, su madre lo estaba esperando.
–Tenemos que hablar –le dijo May.
–Mamá, no.
–De acuerdo. Entonces yo hablaré y tú me escucharás –se aproximó más y le puso las manos sobre los hombros–. Estoy muy orgullosa de ti, Clay. De todo lo que has conseguido. De tu carrera como modelo y ahora de tu negocio de agroturismo. De que encontraras a Diana y te casaras con ella. Ella era maravillosa.
Clay no sabía adónde quería parar su madre con aquella conversación, pero sabía que no iba a gustarle. May lo miró fijamente a los ojos.
–Pero ahora te estás comportando como un completo imbécil, y eso a ella no le habría gustado nada. ¿Crees que evitando querer a alguien honras su memoria? ¿Es eso lo que has aprendido de amarla? ¿El no compartir tu corazón con nadie más? Que lección tan terrible, ¿no te parece?
Clay parpadeó, afectado por sus palabras.
–No es eso.
–Por supuesto que es eso. ¿Crees que no lo sé? Yo tam-

bién lo he vivido, Clay. Durante veinte años mantuve mi corazón encerrado a cal y canto. Cuando murió tu padre, yo también quise morir. Pero tenía a mis tres hijos y eso me empujaba a seguir adelante. Luego pasé aquella única noche con aquel hombre y me quedé embarazada. Sentí tanta vergüenza... Me sentí humillada. Evie era la prueba de mi traición. Así era como la veía yo. La prueba viviente de mi error. Así que la rechacé. Fui una madre cruel que hizo daño a su hija. Durante años, me mantuve distante. Sabía lo que ella quería y necesitaba, pero no estuve a su lado. Mis acciones fueron mi peor pecado. Seguiré arrepintiéndome de lo que hice durante el resto de mi vida. Pero eso no cambia nada. La persona a la que hice pagar mis errores fue mi propia hija.

A Clay se le desgarraba el corazón de escucharla.

—Mamá... —empezó.

Pero May sacudió la cabeza.

—No intentes consolarme. Ahora mi hija me odia y con toda la razón del mundo. Yo quiero curar esa herida y no estoy segura de que me merezca una segunda oportunidad. Y todo porque cerré deliberadamente mi corazón —recogió una carpeta de la mesa y se la entregó—. Esto ha llegado hoy, de tu amigo fotógrafo. Pensó que seguramente querrías una copia. Cuando lo vi, supe la verdad.

Clay abrió la carpeta y vio la foto. Era la que el fotógrafo les había hecho durante la sesión, en la que aparecía con Charlie. Mirándose.

Era tan condenadamente hermosa, pensó, embebiéndose de sus ojos azules, de su sonrisa, de su corto cabello despeinado porque, de los nervios, se había estado pasando las manos por la cabeza.

Fijó luego la mirada en su propio rostro y vio en él lo mismo que había visto su madre. Amor. Era tan obvio; prácticamente lo llevaba escrito en la cara. Ya en aquel momento la había amado. Había querido estar con ella. Solo que no podía porque... porque...

–Tienes miedo –adivinó May con voz suave.
Bajó la foto.
–Estoy aterrado.
–Es más seguro estar solo. Más fácil. Llevas una vida tranquila y ordenada sin llegar a sufrir nunca. No hay momentos altos, pero tampoco bajos.
«Esa no es una filosofía de la que Diana se habría sentido orgullosa», pensó Clay. Y de él tampoco.
Su madre le puso una mano sobre el pecho.
–Que desperdicio de tan magnífico corazón.
Clay supo entonces que estaba en lo cierto.
–No sé dónde está.
May sonrió.
–Yo conozco a alguien que sí lo sabe.

Dominique podía ser una mujer menuda, pero Clay no pudo evitar sentirse intimidado por su mirada. En sus ojos se dibujaba el instinto protector de una madre tigresa.
–¿Puedo saber por qué debería facilitarte esa información? –le preguntó–. Tú fuiste quien dejó plantada a mi hija. Le hiciste daño. Clay. Estuvo llorando... Sin parar. Tenía el corazón destrozado, el ánimo destruido. Tú conocías sus más profundos y oscuros secretos. Tú afirmaste que querías curarla pero, al final, le hiciste todavía más daño. Así que no, no pienso decirte dónde está.
Se quedó mirando a la diminuta mujer plantada frente a él, mientras se preguntaba si habría alguna manera de convencerla. Porque, por lo que podía ver, ella era la única persona que sabía dónde localizar a Charlie.
Pensó en todas las cosas que podría decirle o de qué manera podría explicarse. Hasta que se dio cuenta de que solo había una: la conmovedora sinceridad que precisamente había aprendido de su fantástica hija.
Inspiró hondo y cayó de rodillas.
–Yo la amo, Dominique. Estaba equivocado y quiero

decírselo. Quiero suplicarle que me perdone y me conceda otra oportunidad. Y pienso pasar el resto de mi vida convenciéndola de que soy el hombre adecuado para ella.

La severa expresión de Dominique permaneció imperturbable.

–Dame una buena razón por la que deba confiar en ti.

Maldijo para sus adentros. Una pregunta con truco. Sabía que si equivocaba la respuesta, lo echaría todo a perder. ¿Cuál sería la respuesta adecuada? La única que podría convencerla de que...

–Porque Charlie me ama a mí también.

–Ya sé que me dijiste que te dejara sola –la voz de Dominique sonaba clara y nítida a través del móvil–. Pero tienes que disculparme.

–Mamá, esto es una locura.

–Cierto. Y un cliché. Pero solo será un minuto.

–¿Por qué no vienes tú aquí?

–Porque hay algo que necesito que veas. No me obligues a adoptar una actitud severa, Chantal.

Charlie soltó una risa ahogada.

–Y ninguna de las dos querríamos eso, ¿verdad? Está bien. Nos veremos en Times Square a las tres.

–Toma un taxi. Tú no conoces bien el metro y no quiero que te pase nada.

–Puedo arreglármelas perfectamente en el metro.

Dominique suspiró.

–Eres tan testaruda...

–Eso lo heredé de ti, mamá.

–Lo sé. Es una cuestión de orgullo. Nos veremos a las tres.

–De acuerdo. Te quiero, mamá.

–Yo también te quiero, Charlie.

Charlie cortó la comunicación. Llevaba ya tres días en Nueva York y se moría ya de ganas de volverse. Ciertamente la ciudad era fantástica y el apartamento de su madre amplio, luminoso y con vistas a Central Park. Pero no era Fool's Gold. Echaba de menos a sus amigas, el pueblo, las montañas y, por encima de todo, a Clay.

Aunque aquella escapada le había permitido recuperar el resuello, al menos. Ya no se pasaba todo el día llorando. Incluso había logrado dormir algo la noche anterior. Quizá después encargara algo de comida y llenara el estómago. «Estás progresando», se dijo. «A pasos diminutos, pero progresando».

Y todo ello se lo debía a Dominique, pensó. Su madre le había contratado un vuelo privado directo a Nueva York. Un taxi hasta el apartamento. La intimidad de aquel espacio le había permitido llorar, dar rienda suelta a su dolor... y confiaba en que le permitiría también encontrar una manera de soportarlo hasta que desapareciera.

Tener compañía no sería tan malo, pensó mientras entraba en el baño de la habitación de invitados y se refrescaba la cara. Charlarían, quizá incluso saldrían a comer algo. Estar con su madre le gustaba, de hecho. Tres meses atrás había sido incapaz de soportarla, pero en ese momento contemplaba con gusto la perspectiva de pasar un buen rato con ella.

Se puso una camisa ligeramente menos andrajosa que la que llevaba. Pensó que probablemente debería ponerse unos vaqueros más decentes. Pero eso habría requerido un esfuerzo mayor del que en ese instante estaba en condiciones de hacer.

Poco después de las dos, abandonó el edificio y decidió acercarse caminando. Hacía un día frío y despejado, otoñal. Las hojas habían empezado a amarillear y toda la ciudad parecía vibrar de colores rojos y dorados, con calabazas en los portales de las casas y en los alféizares de las ventanas.

En Broadway continuó en dirección sur y distinguió la forma triangular de Times Square. Se dirigió hacia el Starbucks. Había una conocida perfumería, pero fue en la juguetería contigua donde sintió el impulso de detenerse a echar un vistazo. Con tantas amigas madres o con perspectivas de serlo pronto como tenía, los juguetes habían pasado a ocupar un puesto importante en el ritual de compra de regalos.

–Hola, Charlie.

La voz familiar la hizo girarse en redondo hasta que se encontró ante el atractivo rostro de Clay. Su mirada era cálida, su boca sonriente. El estómago le dio un vuelco y el aliento escapó de sus pulmones. Por un instante el mundo pareció bascular mientras se preguntaba si no iría a desmayarse.

–¿Qué estás haciendo aquí? –le preguntó.

–Esperándote.

Tenía la mente espesa, obtusa. No entendía nada.

–Estoy citada con mi madre.

–No, estás citada conmigo. Ella me ayudó a planear esto.

¿No estaba entonces Dominique en Nueva York?

–No entiendo.

Clay le tomó las manos entre las suyas y la miró a los ojos.

–Lo siento. Lo siento mucho. Fui injusto y egoísta contigo... y te hice daño. No era mi intención. No pensé en ti ni en nadie que no fuera yo mismo. Estaba asustado, Charlie. Terriblemente asustado. Aquel incendio... pudiste haber muerto en él.

No sabía de qué estaba hablando. Parte de ella ansiaba concebir esperanzas, pero el dolor era demasiado fuerte.

–No me estoy explicando bien, ¿verdad? –preguntó él, soltándole las manos para hacerla volverse suavemente hacia un lado–. Mira –le dijo, señalando el enorme cartel luminoso de Times Square.

La imagen del cartel cambió. Se encendieron y apagaron las luces de manera intermitente hasta que apareció una fotografía de los dos. Juntos.

Clay era guapísimo, pensó, mirando fijamente aquella

imagen de siete o diez metros de altura. Su rostro, su sonrisa. Pero de pronto parpadeó asombrada, ya que lo que estaba viendo en sus ojos se parecía sospechosamente a...

–Te quiero –le confesó él, de pie detrás de ella, envolviéndola en el círculo de sus brazos–. ¿No lo ves? Debí haberme dado cuenta antes. Debí haberme dado cuenta de que te habías metido dentro de mí... Debí haber estado preparado. Pero yo creía saber cómo funcionaba el amor. Y lo que no sabía era que el amor también podía crecer a partir de la amistad y del respeto. Yo no lo estaba buscando, así que no lo vi pese a que lo tenía justo delante –la hizo volverse de nuevo, esa vez hacia él–. Te amo, Charlie. Siento haberte asustado: no volveré a hacerlo. He venido a buscarte. Quiero estar contigo para siempre. Quiero casarme contigo y darte esos hijos de los que me hablaste. Por favor, dame una oportunidad. Dime que me quieres...

Ella lo miraba de hito en hito, temerosa de creer en sus palabras pero sabiendo al mismo tiempo que nunca le dejaría retirarlas.

–Yo soy de relaciones para siempre –murmuró él, justo antes de besarla–. Y ese «para siempre» es el que quiero para nosotros.

–Yo también –susurró, besándolo a su vez.

Siguieron más besos cuando las luces del cartel luminoso dibujaron las tres palabras: *Cásate conmigo, Charlie*.

A su alrededor, la multitud se puso a silbar y a aplaudir. Se oyeron gritos:

–¿Ella ha dicho que sí?
–¿Pero es que están aquí?
–¿Qué ha dicho ella?
–Si no quiere, me ofrezco yo a casarme con él...

Charlie alzó la cabeza y se echó a reír.

–Lo siento –dijo, mirándolo a los ojos–. Ya está pillado.

Clay sonrió.

–Tienes toda la razón. Para siempre, Charlie.
–Para siempre.

ÚLTIMOS TÍTULOS PUBLICADOS EN HQN

Sin culpa de Brenda Novak

En sus manos de Megan Hart

Eso que llaman amor de Susan Andersen

Preludio de un escándalo de Delilah Marvelle

Días de verano de Susan Mallery

La promesa de un beso de Sarah McCarty

Los colores del asesino de Heather Graham

Deshonrada de Julia Justiss

Un jardín de verano de Sherryl Woods

Al desnudo de Megan Hart

Noches de verano de Susan Mallery

Érase una vez un escándalo de Delilah Marvelle

Perseguida de Brenda Novak

El anhelo más oscuro de Gena Showalter

Provócame de Victoria Dalh

Falsas cartas de amor de Nicola Cornick

www.ingramcontent.com/pod-product-compliance
Lightning Source LLC
LaVergne TN
LVHW030338070526
838199LV00067B/6336